Coleção policial

Álvaro Cardoso Gomes
As joias da coroa

John Buchan
Os trinta e nove degraus

Álvaro Cardoso
As joias da coroa

TORDSILHAS

Copyright © 2011 by Álvaro Cardoso Gomes

Todos os direitos reservados. Nenhuma parte desta edição pode ser utilizada ou reproduzida – em qualquer meio ou forma, seja mecânico ou eletrônico –, nem apropriada ou estocada em sistema de banco de dados, sem a expressa autorização da editora.

O texto deste livro foi fixado conforme o acordo ortográfico vigente no Brasil desde 1º de janeiro de 2009.

REVISÃO Valquíria Della Pozza, Carmen T. S. Costa e Ana Maria Barbosa
CAPA E PROJETO GRÁFICO Kiko Farkas e Thiago Lacaz/Máquina Estúdio

1ª edição, 2011

Dados Internacionais de Catalogação na Publicação (CIP)
(Câmara Brasileira do Livro, SP, Brasil)

Gomes, Álvaro Cardoso
  As joias da coroa / Álvaro Cardoso Gomes. --
São Paulo : Tordesilhas, 2011.

  ISBN 978-85-64406-07-0

  1. Ficção brasileira I. Título.

11-02460   CDD-869.93

Índice para catálogo sistemático:
1. Ficção : Literatura brasileira   869.93

2011
Tordesilhas é um selo da Alaúde Editorial Ltda.
Rua Hildebrando Thomaz de Carvalho, 60
04012-120 – São Paulo – SP
www.tordesilhaslivros.com.br

Sumário

As joias da coroa   7
Sobre o autor   339

As joias da coroa

*Para a Eliane,
mais esta aventura do Medeiros*

1

Quando cheguei no DP pra falar com o Cebolinha, já tinha certeza absoluta de que, mais uma vez na vida, ia ser enrabado. Cebolinha é o apelido do doutor Buari, o novo delegado do 113º DP, no Campo Grande. Ganhou esse apelido porque tem a língua presa e costuma trocar o "erre" pelo "ele". Veio substituir o mala do doutor Ledesma, que, oficialmente, foi afastado da função por motivo de saúde. Do meu ponto de vista e do ponto de vista dos meus amigos, por incompetência e falta de caráter. Fazer o quê? Rei morto, rei posto – e eu, fosse quem fosse meu superior, continuava sempre na mesma merda.

Na polícia, quem não segue as normas pega uma advertência. Mas, se passar dos limites, aí é que está fodido, porque leva a porra de uma suspensão. Eu não costumava dar muita bola pras normas e havia me excedido além da conta, portanto, sabia que iam me ferrar. Meu parceiro, o Bellochio, já tinha me alertado sobre isso. Eu estava em casa me restabelecendo de um tiro de raspão no braço quando ele ligou, desembestando a falar:

– Medeiros, estão comentando no DP que você vai ser suspenso. Por abuso de poder. Uma merda! Os vagabundos invadem teu apartamento, você age em legítima defesa, e eles te fodem. Vão se catar, porra!

Deu vontade de rir da indignação do velho Bellochio. Como a gente é unha e carne, mexer comigo é o mesmo que mexer com ele...

– O Cebolinha está na dele, quer mostrar serviço. Deixa pra lá... – falei, bocejando.

– O cara é metido a linha dura. Regula até o tempo que a gente usa pra mijar... E agora vem com essa de pegar no teu pé!

Não queria continuar com a conversa. Estava de ressaca, e cada palavra do Bellochio me fazia sentir como se mil campainhas soassem dentro da minha cabeça. Na noite anterior, incomodado com a dor no braço, tinha enxugado uma garrafa de uísque. E o resultado estava ali: minha cabeça latejava, e eu sentia uma grande vontade de vomitar.

– Tá bem, tá bem, depois, a gente se vê no DP – disse, encurtando a conversa e batendo o telefone.

Me levantei e fui no banheiro. Diante da boca convidativa da privada, não sabia o que fazer primeiro. Se vomitava ou mijava. Optei por mijar, apoiando uma das mãos na parede, enquanto minha cabeça girava feito um carrossel cheio de luzes e crianças berrando. Respirei fundo, me aprumei. Foi então que senti falta de alguma coisa. Com certeza era da Bete. Se não estivesse no hospital, ela já tinha escancarado a porta do banheiro, sem a menor cerimônia, só pra me cumprimentar:

– Bom dia, seu Douglas.

A neguinha tinha o costume de entrar no banheiro e me pegar no chuveiro, mijando ou sentado no trono. Quando estava com vontade de vomitar, depois de uma noite de bebedeira, nunca fazia isso na frente dela. Caso contrário, balançava a cabeça e dizia: "Que fogo, hein, seu Douglas?!". Não bastasse isso, quando atendia aos telefonemas de minha mãe, acabava contando que eu saía todas as noites e sempre voltava bêbado pra casa. E lá vinha a velha depois me dando bronca. Mas nem o consolo da companhia da Bete eu podia ter. A coitada ainda ia ficar um tempão de molho no hospital.

Minha cabeça voltou a rodar. Aproveitando que a Bete não estava por ali, presenteei o vaso com um vômito suculento. Escovei os dentes e a língua com vigor, tentando tirar aquele gosto de cabo de guarda-chuva. Depois, fui na cozinha, fiz um café bem forte, que tomei com duas aspirinas.

* * *

Foi só entrar na sala do Cebolinha e eu senti saudade do busto de cavalo que havia sobre a mesa. Essa era uma das paixões do antigo titular, o doutor Ledesma. Doido por cavalos, por causa da merda de um desses bichos acabou fazendo uma grande sujeira comigo. Isso aconteceu quando eu havia me infiltrado no Comando Negro, o bando do maior traficante de São Paulo. Um antigo colega, o ex-investigador Morganti, que tinha se aliado aos vagabundos, sequestrou um puro-sangue do doutor Ledesma, e o mala, apertado, revelou que eu era agente duplo. Desmascarado pelos traficantes, apanhei mais que cachorro vadio e quase fui desta pra pior. Não bastasse essa quebra de caráter, o antigo delegado também tinha o costume de tirar uma da cara da gente, com um humor de sala de espera de velório:

– E aí, Medeiros? Como vai seu colesterol? Como sempre nas alturas? – E dava uma risada de hiena diante de carniça.

A carniça era eu, a lata de lixo onde vinham cair os casos mais sujos do DP.

O doutor Buari, além de respeitar mais os subordinados, ainda trabalhava de verdade, em vez de ficar fazendo palavras cruzadas ou olhando as peladas da *Playboy*, como era o caso do velho Ledesma.

– E então, como vai o blaço? – perguntou, talvez querendo se mostrar simpático, pra atenuar um pouco a enrabada.

O doutor Buari é gordinho, quase de todo careca, com apenas um tufo de cabelo espetado no alto da cabeça. Tem os olhos com as pálpebras caídas e raramente dá uma risada.

Fuma feito uma chaminé e gosta de dar suas cachimbadas em qualquer lugar que se encontre, sem se importar se você gosta ou não do cheiro de fumaça.

– Vai indo... – eu respondi, dando de ombros.

– E quando vai poder tilar o gesso?

– Dentro de uma semana.

Olhou fixo pra mim por alguns segundos. Depois, esticou o braço, abriu uma das gavetas e pegou um saquinho de fumo e um cachimbo. Já sabia o que ia ter de enfrentar: uma camada de fumaça, atirada na minha cara.

– Lamento ter que dizer que vou ser obrigado a suspendê-lo de suas funções – disse, enquanto preparava o cachimbo.

Preferia assim: direto ao ponto. Não gosto de conversa mole e nem de rodeios.

– Embola tivesse se defendendo de uma aglessão, cometeu abuso de poder. A colpolação não pode tolerar excessos – acrescentou, acendendo aquela merda.

Eu sabia que havia feito cagada quando matei o bandido no meu apartamento. Aconteceu que o bosta, mesmo algemado, tinha conseguido pegar uma pistola e atirar, me acertando no braço. Cego de dor e raiva, sem pensar em mais nada, mandei uma bala na cabeça do filho da puta.

Não contestei o Cebolinha e nem tentei me defender, mesmo quando ele disse que eu ia receber uma suspensão de dois meses da Corregedoria, sem direito a vencimentos. Pelo seu tom de voz, fiquei sabendo que, se aprontasse mais uma, iria acabar na rua feito um poste de luz.

– Tudo bem – disse, como se aquilo não fosse comigo.

Os olhos de peixe morto do delegado continuavam mais mortos do que nunca, como se ele não se abalasse com a minha reação, ou falta de reação.

– Por favor, a sua alma e a calteila funcional – pediu, antes que me levantasse.

E o meu labo, o senhor não quer também? – pensei, enquanto lhe dava a carteira funcional e a minha arma. Era um Colt .38, de quatro polegadas, oxidado, com cabo de madeira, o presente de um amigo. Pela primeira vez, vi a expressão do rosto do Cebolinha mudar. Talvez estivesse pensando onde é que um investigador de merda como eu havia arrumado aquele Colt. Mas ele não me perguntou nada. Se me perguntasse, ia ter que inventar uma história qualquer, pra que não ficasse sabendo que tinha aceitado presente de alguém. Já estava com a barra suja – só faltava agora um merda qualquer insinuar que eu aceitava suborno.

Saí da sala do Cebolinha, e o Bellochio e a Swellen vieram correndo ao meu encontro.

– Como foi a conversa? – perguntaram juntos, como se tivessem combinado entre si.

Dei de ombros:

– O esperado...

– Você foi mesmo suspenso? – perguntou a Swellen, apreensiva.

– Por dois meses e sem direito a vencimentos.

O Bellochio arregalou os olhos e disse, com um tipo de indignação que sempre me provocava riso:

– Mas como?! Que absurdo! Puta que pariu! Vou lá...

– Não vai nada – falei, pegando ele pelo braço. – Vamos é almoçar, que estou com uma baita duma fome.

– E como você vai passar sem o salário? É claro, a gente ajuda, mas... – o Bellochio ainda achou de dizer.

Ajudar? Pobre dele que, sem fazer bicos, tinha que pagar a prestação da casa e sustentar mulher e filhos com a merda do nosso salário...

– Que ajudar o quê! Vendo o meu carro e me viro com isso.

– O seu Vectra?! – protestou, como se eu tivesse dito uma blasfêmia. – Mas..., mas você não pode fazer isso. É uma joia o carrão.

Joia ou não, era, no presente momento, a coisa mais sensata que eu podia fazer. Meu saldo no Bradesco, como sempre, estava negativo, e eu já tinha entrado no cheque especial. Precisava ir de novo à merda do banco e negociar a dívida com a gostosa da gerente. Gostosa, mas dura e fria feito comida congelada. O Vectra era um luxo só: motor 2.4, automático, bancos de couro. Presente do mesmo amigo que me tinha dado o Colt em troca de um favor especial. Eu, que não sou de aceitar presentes, esses precisei aceitar. E agora tinha que vender o carro, mas fazia isso sem dor no coração. Nunca fui ligado a carros. Só quero que funcionem bem e não me deem trabalho.

Logo depois de almoçar, fui até a Boca, no centro de São Paulo, e troquei o carro, com pouco tempo de uso, mas sujo como um mendigo, por um outro Vectra mais antigo e de menor valor. Minha única exigência era que fosse também automático, porque não dava pra guiar direito com o braço esquerdo ainda doendo. Peguei uns trocados na troca. Sabia que estava sendo roubado, mas negociar não era comigo. Enfiei o cheque de 15 mil no bolso. Aquilo, nas mãos de uma pessoa esperta, devia durar uns três ou quatro meses, mas, na minha mão, eu, que não sou nada esperto, ia acabar logo. Não demorava muito, gastava a grana com as putas, com o uísque nos inferninhos, com jantares nos melhores restaurantes da cidade. Essa era a minha sina, e eu não tinha como mudar. E nem queria. Pau que nasce torto...

2

O incidente que deu origem à minha suspensão tinha acontecido umas duas semanas atrás. Numa manhã, eu estava tomando uma ducha, quando a Bete, como de costume, entrou no banheiro sem bater:

– Bom dia, seu Douglas.

Não respondi e continuei a me ensaboar.

– Ontem ligou um homem.

– Homem? Que homem?

– Um homem, ué.

– O homem não tinha nome?

– Devia de ter, mas ele não falou.

Dei um suspiro.

– O que ele queria?

– Disse que tinha que ver o gás. Queria saber que hora que o senhor vai tá em casa.

Não me lembrava de ter solicitado nenhum serviço da Comgás. Mas, enfim, vai ver que era uma verificação de rotina.

– O que ele quer comigo? Não pode olhar o medidor sozinho?

– Medidor? Que medidor?

Balancei a cabeça. Era melhor encerrar a conversa logo:

– Deixa pra lá. O que ele quer comigo?

– Disse que o senhor tem que assinar um papel.

– Ah, está bem. Se ele ligar de novo, fala que hoje, depois do almoço, dou uma passadinha aqui em casa.

– Que hora? Ele disse que tinha que saber a hora.
Porra! Ainda mais essa... Pensei rapidamente e falei:
– Lá pelas duas.

Acabei o banho, desci até o Trás-os-Montes e tomei o café da manhã: dois ovos, pão com manteiga feito na chapa e café preto. Precisava estar em forma, tinha que ir ao Bradesco conversar com a gerente. Na certa, a dona iria me dar um chá de cadeira, pra depois me espremer feito um limão. E sempre sorrindo, os olhos frios lançando lasquinhas de gelo contra minhas retinas. Uma mulher daquela era tão excitante como manequim de butique.

Deu no que deu a conversa. Sem gastar saliva, me enrabou em poucas palavras. Ou pagava minha dívida em doze vezes, com uns juros altíssimos, ou meu nome ia pro pau. Ótimas opções: nos dois casos, estava fodido. Saí do banco, entrei no primeiro boteco que encontrei, comi um pê-efe precedido de uma cachaça e acompanhado de uma cerveja. Depois, sem nenhuma pressa, tomei um café. Voltei pra casa, pensando na merda de meu débito, na merda da gerente, na merda da minha vida. Cheguei no prédio e já ia entrar, quando a dona Brandilli, uma velhota do sexto andar, quase me atropelou com o carrinho de feira.

– O senhor não podia me dar uma mãozinha? – perguntou, mostrando todos os dentes da dentadura.

E desembestou a falar, se queixando dos vizinhos, do síndico, das mulheres sem-vergonha da rua, dos bêbados do boteco e dos moleques que viviam aprontando e ninguém tomava providência. Eu só dizia "sim", "sim", tentando abreviar a conversa. No mesmo instante, chegaram três pentelhos, de uniforme e com as mochilas nas costas, adoráveis anjinhos do nono, que viviam correndo e berrando pelos corredores do prédio. A velha fechou a cara e resmungou que os "jovens de hoje não têm a mínima educação", no que concordei em silêncio. Entrei no prédio, puxando atrás de mim o carrinho e cercado por aquela horda. Foi aí que estranhei uma coisa: o Demerval, em vez de abrir a porta pra mim, tinha ficado no lugar dele.

Detesto esse tipo de cortesia, e já tinha dito pro porteiro que me dispensasse dos salamaleques, mas o cara não se emendava. Era eu apontar na entrada do prédio e lá vinha ele, abanando o rabo como um cachorrinho. Nasceu pra se curvar e fazia disso um ofício. Estranhei que permanecesse sentado, sem se mexer, duro como um peixe seco. Careca, os olhos vermelhos, as orelhas pontudas, era a encarnação do Nosferatu. Será que estava doente ou ainda não havia encontrado uma vítima pra suprir sua ração diária de sangue? Mas, de manhã, parecia tão bem, me cumprimentando e fazendo a pergunta de sempre: se eu achava que ia chover.

– Olá, Demerval, alguma coisa do correio? – perguntei por perguntar, porque sabia que, fora as contas, nunca vinha nada pra mim.

Negou, movendo a cabeça, os peixinhos dos olhos mexendo sem parar, atrás do aquário dos óculos de míope. Estava mais branco do que de costume e suava muito. Vai ver que tinha bebido, pensei. Não sangue, mas caninha mesmo.

– O que foi, Demerval? Está sentindo alguma coisa? – perguntei, enquanto continuava a andar na direção do elevador, acompanhado pela velha e pelos pentelhos que faziam a maior zorra.

– Nada, não, doutor – murmurou.

Reparei, com o canto dos olhos, que uma das portas da caixa de força, ao lado da mesa do Demerval, parecia estar entreaberta. Me lembrei do homem do gás e perguntei:

– O cara da Comgás já veio?

– Já... já... mas foi embora... foi embora porque o senhor demorou – respondeu, gaguejando e lambendo os lábios.

– Tudo bem. Se ele voltar, me dá um toque pelo interfone.

Peguei o elevador e subi com aquele bando tagarelando e fazendo algazarra do meu lado. Algo me dizia que o velho Herodes tinha razão. Pena que não houvesse completado o serviço. Chegando no sexto andar, ajudei a velha a colocar o carrinho dentro do apartamento. Recebi em troca um beijo da boquinha em forma de coração.

– Merda... – Limpei a cara com as costas da mão, depois que ela, antes de fechar a porta, ainda murmurou com doçura "um dia desses, vem tomar um café com bolinho, meu querido".

Desci pelas escadas e fui até meu apartamento. Já ia enfiar a chave na fechadura quando algo me chamou a atenção. A *televisão* estava desligada. Coisa estranha, porque a neguinha não trabalhava sem ligar aquela merda. Toda vez que voltava pra casa, a coisa mais comum era pegar a Bete refestelada no sofá vendo tevê. A neguinha costumava escutar aquilo num volume tão alto que tudo vibrava ao redor. Do elevador, dava pra escutar o barulhão da porra dos programas. Devido a isso, os vizinhos viviam reclamando pro síndico, e eu já tinha recebido cartas de advertência, com ameaça de multas, que jogava no lixo. Só se a Bete tivesse saído, mas ela nunca saía. Comia na minha casa mesmo, esquentando a marmita, e, depois, em vez de começar logo a trabalhar, ficava vendo tevê. E isso quando não tirava uma soneca no sofá. Mas *sempre* com o raio da tevê ligada. E se...

E se o quê, Medeiros? Minha intuição, ativada pela ausência de ruído no apartamento, me alertava de que talvez alguma coisa estivesse errada. Acontece que, depois que tinha liquidado o líder do Comando Negro, um traficante chamado Nenzinho, eu sabia que estava jurado de morte. Os remanescentes do bando dele eram agora chefiados pelo Morganti, que havia sido expulso da polícia, por tentativa de assassinato do Bellochio. Eu é que tinha desmascarado e prendido o pilantra. Por conta disso, havia sido mandado pra uma penitenciária de segurança máxima, de onde tinha fugido pra se juntar ao Comando Negro. E assim, querendo vingar seu chefe e também querendo tirar desforra, o filho da puta estava na minha cola. Nos últimos tempos, vivia recebendo ameaças por telefone. Algumas vezes, quando andava pela rua, tinha a nítida sensação de que me seguiam. E coisa mais grave: uma noite, perto do meu DP, uma moto negra com dois ocupantes passou por mim velozmente. Foi o tempo de ver, num relance, um brilho. Num reflexo, me abaixei, e um tiro arrebentou o vidro dianteiro do meu carro. Perdi a direção, derrapei e quase bati num poste. Antes que pudesse reagir, a moto desapareceu numa esquina. Agora, toda vez que saía, ficava alerta. Não queria mais ser pego de surpresa.

Cheguei à conclusão de que não seria nada difícil que o Morganti tivesse mandado alguém me tocaiar na minha própria casa. Como os porteiros fossem uns bundões, deixando todo mundo entrar no prédio – putas, pastores mórmons, vendedores e o escambau –, um vagabundo bem que podia ter subido até meu apartamento, rendido a neguinha, pra me pegar desprevenido. Talvez fosse paranoia, mas não custava nada me precaver. E foi isso que me fez hesitar diante da porta. Durante alguns segundos, fiquei ali, balançando a chave e pensando no que fazer.

Tomei, afinal, uma decisão, a que me pareceu a mais viável no momento. Fui até a escada, subi pro outro andar e parei na frente do apartamento em cima do meu. Quem morava ali era um folgado, que quase toda noite trazia uma puta pra casa. Ficavam dançando e cantando até de madrugada. O teto do meu quarto estava cheio de marcas das sapatadas que eu dava querendo dormir. Já estava vendo o dia em que eu ia subir pra tirar satisfações. Mas sempre protelava, porque já chegavam os rolos que tinha em minha vida. Encostei o ouvido na porta do apartamento. Silencioso que nem um túmulo. Apalpei a porta: era uma daquelas de compensado. Olhei pra um lado, olhei pro outro, não havia ninguém por ali. Levantei o pé e dei uma sapatada na altura da fechadura. A porta gemeu, mas abriu feito a da casa de um dos três porquinhos. Fiquei parado um instante, os ouvidos atentos. Se o malandro estivesse por ali, tinha acordado com o barulho. Como o cara não apareceu, entrei, atravessei a sala, onde havia um baita de um aparelho de som, a razão do meu tormento. Fui no quarto, que parecia uma suíte de motel: cama redonda, espelho no teto, barzinho... Não havia mesmo ninguém. Ótimo. Caminhei até a varanda. Inclinei o corpo na beirada o máximo que pude, mas não escutei ruído algum vindo do meu apartamento. E isso só serviu para confirmar minhas suspeitas.

Voltei ao quarto, catei a colcha de seda e, enrolando-a, providenciei uma teresa. Amarrei a ponta da minha corda improvisada na grade da varanda. Peguei o Colt, engatilhei e enfiei na cintura. Tirei os sapatos e as meias e desci até o andar de baixo. Chegando diante do meu apartamento, entrei pela varanda, que se comunica com a sala por uma porta de vidro. Dei uma espiada pra dentro e vi um baixinho, vestindo um uniforme da Comgás, ao lado da porta de entrada. Estava de campana, com uma pistola munida de silenciador. Era só eu entrar, e teria sido rendido, ou, na pior das hipóteses, virado um presunto com uma bala nas costas. Sacando o Colt, dei uns passos pra dentro da sala e falei:

– Ei!

O homem estremeceu e olhou na minha direção, ao mesmo tempo que ameaçou mover o braço com a pistola.

– Parado aí! – berrei.

Hesitou um pouco, mas acabou ficando imóvel.
– Joga a pistola no chão e chuta pra longe – ordenei.
A cara do rato mostrava um misto de medo e de raiva por ter sido apanhado que nem criança roubando balas. Mas ele deixou cair a arma, que chutou na direção da parede. Me aproximei bem devagar, sem tirar os olhos do filho da puta.
– De costas e de pernas abertas! – ordenei.
Hesitou de novo. Apontei o Colt pra cabeça dele. Entendendo o recado, fez o que eu mandava. Chegando mais perto, lhe enfiei o revólver na nuca.
– Deita no chão!
Obedeceu sem chiar. Me abaixei pra revistá-lo. Achei um estilete e pacaus de maconha, que joguei sobre o sofá. Sem deixar de vigiar o merda, fui até a mesinha de tevê e peguei um par de algemas. Puxei os braços dele pra trás e o algemei.
– A moça que trabalha aqui? – perguntei.
Não respondeu. Chutei-lhe as costelas. Ele gemeu.
– No quarto...
Fui até a porta e espiei. A Bete estava nua, deitada de costas na cama, toda ensanguentada e com parte de uma fronha enfiada na boca. Cheguei nela, tirei a mordaça, encostei a mão em seu pescoço. Felizmente respirava. Voltei à sala. Uma suspeita passou pela minha cabeça: o porra não devia ter vindo sozinho.
– E o teu parceiro? – perguntei.
Permaneceu quieto.
– Anda, vamos!
Como não respondesse, dei-lhe outro pontapé. Soltou um uivo. Eu estava furioso, ainda mais depois que tinha visto a Bete. Levantei o pé e ameacei:
– Vai cantar que nem um canário, filho da puta! Senão, te arrebento uma costela.
– Tá lá embaixo rendendo o porteiro – gemeu.

Puta merda! A porta da casa de força entreaberta! Era isso: o parceiro dele, depois de render o porteiro, tinha se escondido, pra avisar quando eu chegasse.

– Pois você vai chamar ele aqui em cima! Se furar comigo, te arrebento.

Pra mostrar que não estava brincando, me abaixei e puxei com força um piercing que o malandro tinha no nariz. O sangue esguichou, e ele ganiu feito cachorro louco. Obriguei o merda a se levantar e o empurrei até a cozinha. Peguei o interfone e disse:

– Fala pro teu parceiro o seguinte: "Pode vir, que já peguei o otário". E sem treta, senão quem vai se foder é você, seu corno!

Os olhos arregalados, todo suado e ensanguentado, ele disse, numa voz sumida:

– China, pode vim, que já peguei o otário.

Desliguei o interfone e dei uma cacetada na cabeça dele. Amordacei-o com um pano de prato, corri até a sala, entreabri a porta e me escondi atrás dela. Pouco depois, o Demerval entrou, empurrado por um gordo, armado com uma .380, que disse:

– E aí, Cezinha, você...

Acertei-lhe uma coronhada, e ele desabou, jogando longe a pistola. Com a queda, esbarrou no Demerval, que caiu de quatro. O porteiro, branco como uma poça de cal, se levantou e gaguejou:

– Des-de-culpa, do-doutor... eu... eu...

– Está bem, vai até a cortina e me traz os cordões.

O Demerval não conseguiu sair do lugar de tanto que tremia.

– Tá bom, tá bom, pode deixar... – disse, já impaciente.

Pus o Colt na cintura. Fui até a cortina, arranquei os cordões, voltei e amarrei as mãos do China nas costas. Agora, tinha que socorrer a Bete.

– Sinto muito, não deu pra avisar o senhor – disse o Demerval. – Ele tava dentro da casa de força com o berro apontado pra mim.

– Vai tomar um copo-d'água na cozinha.

– Não quer que antes eu chamo a polícia?

– Não precisa. Daqui a pouco, tomo as providências.

Peguei o telefone e pedi uma ambulância. Corri até o quarto, pus um travesseiro debaixo da cabeça da neguinha e a cobri com um cobertor. Os filhos da puta tinham caprichado. Era sangue por toda a cama. Sua cara estava cheia de cortes e hematomas, e ela roncava feito um porco. Voltei à sala, e o Demerval me apontou o corpo do gordo:

– O cara já tá acordando...

Ainda tremia de bater os dentes.

– Senta aí – falei, apontando o sofá.

Fui na cozinha e, agarrando o baixinho pelos pés, puxei-o até a sala e lhe tirei a mordaça. Deu um gemido. Obriguei o pilantra a sentar, apoiado na parede. Fiz o mesmo com o gorducho.

– Quem mandou vocês atrás de mim? O Morganti? – perguntei na lata.

O baixinho, que já sabia do que eu era capaz, abriu a boca pra falar, mas o China se adiantou:

– Fica na tua, Cezinha!

A cara lustrosa, os olhos puxados, careca, tinha jeito de um Buda safado. Pra me deixar ainda mais emputecido, ele me encarou de um jeito cínico. Acertei-lhe um soco na boca.

– Filho da puta! – ganiu.

– E aí, foi ou não foi o Morganti que mandou vocês atrás de mim?

– Vai te foder! – tornou o China, cuspindo sangue e cacos de dente.

Deixava pra dar um trato nele depois. Me voltei pro baixinho.

– Como é, seu porra, vai ou não vai abrir o bico?

Antes que dissesse alguma coisa, o gorducho ladrou:

– Cezinha, seu fia da puta! Fica na tua, senão depois te acerto!

O sangue me subiu à cabeça. Me voltei disposto a lhe dar outra porrada nas trombas. Quando o encarei, pra minha surpresa, vi que, mesmo amarrado, ele segurava uma pistola. Instintivamente, movi o corpo. Ouvi um disparo e senti como se um ferro em brasa me queimasse o antebraço esquerdo. Com o impacto, me desequilibrei e quase caí pra trás. O filho da puta, meio de lado, sem largar da pistola, em desespero, tentava se aprumar. Sem pensar duas vezes, saquei o Colt e atirei à queima-roupa. A cabeça do vagabundo estourou que nem um melão. A sangueira esguichou, me sujando a cara, o peito. O China tombou de costas contra a parede, e o Cezinha começou a guinchar feito um macaco.

– Doutor... – gemeu o Demerval.

Enfiei o Colt na cintura. Meu coração pulava que nem um potro. Parecia que ia ter um troço. Me ergui com dificuldade e, muito devagar, caminhei até a cozinha. Da ferida do meu braço, que doía pra caralho, escorria um filete de sangue. Peguei na geladeira uma garrafa com água, bebi um gole e depois derramei o resto sobre a cabeça e sobre o ferimento. Chamei o Demerval e mandei que envolvesse meu antebraço com um pano de prato. Que porra de descuido! Culpa minha ter amarrado frouxamente as mãos do China. Ele tinha se aproveitado pra pegar a pistola do Cezinha. E o resultado estava ali: se não fosse esperto, eu é que tinha virado um presunto.

Voltando à sala, reparei que o baixinho não parava de guinchar. Dois tabefes fizeram que se calasse. E, cantando bonito como um canário, me deu todo o serviço: tinham vindo mesmo pra me matar, a mando do filho da puta do Morganti. Pouco depois, chegaram uma ambulância, que levou a Bete pro hospital, a polícia, que fez a ocorrência, enquadrou o bandido, o pessoal do IML e um carro de cadáver. Quando as coisas serenaram um pouco, me deram uma carona até um pronto-socorro, onde um médico me fez um curativo e imobilizou meu braço com uma tipoia.

* * *

No dia seguinte, ainda cansado do esforço da véspera, dormi até tarde. Mas, lá pelas onze, fui acordado com o barulho da campainha. Uma, duas, três, quatro vezes. Saco! Fui abrir a porta e tive a desagradável surpresa de me deparar com o morador do apartamento de cima. Era um garotão queimado de sol, com piercings nas orelhas e no nariz, cordão de ouro no pescoço, shorts, tênis de marca.

– Oi, sou teu vizinho e queria dar uma palavrinha contigo.

Não tinha dormido direito por causa da dor no braço e ainda vinha aquele mala me acordar. Com uma conversa mole, disse que entendia meus motivos pela invasão de domicílio, mas que esperava ser ressarcido pelos prejuízos. Meu primeiro impulso foi dar uma na tromba dele, mas me controlei. Sem procurar me justificar pela ação e pra acabar logo com a conversa, disse, curto e grosso:

– Quanto te devo?

Chutou uma exorbitância pela porta e pelo lençol de seda, que, segundo ele, era importado. Olhei bem pro elemento e perguntei:

– Está me achando com cara de otário?

– Não... Mas você...

– A porta era de compensado, e o lençol provavelmente foi afanado de algum motel.

– Você não tem o direito de...

Nem permiti que concluísse a frase. Preenchi um cheque com duzentos reais e lhe dei:

– Aqui está. É o que valem a porta de merda e o lençol afanado. E tem outra coisa: mais uma noite que eu passar acordado com a porra do teu som, subo, arrebento de novo a porta e te dou um cacete! – E, com mais essa dose de abuso de poder, me despedi do pivetão.

Falando em porta, mandei instalar na minha uma fechadura com chave tetra e um olho mágico. Também alertei os porteiros do dia e da noite que estavam proibidos de deixar alguém subir até meu apartamento sem minha autorização. Fiz isso, não tanto por mim, mas pela Bete, quando ela voltasse a trabalhar, se é que ia voltar. Ainda mais depois do que tinha sofrido. Tomando essas providências, evitava outra surpresa. Mesmo assim, precisava ficar esperto, porque tinha quase certeza que, mais dia, menos dia, o Morganti ia mandar outro pau-mandado pra acabar comigo, se é que não ia tentar fazer isso ele próprio.

Quanto à minha situação na polícia, ela ficou bastante complicada. Isso porque eu havia atirado num prisioneiro. E com o agravante de ele estar com as mãos amarradas. Nem o depoimento do Demerval, todo a meu favor, me valeu. A Corregedoria preferiu se fiar no testemunho do outro bandido. E assim eu ganhava mais um gancho na vida. E, de sobra, um ferimento que me incomodava demais, não me deixando dormir direito à noite.

Quando tinha minhas insônias, bebia umas talagadas de uísque, ouvia Nina Simone e lia *Seara vermelha* do Dashiell Hammet. A história se passava numa terra sem lei, chamada Personville. Bandidos da máfia local, aproveitando-se da impunidade, traficavam, roubavam e matavam adoidado. Achei aquilo tudo familiar. Em São Paulo, afinal, não acontecia quase o mesmo? A bandidagem à solta, traficando, roubando, matando. E, ainda por cima, contando com a proteção dos políticos corruptos e o beneplácito dos porrinhas da OAB e dos direitos humanos. Nada de novo sob o sol. A única diferença era que, pelo menos em Personville, o herói da história, o detetive durão Continental Op, tinha carta branca pra fazer uma limpeza em regra. Enquanto eu... Ora, eu era um merda, que não tinha nem o direito de meter uma bala num corno que havia invadido minha casa.

Uma semana depois do incidente, fui ver a Bete no hospital, levando um buquê de flores e uma caixa de bombons. Mas nem pude conversar com ela. Estava ainda inconsciente, entubada e com fios de arame na cara. Os filhos da puta tinham caprichado na maldade, mas ela podia ter certeza de que, pelo menos, eu havia feito justiça com um deles. A estas horas o gorducho era um suculento filé na churrascaria dos vermes.

3

Até que, um dia, me enchi e tirei todo o curativo do braço. O local do tiro ainda doía bastante. Eu havia sido aconselhado pelo médico a fazer fisioterapia, se quisesse recuperar logo os movimentos do braço. Mas, como não tinha saco com essas coisas, comecei a fazer uns exercícios, levantando e abaixando pesos, e a dormir com uma bolsa de água gelada no local ferido. Remédio caseiro pra me deixar, por teimosia, ainda mais fodido. Mas, uma semana depois, pra minha surpresa, já sentia o braço melhor. Talvez pelo efeito do álcool. O uísque era mesmo um medicamento de primeira. Estava nessa da vida vagabunda, dormindo até tarde, lendo e bebendo um bocado, quando recebi um telefonema do Luís Carlos, um empresário meu conhecido. Há coisa de um ano, eu tinha resgatado a filha dele das mãos do traficante Nenzinho, num caso que deu o que falar em São Paulo. Devido a isso, ficou muito agradecido. Como não quis aceitar pagamento pelo resgate da garota, me presenteou com o Colt e o Vectra, já que eu tinha perdido a arma e o carro na ação. Acabamos por nos tornar bons amigos, e a gente tinha o costume de sair de vez em quando pra beber e jogar conversa fora.

Atendi o telefone.

– E seu braço? Está melhor?

Porra, como ele podia saber que havia sido ferido, se eu não tinha lhe contado nada?

– Seu amigo, o Bellochio, me contou que você passou por poucas e boas...

Maldito Bellochio! Eu ainda matava o filho da puta! Como ficasse quieto, sem falar nada, insistiu:

– E, então? Está melhor?

– Está quase cem por cento – disse, azedo.

– Fiquei sabendo também que recebeu um gancho. Não posso acreditar: os bandidos invadem teu apartamento, você reage em legítima defesa e é acusado de abuso de poder. Em que país vivemos...

Onde o Luís Carlos queria chegar com aquela conversa? Ele hesitou um pouco antes de continuar a falar:

– Você é meu amigo e sabe que eu faria de tudo pra ajudá-lo, não é?

– Obrigado, Luís Carlos, mas estou bem como estou.

– Sei disso e nunca lhe ofereceria um tipo de ajuda que sei que detesta.

Fez uma pausa, pra depois dizer com entusiasmo:

– Se é uma coisa que admiro em alguém é que tenha orgulho, amor-próprio. Difícil encontrar gente como você por aí.

– Não vá se fiando nisso não...

Deu uma risada:

– Ora, Medeiros, não seja modesto. Mas vamos direto ao ponto, sem rodeios. Não vim lhe propor ajuda, mas sim lhe oferecer um trabalho. Em suma: quem precisa de ajuda sou eu. E como parece que você tem um bom tempo livre pela frente...

– Não vá me dizer que tua filha foi sequestrada de novo... – gozei.

Ele voltou a rir e deu três toques no bocal do telefone:

– Nem brinque! Graças a Deus, a Claudinha está bem-comportada em Paris. Preciso de você pra outra coisa...

Antes que eu falasse algo, ele se apressou a explicar:

– Não se preocupe, que é apenas um pequeno problema familiar.

Se era um problema familiar, aí é que eu talvez devesse ficar preocupado...

– O que vou lhe propor não é complicado. Ainda mais que, sendo você um cara pra lá de esperto, acredito que resolverá a coisa em três tempos.

– Você pode me dizer do que se trata?

– Preferia não conversar por telefone. Têm alguns detalhes que preciso te explicar pessoalmente, a história pode se alongar... Que tal se viesse jantar aqui em casa? Entre um uísque e outro, coloco você a par de tudo.

– O.k. A que horas?

– Oito da noite, está bom pra você?

– Está bem, oito horas.

– Mando meu chofer te buscar. Com um braço nesse estado, não seria recomendável que guiasse. Sem contar que temos algumas boas garrafas pra enxugar...

Desligou. Maldito Bellochio! Tinha que telefonar justo pro Luís Carlos contando dos meus rolos? Com certeza, tentando me ajudar, e a ajuda podia vir sob a forma de mais confusão pra minha vida. Mas, refletindo melhor sobre a questão, pensei que talvez um trabalho novo me animasse um pouco, além de representar algum dinheiro em caixa. Afinal, estava mesmo sem fazer nada e numa merda só, por causa do gancho...

* * *

Eram sete e pouco, quando vieram me pegar em casa. Pra não perder o hábito, o chofer, meu velho conhecido, uniformizado, de luvas, com o quepe na mão, segurava a porta aberta do banco de trás. Também pra não perder o hábito, eu disse:

— Que é isso, Jarbas? Vou na frente com você.

Se segurando pra não rir da piada que sempre dizia quando ia me buscar, rebateu:

— Desculpa, doutor, mas meu nome é Anselmo.

Abri a porta da frente do Mercedes e sentei. O chofer entrou, balançou a cabeça, ligou o carro. Uma meia hora mais tarde, escapando do trânsito infernal da rodovia Raposo Tavares, a gente passava pela portaria do condomínio Forrest Hill. De imediato, comecei a me sentir melhor, ao deixar para trás o trânsito pesado. No ar, havia o intenso perfume das damas-da-noite e silêncio, muito silêncio. Os casarões classudos se sucediam, cada um mais imponente que o outro. Nas garagens, dormiam os carrões – Pathfinders, Mercedes, BMWs. Seguimos pelas alamedas cheias de curvas, subindo, descendo, até que chegamos na mansão do Luís Carlos. Diante da escadaria, saltei logo do carro, antes que o chofer corresse pra me abrir a porta.

Pouco depois, sentados confortavelmente, o Luís Carlos me perguntava com um sorriso:

— O médico não te proibiu de beber, não é?

Sem esperar por minha resposta, foi até o bar.

— Que tal se a gente tomasse daquele Johnny Walker Blue Label que tanto apreciamos? – perguntou.

Pegou a garrafa Baccarat de cristal, outra, de soda, um balde de gelo, copos, travessas com amendoim e castanha de caju. Pôs tudo numa bandeja e trouxe até a mesinha junto dos sofás.

— Pra você, puro, não é? – disse, servindo uma boa dose e me dando o copo.

Aspirei o cheiro da bebida, depois bebi um gole, que desceu como uma seda. O Luís Carlos sentou-se. Serviu-se de uísque com soda, pegou um pouco de amendoim, levou à boca e disse:

– Me conta como foi o rolo no teu apartamento. Estou curioso pra saber.

Contei em detalhes todo o incidente.

– Mas você entrou mesmo pela sacada? – ele perguntou, admirado.

– Isso mesmo. E dependurado num lençol. Se tivesse entrado pela porta, não estaria aqui conversando com você.

Terminei a história, e ele observou:

– Então, te deram um gancho... Por ter dado um tiro na cabeça do vagabundo que invadiu teu apartamento. Mas que merda...

Dei de ombros e disse, bebendo mais um gole do uísque, que era mesmo estupendo:

– São os ossos do ofício. Agora, está na moda essa coisa de direitos humanos só pros bandidos...

O Luís Carlos também bebeu um gole, se acomodou melhor na poltrona e falou:

– Bom, vamos ao que interessa...

Fez uma pequena pausa e prosseguiu:

– Acho que nunca lhe contei que tenho uma tia excêntrica e muito rica...

– Pelo que me lembre, não.

– A tia Zazá, casada com o irmão de meu pai e minha madrinha. Ou melhor, Elizabeth Barrett Bryant Videira. É uma verdadeira lady inglesa. Tem hoje uns oitenta e poucos anos e mora no Jardim América.

Fez outra pausa pra beber o uísque.

– Pois o que eu queria lhe contar diz respeito a essa tia, uma pessoa que estimo bastante. Acontece que, uns dias atrás, ela deu pelo sumiço de um broche de safira azul. Parece que foi o presente de noivado que meu tio Ângelo lhe tinha dado. A tia Zazá faz questão de recuperar o broche, não só pelo valor da peça em si, mas porque, conforme diz, a joia lhe traz gratas lembranças.

– Ela não chamou a polícia?

O Luís Carlos pigarreou.

– É uma coisa meio complicada. Pelo que pude entender da conversa que tive com ela, suspeito que deve ter alguém da casa no meio do rolo. Devido a isso, minha tia queria uma pessoa discreta, que recuperasse o broche, mas sem que isso resultasse na prisão do suspeito. Sem escândalo, em suma.

– E ela já sabe quem é o suspeito?

– Acredito que sim. Na realidade, podem ser algumas pessoas...

O Luís Carlos levantou-se, pegou a garrafa de uísque e me serviu de mais uma dose.

– A tia... – ele ia continuar a falar, quando, depois de batidas discretas, a porta da sala se abriu, e uma empregada de uniforme avisou:

– O jantar está pronto, seu Videira.

Ele se levantou.

– A paella não pode esperar, acho melhor comermos. Durante o jantar, continuamos a conversa.

Enquanto a gente seguia pelo corredor, perguntou:

– Você não se incomoda de comer na copa? É mais confortável. A sala de jantar aqui de casa parece uma sala de reuniões de uma empresa... Coisa da Marina...

Foi a primeira vez naquela noite que falou no nome da mulher, que, pelo visto, não estava por ali. Melhor: não tinha a menor vontade de vê-la. Era bem gostosa, mas uma predadora. Daquelas que se casavam com um homem só pra espremê-lo e sugar até a última gota de sangue. Como que o Luís Carlos havia entrado naquela roubada? Quanto a ela, já sabia por que tinha se casado com ele. Com certeza, pela grana... Do mesmo modo que carniça atrai urubu, dinheiro atrai pistoleira.

Sentamos, e veio a paella, com grandes camarões, mexilhões, pedaços de carne de porco, de frango. O Luís Carlos abriu uma garrafa de vinho.

– É um Pinot Grigio, de 1975. Feito no Oregon, no Eyrie Vineyard South Block Reserve – disse, lendo o rótulo e me servindo. – Falam bem deste vinho. Espero que goste.

Provei, me pareceu bom. Nunca fui um expert no assunto, mas, desde que não me sirvam vinho espumante, suave ou licoroso, daqueles de missa, o resto bebo sem reclamar. Começamos a comer, e o Luís Carlos continuou com sua história:

– A tia Zazá pertence a uma família tradicional. O avô dela, John Barrett Bryant, era banqueiro e negociante de joias e amealhou uma grande fortuna em Londres e no Oriente. O filho, Robert Barrett Bryant, herdou os negócios do pai, que expandiu bastante. A filha dele, a tia Zazá, quando tinha lá seus dezesseis, dezessete anos, acabou conhecendo um dos irmãos de meu pai, Miguel Ângelo Videira, um biólogo, que fazia um estágio em Oxford. Casaram-se e, mais tarde, vieram pro Brasil, onde ele se tornou responsável pela criação da Fundação Bryant, que faz pesquisas na área das doenças tropicais. Não sei se já ouviu falar...

Balancei a cabeça dizendo que não.

– Pelo que ouvi dizer, fazem um trabalho sério, e os pesquisadores de lá têm publicado artigos importantes sobre parasitas, bactérias, em revistas científicas. Parece até que estão desenvolvendo vacinas contra a dengue, contra a doença de Chagas. Também, com todo aquele suporte financeiro que a tia Zazá vem dando à Fundação...

Luís Carlos voltou a encher minha taça de vinho, que descia bem com a paella. A conversa parecia que ia longe. Melhor: assim a gente enxugava mais garrafas daquela maravilha.

– Parte da fortuna da tia Zazá – continuou a contar – se encontra aplicada em ações, de vez em quando até ajudo ela com alguns palpites. Mas, se você quer saber, a maior parte da fortuna vem das joias da família. E o grande problema está aí...

– Problema? Que problema? – Não podia imaginar que uma fortuna em joias causasse problemas.

Ele deu um suspiro.

– Teimosa como ela só, tem a mania de guardar as joias em casa.

– Num cofre?

– Cofre? Que cofre? – Me olhou espantado. – Cofre, porra nenhuma! A maluca guarda nas gavetas da cômoda, do guarda-roupa... Às vezes, deixa à vista anéis de brilhantes, pulseiras e brincos de ouro sobre a penteadeira. Nunca sai de casa sem levar nos braços e no pescoço pulseiras e colares valiosos. Eu não sei o valor daquilo tudo, porque pouco entendo de joias, mas, que vale uma fortuna incalculável, isso vale. Cansei de ver espalhados pelos aposentos dela colares, um deles, raríssimo, de pérolas negras, brincos de ametista, de topázio. Mas quer saber qual é a joia da coroa?

Sorriu, matreiro:

– Acho que pouca gente da família viu, mas todo mundo sabe que a tia Zazá tem um dos diamantes mais raros do mundo, o "Espoir"... Esse ela não mostra pra ninguém. Nem mesmo pra mim, que sou seu afilhado. Parece ter um ciúme danado da pedra.

– E o que tem de especial essa pedra?

– Ah, é uma longa história. Se estiver interessado em ouvir...

– Claro que tenho interesse, vamos lá – disse, pegando mais uma porção da paella.

O Luís Carlos me serviu de mais vinho e começou a contar:

– O "Espoir" foi encontrado na mina Kollur, perto de Golconda, na Índia, em 1642, e trazido à Europa por um viajante francês e mercador de pedras chamado Jean Tavernier. O diamante pesava por volta de 132 quilates em bruto e era totalmente incolor, o que é uma coisa raríssima, tanto pelo tamanho quanto pela cor. Em 1668, Tavernier foi apresentado ao rei Luís XIV, pra quem vendeu 22 diamantes, incluindo, segundo contam, o Espoir. A pedra foi oficialmente batizada de "O Diamante da Coroa". Tinha então 112 quilates e havia sido lapidada, como a maioria das outras pedras, por lapidários indianos, pra manter o máximo de sua medida original. Segundo conta a história, o rei mandou relapidar o diamante pra obter mais brilho, e ele foi reduzido a 67,50 quilates. Os especialistas supõem que esse grande diamante foi um daqueles que foram roubados durante a Revolução Francesa e nunca mais encontrados.

Luís Carlos se levantou, foi até o aparador e pegou outra garrafa de vinho. Voltou e continuou a contar a história:

– Em 1830, um diamante também incolor, mas com 44,50 quilates, foi oferecido no mercado de diamantes em Londres e acabou sendo comprado por Henry Thomas, um banqueiro e colecionador de pedras preciosas. Parece provável que era mesmo uma parte do "Diamante da Coroa" da corte francesa. Depois de algumas reviravoltas, foi, afinal, adquirido pelo avô da tia Zazá.

– E quanto vale um diamante desses?

– Pedras desse tipo têm um valor exorbitante, se são realmente incolores, ou seja: puros diamantes sem tonalidades amareladas. Ouvi dizer que costumam pagar 17 mil dólares por quilate! Agora, se a pedra tiver mais quilates, o valor aumenta consideravelmente. No caso do diamante da tia Zazá, se isso for realmente verdade, a pedra deverá valer alguns milhões de dólares.

– Uau! – exclamei, assustado com a montanha de dinheiro.

– Se bem que é preciso ainda agregar o valor dos diamantes menores, do ouro etc., que fazem parte do colar.

Refleti um pouco pra depois perguntar:

– E você não desconfia onde tua tia guarda esse diamante?

– Não tenho ideia e nem quero ter, mas desconfio que, maluca como ela só, deve guardar em algum gavetão, no meio das roupas... Como já te disse, ela se recusa a adquirir um cofre...

– Se isso for verdade, ela é mesmo maluca.

Luís Carlos deu uma boa risada:

– Claro que minha tia é completamente maluca. Tão maluca que vem deixando a família doida com suas ameaças. Quando a atazanam, costuma dizer que vai refazer o testamento e legar a maior parte da fortuna pra Fundação Bryant, pras casas de caridade. Quanto ao Espoir, ameaça doá-lo a um museu...

Acabamos de comer. Como nenhum de nós fizesse questão da sobremesa, voltamos pra sala, onde o Luís Carlos pediu um café e serviu um Armagnac. Sentamos, e ele continuou a contar:

– Quanto à família da tia Zazá... como você é meu amigo, posso lhe dizer com toda franqueza que é mesmo uma lástima.

Franziu a cara de nojo:

– Meu primo, filho único da tia, é um imprestável. Não concluiu os estudos, nunca fez nada de útil. É um drogado e anda metido com gente da pesada. Acabou se casando com uma dona que, segundo dizem, veio de um desses bordéis de luxo dos Jardins. O Zé Roberto passa a vida achacando a minha tia. Vive como um parasita junto dela, jamais trabalhou. Sem contar que a mulher dele, a Vilma, ainda trouxe, como dote, o irmão, um traste com jeito de cafetão.

– Ué, por que tua tia não bota eles pra correr?

Balançou a cabeça e disse com tristeza:

– Filho é filho, né? Ainda mais filho único.

Ficou quieto por um instante, e a imagem da filha dele, a Claudinha, se formou em minha cabeça. O Luís Carlos devia sentir na carne aquele tipo de problema.

– É bem verdade – continuou a contar, interrompendo meu pensamento – que, conforme pude saber, ela já chegou a pôr a nora e o irmão vagabundo na rua, mas meu primo, o Beto, ameaçou se matar, cortando os pulsos, foi parar no hospital. Coisa de prima-dona que sempre faz quando quer chantagear minha tia. Pode assim imaginar o que a tia Zazá vem sofrendo, ainda mais na idade dela.

A empregada entrou com o café. Ele me serviu mais uma dose de conhaque.

– Bem, vamos voltar ao broche de safira. Como disse, não creio que tenha um valor comercial assim tão grande. Isso se comparado com as outras joias que minha tia possui. Mas, como te disse, por se tratar de um presente de noivado, ela sempre teve pelo broche o maior carinho.

– E quando ela deu pelo sumiço da joia?

– Não sei o dia exato. Mas parece que foi uma semana atrás.

– Será que tua tia não perdeu o broche? Do jeito que falou que deixa as joias jogadas pelo quarto... Sem contar que, pela idade dela...

O Luís Carlos fez um gesto com a mão, como que rebatendo a insinuação que eu fazia:

– Se quer saber, a tia Zazá ainda está bastante lúcida. Apesar da idade avançada. Embora largue as joias à toa em seus aposentos, nunca se esquece onde estão. Se diz que pegaram o broche, pode ter certeza de que pegaram.

Refleti por alguns momentos, bebericando o conhaque, pra depois perguntar:

— Quem da casa tem acesso ao quarto dela?

— Tia Zazá ocupa quase toda a parte superior do casarão, numa espécie de apartamento, com uma suíte, sala, saleta. Quem lhe serve é uma antiga empregada, já bem velha, muito leal, a Anica. Titia não costuma permitir que os familiares e os demais serviçais da casa entrem no seu cantinho, como gosta de chamar.

— Ela costuma se ausentar desse cantinho?

— Sim, regularmente. Ia esquecendo de lhe dizer que a tia Zazá é viciada em bridge. Tem um grupo de amigas, tão velhas como ela, com quem joga quase todos os dias. Parece que se revezam, visitando umas às outras. Como deve desconfiar, quando sai, vai cheia de joias.

— Quando tua tia sai, a empregada de confiança fica sozinha tomando conta dos aposentos?

— Olha, acho que não... Parece que a tia Zazá gosta de levar a Anica como dama de companhia. Mas me disse que costuma trancar seus aposentos.

— Bem, isso não é um problema sério pra quem está mesmo disposto a furtar. Desde que seja alguém que conheça a rotina da tua tia...

Voltei a refletir sobre a questão, balançando devagar o cálice com o conhaque, pra dizer, afinal:

— Ela deve ter um chofer, não é?

— Chofer? Claro que tem um. Mas por que está perguntando isso?

— Bem, um chofer — expliquei — talvez tivesse acesso aos aposentos da tua tia e pudesse conhecer bem os movimentos dela. Em suma: por experiência, sei que, em casos como esse, a gente deve começar sempre desconfiando dos serviçais mais próximos.

O Luís Carlos deu uma risada:

— Falando em chofer, se lhe contasse que até pouco tempo atrás era ela quem dirigia o carro... Calcule que, com oitenta anos, costumava sair com seu carrão, um velho Chevrolet Belair, só acompanhada da Anica. Até que se envolveu num acidente e foi obrigada a contratar um chofer. Acontece que a tia Zazá é daquelas motoristas que sempre acham que têm razão. No acidente em que se envolveu, como costuma fazer sempre o mesmo itinerário, entrou numa rua que havia mudado de mão, bateu em outro carro, depois discutiu com a polícia. Só não foi presa por causa da idade. Aí, arrumei um chofer pra ela.

Suspirou, bebeu mais um gole do conhaque:

— E o pior é que anda se queixando do motorista, diz que ele é ranzinza, mal-educado. Já estou vendo a hora em que ela vai querer dirigir de novo e se meter em confusão.

— Me diga lá uma coisa: será que não foi mesmo o motorista? Pra se vingar das broncas que deve ter recebido?

— Sinceramente, não acredito. Chequei os dados. É um senhor aposentado, com larga experiência em empresas. Tem a ficha limpa. Em todo caso, te passo o telefone do homem, se você quiser começar por aí.

Já imaginava o rolo em que ia me meter. Pela descrição do Luís Carlos, parecia que a velha devia ter um gênio dos diabos. Mas tudo bem: investigava o sumiço da pedra e, terminado o trabalho, recebia meu dinheiro e voltava pra rotina de vagabundo. Não queria, naquela altura do campeonato, mais confusões na vida.

Terminamos a conversa pra lá da meia-noite. O Luís Carlos ficou de me avisar quando é que devia ir ver dona Elizabeth. Saí da casa dele com a cabeça cheia de histórias e bebida. O uísque, o vinho e o conhaque iam me fazer mergulhar num daqueles sonos de bêbado. E um café forte com aspirinas ia ser o santo remédio pra mais uma ressaca.

4

No dia seguinte, acordei tarde, como de costume, e, pra minha surpresa, sem ressaca, apesar de tantos copos e taças enxugados. Era o que costumava acontecer quando tomava bebida de qualidade, em vez do uísque dos inferninhos. Antes de descer pra almoçar, telefonei pro Bellochio:

— Seu puto, que tinha de contar pro Luís Carlos o que aconteceu comigo?

Já não estava mais irritado com meu parceiro. Afinal, o jantar em casa do Luís Carlos tinha sido ótimo. Mas não podia perder a oportunidade de dar uma descompostura nele.

— Porra, os caras te foderam, deixaram você na merda. Alguém tinha que te ajudar. Foi aí que pensei no Luís Carlos. Ele tem você no maior conceito.

— E daí? Você não tinha nada que se meter.

Como se não desse importância pra minha bronca, perguntou logo em seguida:

— Conversou com o homem?

— Conversei.

— E...?

— Ele me propôs um trabalho.

Resumidamente, contei do que se tratava.

— Ótimo, assim você descola uma graninha com um trabalho bem maneiro — o Bellochio disse, pra depois mudar de assunto: — Sábado, a patroa vai fazer uma costela no bafo. Convidei também a Swellen e a Sílvia. Vamos enxugar uns Valpolicellas.

Desliguei o telefone, mas não desci pra almoçar. Fiquei um bom tempo pensando na vida e olhando pras paredes encardidas, em que havia um único quadro já quase de todo apagado, reproduzindo uma paisagem à beira-mar. Nos cantos do teto, as aranhas faziam a festa, construindo teias e mais teias, onde aprisionavam moscas e libélulas. Puta merda! Estava morando numa pocilga. Como a Bete continuava no hospital, tinha contratado uma faxineira que vinha uma vez por semana, quando vinha, e, ainda por cima, era relaxada. O chão vivia cheio de pó, a louça, as embalagens de pizza, de comida chinesa, as garrafas e latinhas de cerveja se amontoavam na pia. De noite, as baratas punham as antenas de fora dos buracos, esquentavam os motores e saíam apostando corrida pelo chão da cozinha. No banheiro, o cesto de lixo regurgitava de papel higiênico. Há quanto tempo não trocava de lençol? Há quanto tempo não usava uma toalha seca e limpa? Meu apartamento, afinal, se parecia comigo. Eu era um porra de um homem já entrado nos quarenta, com um começo de barriga, cabelos começando a ficar brancos, as artérias entupidas de colesterol, pronto pra ter um treco. A vida tinha feito de mim um cara duro. As pessoas me cansavam: ultimamente, à exceção de meus pouquíssimos amigos, não via mais ninguém. Em outros tempos, coisa mais comum era chegar em casa, ligar a secretária e ouvir: "Oi, Douglas, aqui é a Kátia. Me liga pra mim, vai...", "Seu cachorrão, é a Selma, você ficou de me ligar e não ligou...", "Mozinho, tô com saudade... Aqui é Suzana...". Fora os recados de minha mãe, me chamando de ingrato, porque faz tempo que não ia visitá-la, a secretária eletrônica se recusava a me dirigir a palavra. Minhas namoradas haviam sumido no espaço. É bem verdade que, de vez em quando, descolava uma ou outra garota na noite, mas elas eram pra mim o mesmo que espuma de cerveja. A recíproca devia ser verdadeira. Afinal, quem podia me suportar?

O resultado: vivia sozinho, na companhia de aranhas, percevejos e baratas que tinham a vantagem sobre as pessoas de, pelo menos, não exigirem nada de mim. Depois que havia sido ferido, pouco saía, passando a maior parte do tempo deitado no sofá estripado, lendo meus livros policiais, bebendo e ouvindo música. Se isso era bom, por outro lado, permanecer por muito tempo no apartamento, em minha companhia, estava começando a me deixar maluco. A depressão fazia com que ficasse mal-humorado, sem complacência pelos outros e ainda menos por mim. Por vezes, olhando no espelho, via um bosta, um bosta tão ou mais ignorante como o babaca que morava no apartamento de cima. Um bosta, que não sabia nada de nada e merecia estar sozinho, porque não tinha aprendido ainda a conviver com os outros e nem consigo mesmo. Falando francamente: eu não era uma companhia saudável. Mas, depois de umas talagadas de uísque, refletindo mais um pouco, acabava achando que não era bem assim. Talvez fosse o efeito da suspensão, de meu orgulho em baixa que me levava a ser tão duro comigo. Mas, fosse o que fosse – o fato de eu ser mesmo um cara insuportável, ou o efeito do orgulho em baixa –, o melhor era não ficar entocado no apartamento. Antes que pirasse, devia é fugir o mais depressa do meu tugúrio.

Pensando nisso, desci pra almoçar no português. Era dia de tutu à paulista, que comi, acompanhado de uma cerveja. Isso depois de experimentar a novidade, uma cachaça do Rio Grande do Norte, que seu Felício tinha reservado pra mim.

– É de apetite, senhor doutor! – disse, pegando na ponta da orelha.

O português tem a maior consideração por mim, desde o dia que botei pra correr uns vagabundos que tentaram achacá-lo. O Trás-os-Montes, com seus quadros cafonas de camponeses inflados e bois parecidos a hipopótamos, o balcão com estufas, aquecendo quitutes, as mesinhas, onde se acotovelam os fregueses, é um dos meus lugares favoritos pra comer. Sou tratado como um rei: seu Felício costuma me reservar os melhores bifes, as partes mais suculentas da feijoada, as cachaças especiais. Mas gosto do boteco também pelo movimento, sobretudo à noite. Me sinto como um peixe dentro da água, na companhia das putas que passam por ali pra recuperar as forças com as canjas e o bife acebolado que o negão da cozinha, o Maciel, faz com o maior capricho.

Saí do Trás-os-Montes e caminhei até o centro em busca de uma *lan house*. Não tenho computador em casa, e faz tempo que venho protelando a compra de um. Sempre por falta de dinheiro. Quando preciso consultar a internet, costumo usar o do trabalho, mas, como estava suspenso... A razão dessa consulta na internet era que, antes de me encontrar com a tia do Luís Carlos, queria fazer uma pesquisa sobre pedras preciosas, já que sou ignorante sobre o assunto. Deixei a Paim, desci a Nove de Julho, subi as escadarias e cheguei na Maria Antônia, onde havia alguns cafés com internet perto da Universidade Mackenzie.

Pedi um expresso, sentei numa bancada e comecei a trabalhar. Primeiro, fui atrás das safiras. Fiquei sabendo que a palavra se originava do árabe, *safir*. De modo geral, encontradas no Sri Lanka, costumam ter várias cores – cor-de-rosa, amarela, verde, branca e multicolorida. Com a exceção da safira cor-de-rosa/alaranjada, conhecida como *Padparacha*, muito valiosa, as demais safiras de outras cores não tinham grande valor, a não ser as azuis. As maiores safiras encontradas eram a "Estrela da Índia", com 575 quilates, a "Logan", com 423 quilates, e a "Estrela da Ásia", com 330 quilates. Como não entendia nada de quilates, fui pesquisar e encontrei o seguinte: "Palavra de origem árabe, *qirát*, que, por sua vez, se origina do persa *carob*, o nome dado a sementes de pesos semelhantes entre si. A semente *carob*, no passado, era utilizada como parâmetro para calcular o peso dos diamantes. Um quilate equivale a 0,2 grama".

Das safiras passei pros diamantes e, aí, encontrei mais coisas. Pra começar, descobri que essas pedras, as mais caras que existem no mercado, costumam ser classificadas de acordo com as cores, numa escala que vai de D a Z. Os diamantes, entre D e F, são totalmente incolores, e os mais raros, os de G a Z, são quase incolores ou com laivos amarelos mais fracos ou mais fortes. Nesses casos, o valor decrescia. Fora da escala, situavam-se os diamantes conhecidos como *fancy colors* – vermelhos, azuis, verdes – e que tinham preço incalculável. Li também sobre fluorescência, luminosidade, que podia ser mais fraca ou mais forte, as formas – redonda, oval, coração, navete e gota – e a pureza que determinavam o menor ou maior valor das pedras. Descobri ainda que era preciso considerar a raridade da peça. Desse modo, se um diamante de meio quilate custasse de modo aproximado 4 mil dólares, um de um quilate não custaria simplesmente o dobro e sim, 17 mil dólares. Não era à toa que o diamante do colar de dona Elizabeth custasse tanto. Afinal 44,50 quilates eram 44,50 quilates, e o preço devia subir em proporções geométricas, sobretudo por ele ser, conforme o Luís Carlos tinha me dito, totalmente incolor.

Pedi mais um café e fui atrás da história do Espoir. Além das informações que meu amigo tinha me dado, encontrei outras coisas bem interessantes. O autor do texto contava que o diamante ficou conhecido por esse nome só depois que foi comprado pelo banqueiro e mercador de joias Henry Thomas. Nessa época, adquiriu a reputação de dar má sorte a quem o possuísse: Henry Thomas morreu em circunstâncias misteriosas, e seu filho, Henry Thomas Jr., perdeu a fortuna na jogatina, após ter herdado a pedra. Foi encontrado morto num beco em Londres, sem a carteira, os anéis, o relógio e com marcas de esganadura. Em 1867, o diamante passou pras mãos de Abdul Harmid, o sultão da Turquia, que pagou 80 mil libras por ele. Mais adiante, Abdul foi deposto num golpe de Estado em que acabou sendo decapitado. Em 1900, o diamante foi vendido pela Cartier em Paris pra uma viúva americana, a senhora Henrietta B. McLean, de Washington. De acordo com a lenda, a posse da pedra teve consequências trágicas pra mulher: seu único filho morreu num acidente de carro. Em seguida, a senhora McLean perdeu grande parte da fortuna em especulações imobiliárias. Deprimida com a morte do filho e com o baque econômico, cometeu suicídio. O texto registrava também que, em 1911, quando as joias da senhora McLean foram postas em leilão, sir John Leland Bryant, o avô de dona Elizabeth, adquiriu o Espoir. Se não registrava nada a respeito de tragédias na família Bryant, registrava que, por superstição, ninguém ousava tocar na pedra quando examinada. Sir Bryant, ao que parece, morreu de morte natural e o mesmo aconteceu ao filho Robert. E quanto à dona Elizabeth? Apesar da morte do marido a quem amava, havia conservado sua fortuna e, segundo o Luís Carlos, estava bem de saúde física e mental. Mas viver com um filho viciado em drogas, uma nora piranha, acompanhada do irmão cafetão, já não era maldição bastante?

Deixei a *lan house,* tomei um táxi e fui ao shopping Iguatemi procurar uma loja da H.Stern, pra dar uma olhada em safiras e diamantes ao vivo. Parei diante da vitrine e fiquei apreciando as joias. Até que tive a atenção voltada pra uma garota sentada atrás de um dos balcões da loja. Destacava-se bastante entre as vendedoras da H.Stern. Era esbelta, tinha cabelos cor de palha, compridos, formando uma trança que lhe descia pelas espáduas. Entrei e fui em sua direção. Abrindo um sorriso, me cumprimentou e convidou a sentar.

De perto, parecia mais bonita ainda: tinha covinhas ao lado dos lábios cheios, e os olhos, de uma cor entre azul e violeta, brilhavam tão ou mais que as pedras dos mostruários.

– Pois não? Em que posso ajudá-lo?

Inventei uma história que estava noivo e queria adquirir um broche de safira azul.

– Safira? O senhor tem bom gosto. É uma pedra especial. Vamos ver o que posso lhe mostrar...

Ela se levantou. Notei que, por debaixo do elegante tailleur cinza, se desenhavam os traços de uma bundinha deliciosa. Como uma gata, caminhou sinuosamente até uma estante, abriu-a com uma chavezinha que trazia dependurada em uma corrente de ouro no pescoço. Demorando-se um pouco, escolheu algumas peças. Dava gosto ficar ali sentado, só observando seu corpo esguio, levemente inclinado para a direita, à medida que pegava as joias e punha sobre uma caixa forrada de veludo azul. Ela voltou, sentou e me mostrou quatro ou cinco broches. Enquanto falava das pedras, da liga de prata ou de ouro, do efeito que podiam causar, eu me concentrava nos olhos dela. Puxa vida! Há quanto tempo não via uma garota assim tão bonita! Uma verdadeira joia. Ela acabou de explicar e perguntou:

– Era isso mesmo que o senhor queria? Se não for, podemos pensar num broche de rubi lindíssimo que acabou de chegar.

– Essas safiras são originárias do Sri Lanka? – eu perguntei, pegando um dos broches e tentando mostrar um pouco do que conhecia sobre safiras.

– Do Sri Lanka? – sorriu. – Não, não vêm do Sri Lanka. Estas daqui são sintéticas, fabricadas em Hong Kong. As autênticas, por serem raras, custam um preço exorbitante. Mas, se o senhor quer saber, só um expert saberia distinguir entre uma autêntica e estas artificiais.

Apanhou um dos broches, fez que as pedras reluzissem, movendo-as de um lado pro outro, e disse:

– Garanto que sua noiva vai ficar bem feliz com uma dessas joias.

– Desmanchei o noivado – disse sem pensar.

– Desmanchou o noivado? Como assim? – Me olhou, espantada.

– É, desmanchei.

– E o senhor...

Mais uma vez sem pensar, disse uma coisa bem cafona:

– Se quer saber a verdade, estou mais interessado é nas safiras dos teus olhos.

Pra minha surpresa, não ficou ofendida. Apenas disse, abrindo aquele sorriso que tanto me atraía:

– Sinto muito, mas elas não estão à venda.

– Uma pena. Dava por elas tudo que tenho.

O que era uma merda, porque não tinha nada. Embaraçada, começou a recolher as joias sobre o balcão. Mudei de estratégia e disse o real motivo por estar ali: que era da polícia e estava investigando um caso de um broche de safira que havia sido roubado. Ela parou de recolher as joias e, me fitando de novo, disse:

– O que o senhor deseja saber então?

– Como não entendo nada de joias, queria conversar com alguém que entendesse, e você...

– O senhor é da polícia mesmo...? – perguntou, desconfiada.

Enfiei a mão no bolso pra pegar minha carteira funcional. Merda! Tinha sido confiscada pelo Cebolinha. Por sorte, achei um holerite que mostrei pra ela. Examinou o documento e disse:

– Pois então o senhor é da polícia e quer saber alguma coisa sobre safiras...

– Isso mesmo. Ficaria muito grato se pudesse me ajudar.

Começou então a me explicar um monte de coisas sobre safiras, quase tudo que eu já descobrira em minha pesquisa na internet, a não ser que o presente de noivado de lady Diana havia sido um anel com esse tipo de pedra. Não prestava muita atenção no que ela me dizia. Estava fascinado com os olhos que brilhavam mais que as pedras, na boca da cor de rubi. Quando terminou de falar, não resisti e disse assim na lata:

– Que tal se a gente saísse um dia desses pra tomar um drinque?

Ficou vermelha, o que a tornava ainda mais encantadora, cobriu a mão direita, em que havia uma aliança de ouro, com a esquerda, e falou num fio de voz:

– Não sei se seria conveniente...

Estendi um de meus cartões:

– Sem compromisso, só pra você ajudar na minha investigação.

Olhou pro cartão, olhou pra mim, o rosto ainda marcado pelo rubor, e murmurou:

– Medeiros... Investigador Douglas de Medeiros...

– E você? Ainda não me disse seu nome.

Hesitou um pouco, pra depois dizer:

– Ingrid. Ingrid Ekerot.

– Alemã?

– Não, brasileira. Mas meu pai é sueco.

Olhei bem pra ela: era mesmo linda, com os cabelos dourados, os olhos azul-safira, a pele rosada, os lábios cheios.

– Até um dia desses – disse, me levantando. – Vê se liga pra mim.

Deixei a loja, pensando que talvez valesse mesmo a pena trabalhar num caso como esse. Estava começando a gostar do assunto. Além de já saber alguma coisa sobre safiras e diamantes, ainda conhecia uma joia como aquela. Mas será que ela era pro meu bico? Eu andava numa maré de tanto azar que, se passasse uma cantada numa das donas do Trás-os-Montes, era possível que ouvisse um não. E o que dizer de uma garota como a Ingrid?

* * *

No sábado, acordei, mas, em vez de levantar, fiquei na cama, pensando na vida. Como eram longas minhas noites! Sobretudo quando o braço voltava a doer e eu tinha insônia. Me levantava, ficava zanzando sem rumo pelo apartamento. No banheiro, ao olhar pro espelho, concluía que era difícil suportar minha imagem. Um rosto que já tinha visto coisas nojentas demais: botecos imundos, HOs ordinários, com lençóis sujos e toalhas molhadas, prisões e tribunais, com delegados e promotores da Justiça estúpidos, colegas venais, montes de presuntos, autópsias de cadáveres, cabeças arrebentadas por tiros à curta distância ou por marretadas. Se visse essas feições num estranho, não confiava nele. Às vezes, não querendo voltar pra cama, preparava uma dose de uísque e me sentava na varanda, apreciando o movimento do Trás-os-Montes: as putas comendo no balcão, os cafetões encostados na parede, do lado de fora, um ou outro drogado tentando descolar um pacau de maconha, uma pedra de crack. Torcia pra que acontecesse algum rolo: um assaltante ousando roubar uns trocados no boteco, um traficante da pesada dando as caras por ali. Era, na certa, adrenalina no sangue – eu, descendo as escadas na correria, pra partir pras cabeças.

Como nada acontecia, continuava ali, no maior tédio, bebendo meu uísque, esperando que o sono viesse, já que nada mais vinha. De vez em quando, ficava só pensando na Ingrid, em seus cabelos loiros como uma espiga, em seu sorriso, em seus olhos azul-safira. Mas logo chegava à conclusão de que ela não era pro meu bico. Ainda que – coisa improvável – me telefonasse. O que eu faria com ela? Não podia simplesmente levar nos matadouros habituais onde costumava sacrificar carne de terceira. O que fazer? Afinal, quem se habituou a comer bucho não sabe o que fazer quando lhe servem filé-mignon.

– Sai dessa, Medeiros! Esquece!

Me levantei, afinal. Uma boa ducha e uma xícara de café preto me fizeram ressuscitar. Fui pegar o carro. Desci a Nove de Julho em direção da 23 de Maio. O trânsito estava bom, de maneira que, pouco depois, entrava na rua Sócrates, onde fica o sobrado do Bellochio. A Swellen e a namorada dela, a Sílvia, já tinham chegado e ajudavam a Conceição na cozinha. Se a relação das duas, no começo, tinha causado alguma estranheza na família, pouco tempo depois todos se acostumaram. A Swellen era unha e carne com a gente, e a Sílvia naturalmente veio também fazer parte da parceria e do nosso círculo de amizade.

Enquanto a gente enxugava uma garrafa de Valpolicella, troquei umas ideias com o Bellochio sobre meu novo caso. É bem verdade que ele já sabia alguma coisa que eu tinha lhe falado ao telefone. Fiz-lhe um relato mais completo.

– Não acredito! – observou ele, quando contei da quantidade de joias da tia do Luís Carlos. – Ela guarda no quarto mesmo um diamante que vale milhões de dólares?!

– A velha é maluca. Não sei como essa história ainda não vazou. Coisa mais fácil seria um bando de vagabundos tentar um assalto ou até mesmo um sequestro.

– E ela não tem um cofre, um sistema de alarme, seguranças na casa?

– Pelo que eu saiba, não. E, não bastasse isso, ainda costuma sair de carro, acompanhada apenas de uma espécie de dama de companhia.

– Mas que doidice... E quanto à joia que sumiu? Que joia era?
– Um broche de safira.
– E como aconteceu o furto? Ou foi roubo?
– Furto mesmo. Segundo o Luís Carlos, não houve violência. Pelo que parece, foi alguém da família ou um empregado que afanou a safira.

O Bellochio refletiu um pouco, pra depois dizer:
– Você já foi conversar com ela?
– Ainda não.
– Bem, perto do que enfrentou por aí, este caso deve ser bico pra você. É só dar uns apertos no pessoal, que entregam o tal do broche, e você leva uns trocados.

Interrompemos a conversa quando a Conceição veio avisar que o almoço estava na mesa. E a gente se espremeu na sala da casa do Bellochio, ainda que os dois filhos dele, o Júnior e a Gilda, comessem na cozinha. Pouco depois, atacamos a costela no bafo que a Conceição sabia fazer como ninguém. E lá se foram três garrafas de Valpolicella, duas delas trazidas pela Swellen, e um português da região do Douro, minha contribuição pro rega-bofe. Enquanto comia, vendo a Swellen encostada na Sílvia e o Bellochio dando palmadas no traseiro da Conceição cada vez que ela aparecia com mais uma travessa, fiquei pensando se valia mesmo a pena eu continuar daquele jeito: um solteirão, que só arrumava companhia nos inferninhos. E por uma noite, pra ser abatida na cama, como uma presa e, depois, ser descartada. Ergui o copo pra tomar um gole de vinho. E a imagem da Ingrid outra vez se formou diante de mim: os cabelos cor de ouro, os olhos azul-safira, os lábios vermelhos como um rubi. Uma mulher diferente das outras, pra ser respeitada, pra ser amada...

Um tapa na cabeça me trouxe pra realidade do almoço. Era o Bellochio que disse, ante a gargalhada do pessoal:

– Que que foi, cara? Viu passarinho verde? – e completou logo em seguida, piscando um olho: – Vai ver é que andou vendo periquita verde. Por isso é que está assim fora do ar...

Saí da casa do Bellochio, mas, antes de voltar pro apartamento, resolvi dar uma passadinha no Hospital da Beneficência Portuguesa, onde a Bete estava internada. No caminho, comprei um buquê de flores e uma caixa de bombons. Como a neguinha já estava melhor, me deixaram entrar na enfermaria. Uma senhora lhe fazia companhia, sentada numa cadeira ao lado.

– Seu Douglas! – a Bete murmurou, tentando abrir um sorriso.

Estava ainda com a cara inchada, os olhos com grandes olheiras. Me abaixei e lhe dei um beijo na bochecha.

– Está melhor, querida?

– Essa é minha mãe – disse com dificuldade.

– Prazer, doutor – disse a mulher, se levantando da cadeira.

– Por favor, fique à vontade. Vim dar uma passadinha pra ver como a Bete está – disse, entregando a caixa de bombons e o buquê de flores.

Peguei a mão da Bete.

– Estou sentindo falta de você. Não sabe a bagunça no apartamento.

Sorriu com tristeza. Quis dizer alguma coisa, empacou e, de repente, começou a soluçar.

– Não chore, querida.

Sempre soluçando, o ranho escorrendo do nariz, se desculpou:

– Sabe, né, seu Douglas, eu queria ir embora, mas o doutor disse que ainda não dá pra mim sair. Não guento mais ficar na cama, mas, quando tento levantar, dói nos quartos...

Apertei a mão da Bete.

– Aproveita pra descansar. Quando estiver cem por cento, você volta.

Enfiei a mão no bolso, peguei um envelope e pus do lado dela.

– O seu pagamento.

– Mas faltei tanto! – disse, surpresa, e sem deixar de soluçar.

– Pago adiantado, você deve ter tido muitas despesas, não é? E vai junto uma gratificação. Pelo que aconteceu a você no apartamento.

A mãe dela juntou as mãos e disse:

– Vou rezar pra Nossa Senhora Aparecida lhe ajudar, doutor. Bem que a Bete disse que o senhor é uma pessoa de bom coração.

Dei outro beijo na Bete, me despedi da mãe dela e deixei o hospital rapidinho. Antes que tivesse um troço. Chegando na rua, pensei que não valia a pena voltar pra casa. Ficar em minha companhia não era o melhor programa. No estado em que me encontrava, era até capaz de sair na porrada comigo mesmo. Peguei o carro e fui até a Major Sertório. Entrei numa biboca, chamada Blue Night, pedi um uísque duplo. Mas o mar não estava pra peixe: a bebida era uma merda, a garota que fazia *striptease* tinha uma queixada que bem que podia estar disputando uma corrida no jóquei. As outras donas traziam sobre os buracos da cara mais reboque que uma parede em reforma. Renunciando ao uísque, certamente do Paraguai, pedi uma caipirinha de vodca, depois, uma vodca pura e, por fim, uma cachaça. Com a cabeça cheia, de repente, tive a sensação de que a garota do palco era a Júlia Roberts, e a dona que se sentou na minha mesa, a Michelle Pfeiffer. Nada como um álcool de terceira pra dar um bilhete pra gente entrar no paraíso. E foi assim que, no outro dia, acordei na merda de um HO, com uma baita de uma ressaca. E, pra minha surpresa, com uma coisa bojudinha, como um vaso de palmeira de porta de hotel, roncando do meu lado.

5

Na segunda, pelo fim da tarde, recebi um telefonema do Luís Carlos:

– Titia está te esperando amanhã, lá pelas dez. Quer que mande meu chofer pra te pegar?

Não, eu não queria andar num carro com um chofer uniformizado, cheio de frescura, abrindo a porta pra mim, como se eu fosse a merda de uma madame.

– Obrigado, mas já está dando pra dirigir.

– Não se acanhe, se precisar está às ordens – ele me passou o endereço e completou: – Boa sorte, meu caro. Se puder depois me dar um toque de como foi a conversa...

Na terça, conforme o combinado, fui até a casa de dona Elizabeth, na rua Cuba. Embiquei o carro diante do portão de grades de ferro e desci para apertar o interfone. Quando atenderam, me identifiquei, o portão abriu e segui por um caminho coberto de cascalho, cortando um gramado bem cuidado, que mais parecia um carpete. A intervalos, havia fontes, estátuas, cercadas de arbustos, tufos de folhagem, canteiros de rosas. No fim do caminho, entrei num bosquezinho de flamboyants, palmeiras, ipês-roxos, onde ficava a casa. Em estilo neoclássico, de cor bege, tinha dois patamares, amplas janelas verdes e varandas com toldos. Uma escada de mármore, com corrimões de metal, decorados com ramos, folhas e flores, levava à porta de entrada de madeira maciça cheia de entalhes. Era uma bela de uma mansão, digna de uma lady inglesa – coisa de cinema ou de revista de decoração. Estacionei o carro, e um mordomo veio me receber:

— Por favor, senhor — disse, fazendo uma reverência. — Dona Elizabeth está lhe esperando.

Subi atrás dele e entrei num saguão, iluminado por um lustre de cristal e decorado com quadros de caçadas, vasos com palmeiras, móveis escuros e tapetes cor de vinho, cobrindo parte do assoalho envernizado.

— O senhor aguarde um instantinho.

Sentei, mas não esperei por muito tempo, porque uma porta se abriu, uma mulher negra e gorda entrou e disse:

— Doutor Medeiros?

Parecia a tia Nastácia. Só faltavam o avental e o lenço na cabeça. No mais, era como se tivesse fugido dos livros do Monteiro Lobato: a cara de bolacha, a pele lustrosa, como se tivesse sido envernizada, os olhos, grandes como duas azeitonas portuguesas, o corpo de cadeiras avantajadas. Mas, ao contrário da personagem bem-humorada do *Sítio do pica-pau amarelo*, tinha o cenho franzido, como se estivesse de mal com o mundo.

— Pois não — disse, me levantando.

Sem dizer mais nada, me virou as costas e se encaminhou na direção da porta. Entendi que devia segui-la. Entramos numa sala, onde havia uma escada de madeira que começamos a subir. Ela ia na frente, balançando as ancas de vaca leiteira, movendo devagar as patas de elefante, que pareciam não caber direito nos sapatões deformados. E, ainda por cima, arfava como uma locomotiva. Chegamos no andar de cima, num hall, também provido de tapetes, lustres, quadros, aparadores com vasos. Ela bateu numa das portas, esperou por alguns segundos, abriu e me deu passagem. Entrei numa sala, onde havia uma lareira, uma mesa redonda com cadeiras de pés torneados, uma estante com muitos livros e vasos, uma cristaleira entulhada de badulaques, um relógio de parede e um lustre de cristal de armação dourada.

E, sentada numa poltrona de encosto alto, me esperava uma senhora, usando um vestido azul longo, óculos de aro dourado, uma espécie de tiara na cabeça, enfeitada com brilhantes, um colar com uma pedra vermelha. Com aquela pose, aquelas joias, os cabelos tingidos de roxo, parecia a rainha da Inglaterra. Me adiantei, e um cachorro felpudo, de tamanho médio, que estava do lado dela, veio latindo na minha direção.

– Charles! – exclamou a mulher.

O cachorro parou, deu um ganido e voltou pro seu lugar. Dona Elizabeth disse com um leve sotaque:

– Inspetor Medeiros?

– Investigador, minha senhora – respondi, me aproximando.

Sorriu:

– Desculpe, mas não estou familiarizada com a hierarquia da polícia.

Ela me estendeu a mão, mas de um jeito que tive a impressão que era pra beijá-la, em vez de apertá-la. Não estava acostumado a fazer esse tipo de gentileza que só tinha visto em filmes. Mesmo assim, abaixei a cabeça e encostei os lábios na pele coberta de veias azuis e perfumada suavemente. Reparei que ela usava três anéis, com pedras de diferentes cores, pulseiras de ouro e um minúsculo relógio, com o mostrador cercado por brilhantes.

– Por favor, sente-se – apontou uma cadeira à sua frente.

Me sentei, cruzei as pernas.

– Meu afilhado, o Videira, recomendou muito o senhor. Espero que esteja mesmo à altura dos elogios.

Não disse nada. O que poderia dizer? A verdade é que não me sentia à vontade naquela saleta, decorada com móveis antigos, onde o único ruído que se ouvia era do badalo do relógio e os rosnados do cachorro, que parecia não ter ido com minha cara. Não bastasse isso, ainda tinha que ficar sentado diante da rainha da Inglaterra.

– Creio que o senhor já deve estar a par do meu problema, não?

Movi a cabeça, dizendo que sim.

– Posso saber exatamente o que o meu afilhado lhe contou?

– Que a senhora tem um broche de safira de estimação que lhe foi furtado.

– O senhor conhece alguma coisa sobre pedras preciosas?

– Quase nada. Apenas o suficiente pra distinguir, pela cor, entre um rubi, uma esmeralda e uma safira – disse, apesar de saber um pouco mais do que isso.

– O que não é lá muita coisa... – sorriu de novo. – E como pensa que vai encontrar o meu broche de safira?

Dei de ombros.

– Ainda não pensei no assunto. Antes, precisava saber de alguns detalhes.

– Inspetor...

– Investigador – corrigi.

Se ela continuasse a confundir minha função, dali a pouco ia me sentir como o inspetor Clouseau, correndo atrás da pantera cor-de-rosa...

– Investigador Medeiros, o que o senhor deseja saber?

– Bem, antes de tudo, precisava que a senhora me passasse algumas informações a respeito da joia: sobre o formato, o valor aproximado, onde foi adquirida, onde a senhora costumava guardá-la.

Respirou fundo e disse:

– Depois, mostro ao senhor um catálogo de uma casa de leilão de Londres, a Sotheby's, onde há uma reprodução do meu broche. Quanto ao valor, se não estou enganada, acredito que uns cento e vinte, cento e cinquenta mil reais. Quanto a guardá-lo, guardava-o no quarto junto com as minhas outras joias.

– Em algum cofre? – perguntei por perguntar, porque já sabia a resposta.

– Não uso cofre, detesto cofres. Gosto de ter minhas joias sempre à mão – respondeu com altivez, levantando o busto.

Fingi que refletia um pouco e engatilhei outra pergunta:

– A senhora podia me contar como é que deu pela ausência da pedra e quando?

– Bem, eu... – começou a falar, mas, de súbito, se interrompeu, franzindo a testa: – O senhor não anota nada?

– Como assim?

– Não usa uma caderneta?

A senhora deve estar vendo muito filme policial na tevê, pensei, mas disse outra coisa:

– Não preciso, tenho boa memória.

– Ahn... – murmurou, parecendo desconfiada, pra, logo em seguida, prosseguir: – Na semana retrasada, era uma terça-feira, me recordo perfeitamente porque, nesse dia, jogamos bridge na casa da Gladys. A Gladys é uma das minhas parceiras de bridge, e ela nos serviu uma excelente torta de maçã... Pois bem, nessa terça-feira, voltando pra casa à noite, reparei que o broche não estava no lugar de costume.

– E qual seria esse lugar?

– Sobre a cômoda, junto com alguns de meus anéis e um colar de pérolas negras.

– A senhora não pode ter esquecido a joia em outro lugar?

Franziu de novo a testa e me disse com severidade:

– Senhor Medeiros! Eu não costumo me esquecer das coisas!

– Desculpe, mas, em nosso ramo de trabalho, temos que examinar todas as possibilidades...

— Mas o senhor não tem o direito de pensar que estou caduca.

Puta merda! A velha não era mole... Eu não tinha dito e nem insinuado nada a respeito da caduquice dela. Apenas havia feito uma pergunta de rotina. Percebi que não valia a pena rebater e resolvi seguir por outro caminho:

— A senhora suspeita de quem pode ter feito isso?

— Tenho naturalmente as minhas suspeitas – respondeu. – Desconfio que foi alguém de dentro da casa, mas não tenho certeza de quem foi. Portanto, não sei se conviria lhe dizer algo a respeito, para não cometer uma injustiça. E, como o senhor é que será o responsável pela investigação, acredito que seria melhor não interferir em seu trabalho, dando-lhe conta de pistas que podem ser falsas.

Me deu vontade de dizer que eu *ainda* não havia aceitado o trabalho. Parecendo adivinhar meu pensamento, ela se adiantou e disse:

— Antes de tudo, porém, creio que conviria tratarmos dos seus emolumentos.

Emolumentos... Há quanto tempo não ouvia esta palavra? Fiz um gesto vago com a mão. – Depois discutimos sobre esse assunto.

— Sinceramente, preferia que me dissesse agora quanto pretende receber pelo trabalho. Ficaria mais à vontade.

— Pra lhe ser sincero, nem sei quanto devo cobrar por isso. Na realidade, estou lotado na polícia e, de acordo com os regulamentos, não poderia estar me dedicando a um trabalho particular.

Ela me olhou de um modo curioso:

— Então, não entendo por que aceitou vir até aqui conversar comigo.

— O Luís Carlos me pediu pra ajudá-la com isso e, como não costumo negar pedidos de amigos...

– Mas e o seu trabalho na polícia?
Escolhi o caminho da absoluta franqueza:
– Fui suspenso.

Ao ouvir a palavra "suspenso", a expressão da velha mudou, e ela disse com severidade:

– O que o senhor andou fazendo que merecesse uma suspensão da polícia?

Contava ou não contava? Resolvi contar; se ela não gostasse, quem sabe me livrava daquele trabalho que já estava me parecendo um saco, por eu ter que explicar o que não queria explicar.

– Bem, fui suspenso porque atirei na testa de um bandido – disse, curto e grosso.

– E por que o senhor fez isso? – perguntou, arregalando bem os olhos e parecendo horrorizada.

Não estava gostando nada, nada do interrogatório. Mesmo assim fui em frente e resumi, ao mínimo necessário, o incidente no meu apartamento.

– Me diga uma coisa, inspe... investigador Medeiros, o senhor sempre costuma ser tão violento assim?

Respirei fundo, olhei bem pra ela e rebati, já irritado:

– O que a senhora está querendo dizer quando fala que sou *sempre* violento? Um homem que costuma espancar a mulher todos os dias porque a janta demorou a ser servida? Que bate em criancinhas? Que rouba bolsas de velhinhas indefesas?

Ela fechou a cara, mas, de repente, começou a rir, e riu com tanto gosto que chegou até a chorar:

– Roubar bolsa de velhinhas indefesas... Hahahah, essa é boa. O senhor é um pândego!

Ela se assoou com um lenço, em seguida olhou pro relógio e interrompeu a conversa, perguntando:

– O senhor bebe alguma coisa?

Será que a rainha da Inglaterra ia me oferecer chá com brioches? Detesto chá, mas, por educação, balancei a cabeça, dizendo que sim.

– O que prefere? Um *scotch*? Um conhaque? Um vermute?

A coisa mudava de figura.

– Uísque está bem.

Apertou uma campainha na mesinha ao lado de sua poltrona. A tia Nastácia abriu a porta e perguntou:

– Pois não, dona Zazá.

– Anica, traga aqui pra gente um uísque e um balde de gelo.

– Qual uísque?

– Pode ser aquele que meu afilhado me deu no aniversário. O da garrafa bonita.

A tia Nastácia voltou com uma bandeja, sobre a qual havia a garrafa Baccarat minha conhecida, um balde de gelo e dois copos. Ela me derramou uma boa dose no copo.

– Quanto de gelo?

– Prefiro puro.

Ela me deu o copo e se virou pra dona Elizabeth:

– A senhora?

– Pra mim, um tiquinho. E com bastante gelo.

Repetiu a operação. Depois, deixando a bandeja sobre uma das mesinhas, saiu tão silenciosa como havia entrado.

– Ao sucesso! Espero que encontre logo meu broche – disse, erguendo o copo.

Retribuí o brinde e percebi que, a partir dali, não tinha mais como recuar. Bebi um gole, e o uísque, como não podia deixar de ser, desceu como uma seda.

– A senhora pode me mostrar o catálogo?

– Por favor, meu filho. Vá até aquela estante ali e pegue um catálogo azul e cinza, na prateleira do meio.

Pus o copo sobre uma mesinha ao lado da cadeira e me levantei. De novo, o cão rosnou.

– Charles! – voltou a dizer a dona Elizabeth.

Já sei por que nunca gostei de cães. E parece que a recíproca é verdadeira. Fui até a estante. Reparei que havia vários romances policiais – do Conan Doyle, da Agatha Christie, do Simenon, da Patricia Highsmith, mas nenhum do Chandler, do Hammett, do Ross MacDonald e do Spillane. Questão de gosto: ela era uma madame, eu, um reles investigador de polícia. Peguei o catálogo entre os romances policiais e o trouxe pra dona Elizabeth. Voltei a sentar. Depois de ajeitar melhor os óculos sobre o nariz, ela correu algumas páginas e disse:

– Ah, cá está... Por favor, se aproxime.

Fui até ela, me inclinei. O cachorro não deixou de rosnar. Dona Elizabeth sorriu e disse, como que se desculpando:

– O Charles é muito ciumento...

Examinei um broche de ouro, no centro do qual havia uma pedra azul. Li, logo abaixo, que a safira era originária de Myanmar, que o ouro provinha da Índia e que a joia havia sido feita por ourives austríacos em 1878.

– É mesmo bonito – comentei.

Dona Elizabeth levantou os olhos, que eram de um verde desbotado, permaneceu um pouco em silêncio e depois disse com uma voz cheia de tristeza:

– Pois foi esse o meu presente de noivado... Não esqueço o ar de felicidade do Ângelo quando apareceu com o broche num estojo de veludo azul. E comprado com bastante sacrifício...

Suspirou.

– E agora vem alguém me roubar justo o broche de safira! Sem nenhum respeito por minhas lembranças.

Dona Elizabeth balançou a cabeça, como se quisesse cortar o fio das recordações, e disse:

– É por isso que espero que o senhor o encontre. Não poupe esforços e nem dinheiro – e completou como se fosse uma

garota mimada que quisesse recuperar uma boneca perdida:
– Quero o meu broche de volta, custe o custar.

Voltei pra minha cadeira, bebi outro gole de uísque.

– Se o senhor quiser mais, não faça cerimônias. Por favor, sirva-se.

Não me fiz de rogado e derramei outra dose no copo. Dona Elizabeth pigarreou e disse:

– O Luís Carlos disse que o senhor é de confiança e honesto e que também é escrupuloso com essas coisas de pagamento. Como não quer me falar quanto pretende receber por seu trabalho, proponho o seguinte: as despesas pagas contra recibo – alimentação, deslocamentos...

– E se eu precisar pagar por uma informação? – interrompi.

– Informação? Como assim?

– Às vezes, as pessoas só dão informações à custa de algum dinheiro.

Cravou os olhos em mim, enrugou a testa e disse de um modo que me pareceu ingênuo:

– Com isto, o senhor quer dizer que, em alguns momentos, é preciso subornar alguém...

– Não propriamente. É um negócio como outro qualquer: uma informação importante pode valer algum dinheiro. E, nesses casos, as pessoas não costumam dar recibo.

– Então, não é suborno? – insistiu, como se a palavra "suborno" a incomodasse mais do que devia.

– Não, nem sempre é suborno – e completei, fingindo falar a sério: – Mas, já que a senhora tocou nesse assunto, e se eu tiver que subornar alguém?

Ela refletiu um pouco e depois disse, manifestando desagrado:

– Por favor, use desse expediente só em último caso.

– Pelo que eu saiba, pra suborno, também não se pode exigir recibo.

Riu novamente. Com gosto.

– O senhor é mesmo um pândego – dona Elizabeth tornou a dizer, tomou outro gole de uísque e arrematou: – Se o senhor me recuperar o broche, receberá cinco mil reais. Está bem assim?

Como o pagamento me pareceu mais do que razoável, balancei a cabeça, dizendo que sim.

– O senhor não se incomodaria de assinar um contrato? Gosto de tudo preto no branco. Por favor, leia com atenção – disse, abrindo uma pasta de plástico que pegou sobre a mesinha.

Me levantei, apanhei as folhas de papel e comecei a ler com dificuldade. As letras eram mesmo pequenas ou eu estava ficando cego? Preferi acreditar na segunda hipótese. A ida em breve num oculista não estava descartada. Ainda assim, consegui chegar ao final do texto, que estabelecia o que ela havia proposto pra mim, com uma cláusula estipulando que receberia apenas uma gratificação, caso não encontrasse o broche. Peguei uma caneta e assinei o papel.

– Vai assinando assim sem perguntar nada?

– Não tenho nada que perguntar.

– O senhor deseja algum adiantamento?

– Não, não há necessidade.

O relógio de parede bateu as badaladas do meio-dia. Achei que já era hora de levantar acampamento. Quando comecei a me erguer, ela disse:

– O senhor fica para almoçar. Acredito que seria bom que conhecesse minha família e os demais empregados. Creio que isso possa ajudar em sua investigação.

Não tinha a mínima vontade de comer com aquela gente que nem conhecia, mas, como isso fazia parte do meu trabalho, acabei aceitando. Ainda mais porque ela tinha dito aquilo com um tom que parecia não admitir réplica. Dona

Elizabeth tocou a campainha e, quando a tia Nastácia entrou, falou:

– O doutor Medeiros almoçará conosco, leve-o até o lavabo.

Segui a empregada. Chegando ao hall de entrada, ela me indicou uma porta. Entrei no lavabo, lavei as mãos. Quando saí, a tia Nastácia me esperava, pra me conduzir até a sala de jantar, onde havia uma mesa, coberta com uma toalha branca e rendada, sobre a qual reluziam a louça, os talheres, as taças e os copos. Havia também um aparador junto à parede, revestida com lambris de madeira e decorada com quadros de frutas e flores. Fiquei sozinho, esperando, até que dona Elizabeth entrou, seguida pelo Charles, e disse, mostrando irritação:

– Mas como? Ninguém chegou ainda?

Caminhamos na direção da mesa, que podia acomodar com conforto todo um batalhão:

– Por favor, o senhor se acomode aqui.

Sentamos, ela à cabeceira, com a merda do cachorro aos pés, e eu ao seu lado. Será que o bicho não ia tentar me dar uma mordida? Nisso, a porta da sala de jantar abriu, e entraram dois homens e uma mulher. Um dos homens era magro, pálido, com um começo de calvície, um nariz de ponta vermelha, um bigodinho sobre os lábios finos, quase brancos. O outro homem, pelo contrário, era alto, queimado de sol, parecia esbanjar saúde e confiança. A mulher tinha os lábios cheios, cabelos longos e anelados, os seios saltando do decote e pernas bem-feitas. Tinha um jeitinho petulante que incomodava logo à primeira vista. Não fosse isso, talvez pudesse ser o meu sonho de consumo.

Ao se aproximarem mais, me olharam, curiosos. Dona Elizabeth disse, vincando os lábios:

– Como sempre, estão atrasados.

– Ora, mamãe – disse a mulher cheia de dengos –, a senhora sabe como é o Betinho. Ele não gosta de acordar cedo.

– Meio-dia! – a velha tornou a falar com a voz rascante.

– Puxa vida, mãe. A senhora não perde a mania – resmungou o fuinha.

Notei que os olhos dele, além das grandes olheiras, estavam dilatados. Um sinal de que talvez fosse um cheirador de primeira.

– E por que eu havia de perder? Estou na minha própria casa!

Depois de dizer isso, me apresentou a eles:

– Doutor Medeiros, este é meu filho, o José Roberto, a esposa dele, a Vilma, e o irmão de minha nora, o Souza.

Inclinei a cabeça, cumprimentando. Retribuíram o cumprimento, não parecendo curiosos com o fato de eu estar ali. Sentaram-se: o filho à direita da mãe, a mulher dele e o cunhado, a seu lado. Dona Elizabeth tocou um sininho de prata. Uma empregada socadinha e de pernas tortas, vestida de uniforme, entrou com uma sopeira e começou a servir. Quando chegou a vez do José Roberto, ele torceu a cara:

– Minestrone outra vez? Já disse pra Dalvany que detesto minestrone.

– *Você* detesta, meu querido, mas todos nós gostamos – disse a Vilma, exibindo belíssimos dentes. Mas não só os dentes que eram belos – os peitos aparecendo no decote eram um espetáculo à parte.

Um empregado entrou com uma garrafa de vinho e mostrou pra dona Elizabeth, que aprovou com um aceno de cabeça. O homem lhe serviu uma dose, e ela, depois de provar, disse:

– Pode servir ao doutor.

– Ô Moreira, pra mim vai uma cervejinha. E bem gelada – disse o José Roberto.

– O mesmo pra gente – disse o Souza. – Está calor pra tomar vinho.

Veio uma salada, depois foi servido um rosbife com batatas coradas e arroz. Tudo simples, mas bem-feito. Comi com apetite. A intervalos, observava disfarçadamente o trio: o Souza comia com voracidade, como se a comida fosse fugir da mesa, enquanto o José Roberto mal comia, bebendo um copo de cerveja atrás do outro, sob o olhar de censura da mãe. De vez em quando, tirava um inalador do bolso e aspirava. Parecendo irritada com aquilo, a Vilma comentou:

– Beto, desse jeito você vai ter um treco. O médico já disse que...

Ele rosnou:

– Que se dane.

Dona Elizabeth franziu a testa, vincou os lábios, como se ficasse incomodada com a grosseria. Percebendo isso e dando um sorriso, a Vilma bateu de leve na mão do marido, enquanto lhe fazia uma censura:

– Depois, você tem um daqueles piripaques à noite, e toca a gente sair correndo atrás de médico, de pronto-socorro. Você precisa pensar um pouco mais na sua saúde, querido.

Ele fechou a cara, pegou o inalador e deu outra aspirada. A Vilma suspirou e, olhando pra dona Elizabeth, disse, de um jeito sério, como se quisesse agradar à sogra:

– Meu bem, você é que sabe: a vida é uma avenida com uma só direção e sem retorno à vista.

O José Roberto, parecendo não dar a mínima pro comentário babaca, fez sinal ao copeiro, pedindo mais uma garrafa de cerveja. Reparei que tinha um tique nos olhos, piscando sem parar. Volta e meia, reclamava num tom azedo com os empregados. Quanto à Vilma, depois de bem representar o papel de esposa e nora devotada, voltava a ser o que era: uma dona apanhada numa biboca qualquer. Com um jeito dissimulado, cochichava algo ao ouvido do irmão e, a seguir, dava uma risada aguda. Eram mesmo semelhantes entre si: ambos tinham aquele jeito irônico de comentar os assuntos, o ar arrogante, e a luz sensual no fundo dos olhos. Também não tinham o que minha mãe costumava chamar de "bons modos à mesa". Comiam com a boca aberta, seguravam os talheres de qualquer jeito e chegavam até a pegar a comida com a mão, como se estivessem almoçando num boteco. Dona Elizabeth, sem conseguir disfarçar, lançava na direção deles um olhar carregado de censura. Era como se desejasse aniquilá-los por causa de um comentário estúpido, pela grosseria que mostravam ao comer. Só faltava que dissesse "Vilma, use o guardanapo", "Souza, feche a boca para comer".

Na sobremesa, o José Roberto, quase sussurrando, se dirigiu à dona Elizabeth:

– Mamãe, a senhora pensou naquele negócio?

Ela cravou os olhos nele e perguntou daquele seu jeito peculiar, vincando os lábios:

– Negócio? Que negócio?

Ele pareceu hesitar, mas foi adiante:

– O da concessionária... Conversei com o...

Dona Elizabeth interrompeu o filho e falou, sublinhando bem as palavras:

– Não creio que agora seja o momento apropriado para conversar sobre negócios – e acrescentou com ironia: – É melhor você acabar de comer seu pudim de leite.

O José Roberto achou de cantar de galo, rebatendo com arrogância:

– Não vejo por que não seja a hora. E quero que a senhora dê uma resposta logo. O Mazzilli não pode mais esperar. Prometi...

Será que ele não estava se aproveitando da minha presença pra criar constrangimento e achacar a mãe? Mas dona Elizabeth era dura na queda:

– Não me interessa o que prometeu a esse tal de Mazzilli! Se prometeu, confiando que eu ia aceitar, estava enganado.

– Mas, mamãe, é um excelente negócio. Vou ter uma participação de...

– Excelente como seus outros negócios! – ela rebateu com ironia. – Você entra com o dinheiro, eles, com a experiência e, depois, sai sem o dinheiro e também sem a experiência...

– Mamãe, a senhora não acha que... – interferiu a bela, abrindo o melhor dos seus sorrisos. Mas o olhar fulminante que dona Elizabeth lhe lançou a deixou paralisada.

O José Roberto ameaçou falar, mas também não teve chance.

– Nem mais uma palavra! Acabou! Hora de comer é sagrada – disse a velha abruptamente e, coisa estranha nela, que parecia tão calma, batendo a palma da mão sobre a mesa.

O fuinha, como uma criança mimada, jogou o guardanapo no chão, se levantou, quase derrubando a cadeira, e saiu batendo a porta.

– Que gênio... – murmurou o Souza, dando uma risadinha.

Como se nada tivesse acontecido, dona Elizabeth continuou a comer sua salada de frutas com sorvete de creme. O café foi servido, e ela me perguntou se queria um licor ou um conhaque.

– Preferia um conhaque.

– Eu fico com um Porto – disse, se levantando e, com isso, dando a deixa pra que todos se levantassem também.

Fomos pra uma saleta, ao lado do hall de entrada. E felizmente o pentelho do cachorro ficou de fora. Mas o bicho, como a dona, era também duro na queda, pois começou a uivar, junto à porta, que nem lobo em filme do Drácula:

– Huuuuuuuuu...

Dona Elizabeth apertou a campainha sobre a mesinha. A Anica entrou, acompanhada do cão, que levantou as patas pra dona, latindo e arfando. Depois de lhe fazer algumas festas, ela disse:

– Anica, leve o Charles pra cozinha e lhe dê um biscoito.

Enquanto a gente esperava as bebidas, dona Elizabeth falou, balançando a cabeça:

– Não bastasse meu filho, ainda tem esse bicho... E, falando em meu filho, o senhor desculpe a má-criação dele. Às vezes, não se comporta como devia à mesa.

Fiz um gesto com a mão, mostrando que entendia.

– Pois minha família está aí: meu filho, minha nora e um... – ela se interrompeu e, depois, acrescentou com desprezo:
– ... agregado.

Quase todas as famílias de classe têm um agregado, um parasita inútil e aproveitador, pensei, mas não disse.

– Se o senhor for perspicaz, como acredito que seja, já pode ter sua opinião – ela disse, dando um sorriso. – Meu filho, talvez por ter sido mimado, pensa que dinheiro nasce do chão. E, infelizmente, a esposa que escolheu não o ajuda. Em vez de desestimulá-lo desses negócios malucos... Uma concessionária! Garanto que é mais uma dessas arapucas esperando um incauto com dinheiro.

O copeiro entrou com uma bandeja em que havia uma garrafa de Porto e outra de Napoleon.

– Não sei se é do gosto do senhor, mas, como não sou apreciadora de conhaques...

Dona Elizabeth levou o cálice à boca. Enfiei a mão no bolso, peguei uma caneta, um pedaço de papel e disse:

– Por favor, a senhora me dê a relação e a ficha dos seus empregados. Começamos pela Anica, não é?

O rosto vincado, ela disse, áspera:

– Faça o favor de tirar a Anica dessa lista!

– São os procedimentos de praxe. Em princípio, devemos considerar todos os seus empregados. Principalmente os que lhe são mais próximos.

– A Anica, não! Está fora de qualquer suspeita – rebateu, irritada. – Conheço-a desde pequena. Para mim é como se fosse uma parenta.

Dei de ombros. Pelo pouco que já conhecia de dona Elizabeth, era preferível não insistir.

– Tudo bem. Por favor, os outros nomes.

Ela me passou a lista completa dos empregados: a copeira, a Neide, era mulher do copeiro Moreira, ambos originários do norte de Minas; a cozinheira, a Dalvany, era baiana e prima do Correia, o mordomo; o jardineiro se chamava Jackson, mas era mais conhecido por Ceará; e o chofer, um italiano de nome Vitório. À exceção do jardineiro, que havia sido recomendado pelo Souza, e da Dalvany e do Correia, que estavam com a família fazia anos, os outros haviam sido contratados por meio de agências de empregos.

– Sempre fui bem cuidadosa na escolha de meus empregados, mas nunca se sabe. O meu chofer, por exemplo, apesar de indicado pelo Luís Carlos, não gosto dele. É um homem teimoso, respondão.

Terminando de anotar, guardei o pedaço de papel e a caneta no bolso.

– Mais alguma coisa, inspetor Medeiros? – perguntou.

Desisti de corrigir. Ficava mesmo como inspetor. Me levantei.

– Por enquanto, não, dona Elizabeth; acredito que já tenho o suficiente pra começar.

Sorriu pra mim:

– Muito bem, meu filho. Conheceu minha família, a maior parte dos empregados, sabe como é meu broche. Agora, mãos à obra. Espero que seja bem-sucedido.

Estendeu a mão, me abaixei pra beijá-la.

– O senhor tem mesmo certeza de que não quer um adiantamento? – perguntou mais uma vez.

Será que o Luís Carlos tinha contado alguma coisa sobre a minha miséria?

– Certeza absoluta – respondi, balançando a cabeça.

– Como faço para entrar em contato com o senhor?

Dei-lhe um de meus cartões.

– A senhora tem aí meu telefone.

– Obrigada – disse, pondo o cartão sobre a mesinha.

Dona Elizabeth apertou a campainha. Veio a tia Nastácia, que me acompanhou até a saída e bateu a porta na minha cara, sem ao menos dizer boa-tarde.

* * *

Desci as escadas sob o sol forte. Não encontrando meu carro, reparei que alguém, fazendo uma gentileza, o tinha estacionado debaixo de um flamboyant. No caminho, passei pelo jardineiro, que se ocupava em podar um arbusto. Ao ouvir meus passos, ele se voltou. Parecia um gnomo: era um nanico, de cabeça grande, as orelhas de abano. Sem me cumprimentar, me deu as costas e continuou seu trabalho. Parando atrás dele, perguntei:

– Você é o Ceará?

– Sou – respondeu de um modo brusco.

A intuição me ditou a próxima pergunta:

– Sempre foi jardineiro?

Ele se voltou, me encarou e perguntou de um modo insolente:

– Por que que tá querendo saber?

– Estou trabalhando pra dona Elizabeth. Ela me deu autorização de falar com os empregados – me dignei a explicar.

– O senhor é da polícia? – perguntou, desconfiado.

– Não, não sou da polícia, mas tenho amigos na polícia – menti, ao mesmo tempo que insistia: – Sempre foi jardineiro?

Demorou a responder, mas, quando falou, fez isso bem devagar:

– Não... Já fui pedreiro, chapeiro, garçom... Um pouco de tudo.

Olhei bem pra ele. As tatuagens nos braços e aquele jeitão de malandro já diziam tudo. Com certeza era ex-presidiário.

– Já esteve em cana, Ceará? – perguntei, curto e grosso.

Sem deixar de me olhar, fechou a cara, vincando os lábios. Conhecia bem aquele tipo de sujeito: pequenininho, mas perigoso. Devia ser traiçoeiro que nem uma cobra.

– Isso é problema meu – respondeu, malcriado.

– Talvez fosse meu também. Mas, se foi em cana e agora está limpo, qual é o problema?

Hesitou um pouco antes de responder:

– Se quer saber, tô limpo mesmo.

– Por que foi em cana? – insisti.

Ele me fitou de cara fechada. Mas, em seguida, abriu um sorriso e disse com malícia:

– Entrei no 12, chefia...

O merda tinha se metido com entorpecentes... Quase com certeza, devia ser o provedor do fuinha.

– Dona Elizabeth não ia gostar de saber que tem alguém metido com drogas por aqui.

– Como já disse pro senhor, agora tô limpo...

– É bom mesmo que esteja limpo.

Encarei o nanico até que abaixasse a cabeça. Lhe dei as costas e fui pegar meu carro. Quando ia entrar no Vectra, reparei que, a poucos passos dali, um homem grisalho polia um automóvel. Fui até ele e fiquei observando. Uma joia de carro: era um Chevrolet Belair azul, com estofados de cor bege. A pintura impecável, os cromados brilhando. De repente, o homem levantou a cabeça. Me olhando de um jeito desconfiado, resmungou:

– Boa tarde.

Era de estatura mediana, vermelho, usava um bigodão, e a cara fechada indicava que talvez fosse um tipo meio ranzinza.

– O senhor é o Vitório, não é?

– Isso mesmo.

– O chofer da casa...

Ele parou de polir o carro e disse, de um modo curto e grosso:

– Se o senhor não tem o que fazer, eu tenho. – E, me dando as costas, voltou a trabalhar.

Bem que dona Elizabeth tinha dito que o chofer era respondão. Mas, no fundo, até que tinha razão: ele estava trabalhando, eu, depois de um bom almoço, coçava o saco. Mudei de tática:

– Foi o senhor que pôs meu carro debaixo do flamboyant?

Respondeu, fechando a cara:

– Sim, fui eu. Por quê? O senhor não gostou?

– Pelo contrário. Obrigado. Desse modo, meu carro não vai ficar um forno.

Abriu um sorriso.

– Pois é, foi o que pensei vendo o Vectra ali no sol.

O chofer deu outra polida na porta do Chevrolet e comentou, usando um tom mais ameno:

– Se eu fosse o senhor, levava o carro num mecânico. O motor está rateando. Talvez fosse bom trocar as velas, limpar os bicos.

– Mais uma vez, obrigado.

Depois de uma breve pausa, falei:

– Mas não me apresentei ao senhor: sou o doutor Medeiros. Estou trabalhando pra dona Elizabeth.

Me olhou com mais deferência. E, sem querer saber que tipo de trabalho eu iria fazer, disse:

– Prazer, doutor.

– Como ela me deu autorização de conversar com os empregados da casa, queria lhe fazer umas perguntas.

– Esteja à vontade.

Enquanto esperava que eu começasse a falar, continuou seu trabalho. Meticuloso, passou, devagar, uma boa camada de cera no capô, em seguida, poliu com a flanela. Não parecendo satisfeito, repetiu a operação. Gostei de ver aquilo. O homem era mesmo caprichoso.

– Se o senhor quer saber, admiro pessoas como o senhor, que gostam do que fazem – observei.

Parou de polir o carro, deu um muxoxo e comentou, gesticulando:

– Pois é, doutor, mas parece que nem todo mundo reconhece.

– Como assim? Alguém vem reclamando do trabalho do senhor?

O Vitório tirou um lenço do bolso e limpou o suor da testa.

– Reclamar? O que não falta é reclamação. Mesmo se procuro sempre fazer as coisas da melhor maneira possível. E não tem coisa pior do que as pessoas ficarem me dando palpite: "O senhor não aperte o breque assim de repente", "é melhor segurar o volante com mais força", "tome cuidado, que o senhor quase subiu na guia"... – e completou com veemência – E olha que tenho mais de trinta anos de profissão! Já fui motorista de um gerente do Santander, de executivos da Ford.

Comecei a rir por dentro. Já via a dona Elizabeth metendo a colher de pau, ralhando com tudo.

– Gosto do que faço, mas não venham com essa história de me dar palpite. Cada macaco no seu galho, não é, doutor? Ficar aturando capricho dos outros... E na minha idade...

Uma hora, acabo me enchendo e... – de repente, parou de falar, olhou bem pra mim e disse: – O senhor me desculpe, deve ter mais o que fazer do que ficar ouvindo conversa de gente tonta...

– Tenho todo o tempo do mundo...

– Sem contar que têm umas coisas que não gosto... – disse baixinho e voltando a polir o carro.

– Por exemplo...?

Levantou a cabeça, olhou na direção do jardineiro, hesitou um pouco e continuou a falar:

– Não sei se devia contar isso pro senhor, mas às vezes acontecem uns negócios meio estranhos por aqui. Fui contratado pra ser o chofer da dona Elizabeth, mas eles não pensam assim...

– Eles quem?

– Algumas pessoas da família. Outro dia mesmo, tive que levar o filho de dona Elizabeth, o seu Souza e o Ceará num lugar lá no centro... Levar o seu Zé Roberto e o seu Souza, tudo bem, mas o Ceará junto...

– Lugar no centro...

– Sabe a Praça Clóvis? Pois foi ali que eu levei eles. Numa loja de penhor.

Estremeci de leve, mas logo disfarcei, perguntando:

– Numa loja de penhor? O senhor lembra qual é?

Refletiu um pouco e disse:

– Acho que era Penhores Pepe ou Penhores Perez...

– Hummmm... O senhor, por acaso, escutou eles falarem alguma coisa durante o caminho?

O Vitório pôs um pouco de cera numa flanela e passou com cuidado num cromado até que ficasse como um espelho.

– Se o senhor quer saber, eu não sou de ficar escutando conversa de patrão. Não pega bem, mas alguma coisa, sem querer, a gente acaba escutando. Escutei o seu Souza falando pro seu Zé Roberto que o gringo era legal e que não ia criar problema e nem ficar fazendo pergunta.

– E o que mais pediram pro senhor fazer?

O chofer tornou a olhar pro jardineiro e disse:

– O senhor quer saber de uma coisa pior? Outro dia, o seu Zé Roberto mandou eu levar o Ceará de carro até um lugar horrível, perto de umas favelas. Disse que ele tinha que pegar uma encomenda.

– Encomenda? Que tipo de encomenda?

– E eu sei? O que eu sei é que o Ceará pediu pra mim estacionar quase na entrada da favela, se enfiou no meio daqueles barracos e voltou meia hora depois.

– E voltou trazendo alguma coisa?

O Vitório parou para pensar e, em seguida, disse, balançando a cabeça:

– Não vi nada com ele. Mas achei estranho que o seu Zé Roberto falou pra mim que o Ceará ia pegar uma encomenda... Numa favela? Coisa boa é que não devia ser.

Eu sabia que encomenda era aquela...

– O senhor levou o Ceará no Chevrolet?

– De jeito nenhum. Dona Elizabeth tem o maior xodó com o carro dela. Ia ficar louca se soubesse que o Ceará andou nele e que, ainda por cima, parei na entrada de uma favela. Levei no carro do seu Zé Roberto mesmo. Como da outra vez que levei eles no centro.

Foi a minha vez de refletir um pouco. Após alguns segundos, disse:

– Uma coisa que não estou entendendo nessa história é por que o Zé Roberto não levou ele mesmo o Ceará...

– Bem – respondeu o Vitório, coçando a cabeça –, pra mim, ele disse que tinha uns negócios pra resolver.

O chofer olhou cauteloso pros lados e, depois, comentou baixinho:

– Mas pra falar a verdade, acho que ele tava com medo de ir na favela e sobrou pra mim ir...
– O senhor, por acaso, contou sobre isso pra dona Elizabeth?
– Não, não contei. O seu Zé Roberto pediu pra não contar.
– E o senhor sabe por quê? – perguntei, mesmo sabendo a resposta.

O Vitório voltou a coçar a cabeça e disse, parecendo que a contragosto:

– Acho que estou falando demais, doutor, mas o negócio é que seu Zé Roberto não gosta que a mãe fica sabendo dos rolos dele. Já cheguei até a ver a dona Elizabeth ralhando com ele porque saiu pra noitada com o carro dela. Outro dia mesmo, sem querer, escutei ela dando uma bronca porque ele voltou bêbado de madrugada.

Resolvi mudar de assunto e fiz uma última pergunta:
– E o Ceará? O que você acha dele?
O Vitório franziu a cara.
– Pra falar a verdade, não gosto desse homem. Parece que está sempre escondendo alguma coisa, querendo saber de tudo... E, depois, ouvi falar que tem a ficha suja – e completou com desprezo: – Rolo com a polícia, o senhor sabe.

Agradeci e fui pegar o carro. Entrei e dei mais uma olhada no jardineiro e no chofer. Não, o chofer, com certeza, não estaria envolvido no roubo do broche. Parecia confirmar todo o juízo que o Luís Carlos tinha dele. Quanto ao jardineiro, a coisa era diferente. Ainda mais com aquela história dele ter ido até uma favela buscar uma encomenda. Eu podia estar enganado, mas devia ser maconha ou coca pra fazer a alegria do fuinha. Era por ele que devia começar minha investigação. A experiência me dizia que os caras que mexem com drogas, com toda a certeza, se envolvem também com furto e roubo.

Estava manobrando pra sair, quando escutei alguém me chamar:

– Doutor!

Parei o carro e olhei pra trás. Era o Souza que vinha na minha direção. Ele se inclinou junto da janela e disse:

– Por obséquio, doutor, pra onde o senhor está indo?

– Pro centro.

– Ótimo. Pode me dar uma carona? Meu carro está no conserto.

– Vamos lá.

O Souza entrou, sentou do meu lado, e deixamos a casa. Pegou um maço de cigarros, abriu e me ofereceu.

– Obrigado.

– Mas não se incomoda se eu fumar, né?

– Desde que não jogue fumaça na minha cara...

Ele riu e disse, acendendo um cigarro:

– Como é mesmo o nome do senhor? Doutor...?

– Medeiros. Douglas de Medeiros.

– Desculpe, tinha esquecido... – e acrescentou: – O senhor, por acaso, é advogado?

Balancei a cabeça, confirmando, e não estava mentindo. Não exercia a profissão, mas tinha tirado o diploma de bacharel numa dessas bibocas por aí.

– Sem querer ser indiscreto, que negócios veio tratar com a dona Elizabeth?

Pergunta de um rato, que merecia resposta de um rato:

– Negócio de inventário.

– Inventário? Como assim?

Dei-lhe um pouquinho mais de corda:

– Questões relativas ao testamento.

Levou o cigarro à boca, refletiu um pouco e perguntou:

– O senhor não podia ser um pouco mais específico?

– Sinto muito. É confidencial.

O Souza olhou pra mim, sorriu e disse de um modo grosseiro:

– Ah! A velha e seus segredos... – mas logo se corrigiu, dando um muxoxo e observando: – Dona Elizabeth está no seu direito, a grana é dela. E, pensando bem, o que eu tenho com isso, não é? Afinal, se ela não tomar cuidado, o Beto é capaz de fazer outra besteira.

– Outra besteira?

– É, de vez em quando, ele entra numa fria, se deixa enrolar por uns malandros por aí. Sabe, infelizmente, é preciso reconhecer que meu cunhado é meio tonto...

Olhei pro Souza e cheguei à conclusão de que talvez a grande fria tivesse sido o Zé Roberto se casar com aquela piranha e ganhar, de contrapeso, o cunhado pilantra.

– O senhor estava num papo animado com o Vitório... – interrompeu meu pensamento.

– A gente estava conversando sobre carros.

– Ah, é? Se quiser um conselho, não vai no papo daquele cara. O Vitório é invocado, um bocudo. Fica falando o que não deve. Qualquer dia desses, a tia Zazá mete um pé na bunda dele.

Chegando no centro, entrei num estacionamento. Deixando o carro, fomos andando em direção da Praça Clóvis. Como queria me livrar dele, ao ver uma loja de artigos de eletrônica, disse, parando na porta:

– Fico por aqui.

O Souza enfiou a mão no bolso, pegou um cartão e me deu. Era verde, vermelho e azul, as letras douradas imitando uma escrita pessoal, cheia de torneios e curvas. O nome dele – Alessandro Matos de Souza – vinha escrito acima da palavra "Empresário". Uma coisinha de mau gosto e própria de estar na mão de um malandro.

– Empresário? O senhor trabalha com quê?

– Trabalho com shows, organizo recepções, convenções, encontros de executivos. Não sei se sabe, mas o Beto e eu somos sócios numa casa noturna em Santo Amaro, a Fleur de Lys...

Casa noturna? Certamente um puteiro... Olhei bem pra ele – em sua testa, parecia estar grafada, em letras garrafais, iluminadas a néon cor-de-rosa, a palavra CAFETÃO. Daqueles capazes de arrumar uma renca de quengas pra um encontro de pilantras cheios da grana.

– Se precisar de mim pra alguma coisa... – e completou com um jeito maroto: – Ou se quiser dar uma passadinha na Fleur de Lys... Tenho certeza que irá gostar dos shows, das garotas...

Retribuí o sorriso.

– Vamos ver, pode ser que um dia destes...

– Até mais ver – falou, abanando a mão.

Entrei na loja, fingi que olhava os produtos, despachei um vendedor solícito e voltei junto das vitrines. Quando reparei que o Souza tinha dobrado a esquina, fui até a Praça Clóvis, onde procurei a tal casa de penhores do Pepe ou do Perez. Encontrei a do Pepe. Era uma baiuca com uma portinha, encimada por uma placa, com os dizeres meio apagados, em vermelho, e uma escada de madeira com os degraus gastos. Enquanto subia, pensava em que bens possuía, se quisesse negociar. Meu relógio era um Tissot, com o dourado quase todo branco e que não valia quase nada. Alianças, pulseiras, cordões de ouro, anéis, nem pensar, que nunca fui de usar essas coisas. Talvez o meu revólver de reserva, que infelizmente não estava comigo. Mesmo assim, segui em frente. Cheguei diante de uma porta de ferro. Reparei que, acima da minha cabeça, havia uma câmera de vigia. Dei um sorriso de trouxa pronto a ser depenado e toquei o interfone.

– Quien és?

– Queria falar com o Pepe.

Ouvi um *clic*, a porta abriu e deparei com uma saleta sem janelas, mal iluminada e dividida ao meio por um balcão de ferro em L, protegido por grades. Na parte maior, em frente da entrada, havia uma janelinha, atrás da qual estava um gordo de testa curta, bigodudo, zarolho, usando uma camisa listrada, um cordão de ouro no pescoço, vários anéis e um relógio, cheio de ponteiros e botões. Um sebento. Ao lado, atrás da grade, um grandalhão, careca, com cara de lua cheia e nariz quebrado, me observava com atenção. Era um segurança com certeza. Não me surpreenderia se estivesse com uma arma sob o balcão.

– Você é o Pepe?
– Puede que sea.
– Se eu quisesse penhorar uma arma?
– Es legal o fria?
– Fria. Comprei de um cara por aí.

Me olhou desconfiado e disse:
– Yo solo trato con mercadoria certificada.
– O Ceará disse que...
– O Ceará? – O sebento franziu o cenho e perguntou: – Pero de donde que conheceu o Ceará?

Dei um sorriso maroto:
– Não vai querer que eu fale de onde conheci o Ceará, né?

Piscava sem parar com o olho são. Insisti:
– É uma arma ainda nova, um Taurus 32, aço escovado.
– Deixa ver.
– Não trouxe comigo. Sabe, né? Tô na condicional. Se me pegam por aí turbinado...
– Sin el arma, no dá pra falar nada – rosnou.
– Se eu trouxer o revólver...
– Já he dicho, que sin ver el arma no puedo falar nada – cortou, irritado.

O grandalhão se mexeu atrás da grade. Era melhor não enrolar mais. Virei as costas e disse:

– Está bem, outra hora trago comigo o revólver. Só queria saber se penhorava uma arma...

Desci as escadas, saí na rua e comecei a andar em direção do estacionamento. Então, era naquela casa de penhores que talvez se encontrasse o broche de dona Elizabeth... Tudo tão fácil, tudo tão difícil, tudo tão à mão, tudo tão longe. Devido a isso, precisava refletir melhor no que fazer. Chegando no estacionamento, peguei o carro. Eram quase cinco horas. Precisava de uma boa dose de uísque, o santo remédio pra aclarar as ideias e saber que rumo tomar.

6

Em casa, já estava com as mãos apertando o gargalo da garrafa de Ballantine's, como uma corda faz com o pescoço de um enforcado, quando o telefone tocou. Era o Luís Carlos:

– E aí, falou com a minha tia? Estou curioso pra saber como foi.

Contei sobre o encontro.

– E o que achou da família?

– Não desmentem nada do que você me disse. Teu primo é mesmo um pilantra, um drogado, a mulher dele deve ter vindo de um desses puteiros por aí, porque tem cara de piranha, o irmão dela parece um cafetão. Só falta usar terno branco e sapato de duas cores.

Deu uma gargalhada.

– E o que mais?

– Também conversei com o Vitório e com o jardineiro. E, por falar em jardineiro, ele não é flor que se cheire.

– Também acho. Até pensei em falar com minha tia sobre o homem, mas tenho certeza de que ela vai dizer que ele tem mão boa...

– Mão boa demais...

– O que achou do Vitório?

– Um pouco fofoqueiro, mas boa gente. Parece ser de confiança.

– Você desconfia que foi alguém da casa que roubou a joia?

– Bem, não sei ainda. Mas é quase certeza que tenha sido algum membro da família que furtou e passou pra frente com o auxílio de um empregado. Mas pode ser também um empregado que se aproveitou da sua tia ser tão desleixada...

– E o que você pretende fazer quanto a isso? Tem alguma ideia de como pegar o culpado ou encontrar a joia?

– Acabei fazendo uma pequena investigação e acho que sei onde está o broche. Agora, só tenho que encontrar um jeito de pegar de volta. Isto, se eu não estiver errado em minhas suposições.

– Poxa! – disse com admiração. – Você é rápido no gatilho, hein! Boa sorte. Espero que consiga logo reaver a joia. E, precisando de mim, é só ligar...

Desliguei o telefone, voltei à garrafa de uísque. Fui até a cozinha à procura de um copo limpo, que não encontrei, é claro. A faxineira não tinha vindo, e meu apartamento estava, como de costume, uma zona. Será que não era melhor descer até o português? Não, eu queria ficar algum tempo sossegado, além de que estava sem fome. Lavei um copo e me servi. Pus um CD da Nina Simone pra tocar. Deitei de costas no sofá e fiquei ouvindo "My baby just cares for me":

My baby don't care for shows
My baby don't care for clothes
My baby just cares for me[*]

Hummm, quando é que eu ia ter uma garota que ligasse só pra mim? Acho que nunca: as mulheres que entravam na minha vida só queriam saber de grana ou de me domesticar como um cachorrinho. Quando não, morriam no caminho.

---

[*] "Meu amor *num* se importa com shows/ Meu amor *num* se importa com roupas/ Meu amor só se importa comigo". (N. E.)

Bebi um gole, o uísque desceu bem, e minhas ideias, que se pareciam com as baratas correndo feito loucas no chão da cozinha, se arrumaram um pouco em meu cérebro. Mais um gole, entraram em formação, as mais importantes na frente, as secundárias atrás, como soldadinhos de chumbo. Pois bem: tinha que voltar na pocilga do espanhol pra saber se realmente o broche estava lá. Talvez fosse o caso de dar um apertão no homem. Mas dar um apertão como? Era eu contra o Pepe e o grandalhão. Sem chance. Estava na hora de pedir ajuda pro velho Bellochio de guerra. A baiuca estava fora de nossa jurisdição e quem sabe o sebento até pagasse proteção pra algum policial corrupto, mas não custava nada tentar. Fiquei ruminando o que podia fazer, pra ter certeza de que o broche realmente tinha sido penhorado naquela espelunca. Além disso, tinha que pensar numa boa estratégia pra tentar recuperar a joia.

Bocejei uma, duas vezes e, sob o efeito das bebidas na casa de dona Elizabeth e do meu uísque duplo, do cansaço, enfim, acabei dormindo. Tive um sonho que logo se transformou em pesadelo. Ingrid me ligava, marcando um encontro num barzinho no Itaim. Quando chegava lá, não encontrava com ela, mas com Irene. "Meu amor", eu disse, "então, você voltou?"; "Eu voltei pra te ver", respondia sorrindo; "Onde estou agora, a gente pode fazer de tudo"; "Como assim?"; "Posso, por exemplo, tirar meus olhos"; e, pra meu horror, ela enfiava as mãos onde ficavam os olhos, retirava alguma coisa que me mostrava na palma da mão; "Como Santa Luzia", dizia sorrindo, "pegue, são seus"; eu pegava, eram safiras que brilhavam intensamente; levantava a cabeça e olhava pro rosto de Irene e via dois buracos que a tornavam medonha. Começava a gritar e, de repente, me vi deitado no sofá, respirando com dificuldade, o corpo coberto de suor e atormentado por uma terrível sede.

Já passava da meia-noite. O corpo coberto de suor, me levantei pra beber água. Dois copos bem cheios aplacaram a minha sede e afastaram os vestígios do pesadelo. Depois de tomar um banho, sentei na varanda, só de cueca, com uma cerveja. Vendo os frequentadores do Trás-os-Montes nas mesas e nos banquinhos junto do balcão, me deu vontade de comer. Me vesti e desci. Atravessei a rua e entrei no boteco. Ao me ver chegar, o negrão da cozinha, o Maciel, que estava em sua janelinha paquerando as garotas, gritou:

– Como é, doutor, vai o bife acebolado?

Fiz sinal de positivo e sentei numa mesa perto do caixa, àquela hora comandado pelo gerente do seu Felício. Cansado de tanto trabalhar à noite, o português tinha contratado o Baianinho, um rapaz de sua absoluta confiança. Não precisei esperar nem um minuto pro Genivaldo vir com uma dose de cachaça e uma cerveja.

– Tá trincando, doutor. Como o senhor gosta.

Pouco depois, chegava o bife do Maciel – sangrando, com bastante cebola e cercado de fatias de paio. Peguei um pedaço de pão e enfiei no molho. Antes que o levasse à boca, reparei em dois caras que entravam no boteco. Um deles era forte, tinha os olhos apertados, o nariz em forma de uma batata, os cabelos ondulados bem compridos e presos num coque, e seus dentes saltavam pra fora da boca, dando a ele o jeito de um javali. O outro era magro, com a cara parecendo a superfície da Lua, de tão cheia de espinhas. Talvez fossem apenas garotos indo a um baile funk. Mas uma coisa me chamou a atenção: apesar da noite não estar fria, vestiam japonas e usavam toucas enfiadas até as orelhas. Isso me deixou desconfiado. Tentei fazer um sinal ao Baianinho, pra que ficasse esperto, mas ele estava distraído, com a cabeça baixa, conferindo a féria. Instintivamente, levei a mão à cintura, mas percebi que não tinha trazido meu .32. Se fosse um assalto, não teria o que fazer.

Não demorou pra eu saber que era mesmo um assalto. Enquanto o espinhudo seguia até o fim do corredor, chegando junto à janelinha da cozinha, o encorpado se aproximou do caixa. De repente, tirando de dentro da japona um Magnum, apontou pro Baianinho e berrou:

– É um assalto! Vai passando a grana!

Foi o sinal pro espinhudo sacar uma .380 e gritar:

– Quem mexer leva chumbo!

O Baianinho suspendeu a cabeça, assustado.

– Anda, a grana, fiadaputa! – tornou a berrar o javali, o Magnum tremendo em suas mãos.

Nervosismo ou efeito da droga? Tanto uma coisa quanto a outra eram péssimas. Qualquer vacilo, e ele atirava com aquele canhão. Fixei os olhos no Baianinho, enquanto lhe dizia mentalmente: "Entrega a grana logo, entrega a grana logo", porque sabia que aqueles dois não estavam brincando. Mas, teimoso como ele só ou paralisado pelo medo, o caixa permanecia quieto, sem obedecer ao bandido.

– A grana, caralho! – o javali avançou o Magnum, que segurava com as duas mãos.

Nem assim o Baianinho obedeceu. Puta merda! O cara era louco. Estava assinando a sentença de morte.

– Apaga o corno! Mete o dedo nele! – berrou o espinhudo, lambendo os lábios.

Ouvi uma explosão. Atingido em cheio, o Baianinho voou do banquinho. No mesmo instante, escutei um ruído estranho – *washhhhhh* –, seguido do berro do espinhudo. Era o Maciel que tinha atirado o óleo fervente de uma panela na cara do vagabundo. Uivando de dor, ele deixou cair a pistola e começou a pular, como se tivesse febre de São Guido. O javali atirou duas vezes seguidas contra os vidros da armação da cozinha, arrebentando tudo, e começou a recuar até se aproximar da minha mesa. Era o que eu esperava: voei nele e, ao mesmo tempo que lhe dava uma gravata, lhe torci o punho com o revólver. O javali perdeu o equilíbrio e deixou cair a arma. Aproveitei pra empurrar o cara de encontro ao balcão. Começou a corcovear feito um potro, e eu ali, montado em suas costas, feito um peão de boiadeiro. Como era forte, se bobeasse, me derrubava. Sem perder tempo, dei-lhe uma testada na nuca. Com o golpe, bambeou as pernas. Agarrei o vagabundo pelos cabelos e enfiei a cara dele contra a quina do mármore do balcão. Escutei um *plofe*, o ruído da boca ou do nariz do corno arrebentando. Puxei a cabeça dele de volta e dei mais duas pancadas, e o sangue começou a escorrer e a pingar da bancada. O javali amoleceu e se amontoou no chão sujo de bitucas de cigarros e cascas de amendoim.

– Pega o filho da puta! – escutei uma das garotas berrando e correndo ao encontro do espinhudo.

Catei o revólver do bandido, pulei o balcão e fui dar uma olhada no Baianinho. Encostado num refrigerador, os braços abertos, os olhos ainda cheios de pavor, tinha um rombo no peito. Puta merda! Por que não tinha entregado a grana? Só pra garantir a do patrão? Uma série de gritos me fez levantar o corpo. Era o espinhudo que gania. A cara queimada pelo óleo e sangrando, se encolhia num canto, enquanto recebia pancadas com garrafas de cerveja, saltos de sapato, a ponta rombuda dos cinzeiros. Pulei de volta o balcão, pra intervir, antes que dessem cabo do lazarento.

– Agora, chega!

– Deixa a gente acabar com o filho da puta! – disse uma neguinha, a Jasmim, soluçando. – Eles mataram o Baianinho...

Pensando bem, por que não deixava que fizessem isso? Era só virar as costas, ir pra casa, e o mundo se livrava daquele lixo. Contra a minha vontade, ordenei:

– Já disse que já chega! Vamos chamar a polícia.

Amarramos os vagabundos com pedaços de fio e corda que o Genivaldo providenciou. As meninas acenderam uma vela junto do corpo do Baianinho e começaram a rezar. Peguei o telefone e disquei 190. Depois, sentei na minha mesa. O bife estava lá, mas só de olhar pra ele sentia nojo. Mas a cachaça e a cerveja não desperdicei. Saboreei a bebida bem devagar, sem pensar em nada, a não ser que a vida, na maioria das vezes, era uma bosta. Puta merda, pobre do Baianinho...

Examinei o revólver do malandro. Que bela arma! Era um Smith & Wesson, modelo 686, de aço escovado, .357 Magnum, com sete cartuchos, cano de quatro polegadas. Onde um nó cego como o javali tinha arrumado uma joia daquelas? Muito provável, num assalto. Senti uma grande tentação de embolsar o revólver, já que meu Colt havia sido confiscado pelo Cebolinha. Mas, como tinha a perícia, não dava simplesmente pra sumir com a arma do crime.

Quando a polícia chegou, me identifiquei e relatei o fato pra um sargento da PM, que vinha acompanhado de um cabo armado com uma .12. Logo depois, chegaram o pessoal do IML e o carro de cadáver. Quando fui dispensado, entreguei um dinheiro pro Genivaldo:

– Pelo jantar. O resto da grana é pra ajudar no enterro do Baianinho.

* * *

Passei mal a noite, virando na cama de um lado pro outro. Não havia comido e, ainda por cima, as imagens do boteco estavam bem frescas na minha memória: o Baianinho recebendo um balaço a curta distância, o espinhudo queimado pelo óleo fervendo, a cara do javali arrebentada de encontro ao balcão. Aquilo tudo só servia pra me embrulhar o estômago, coisa difícil pra um cara já calejado como eu, que tinha o coração feito de granito. Talvez isso acontecesse pela sobrecarga de violência, o que fazia com que eu parecesse um transformador de rua prestes a explodir. O problema é que meu cotidiano, a cada dia que passava, era, mais e mais, assombrado por estupros, homicídios, assassinatos a sangue-frio. A morte, como se fosse uma fiel companheira, vivia por perto. Eu a via nas ruas, nas praças, no alto dos prédios, toda embuçada, esperando que um filho da puta abaixasse a guarda pra atacar. E ela não tinha complacência, não tinha dó, nem piedade. Com a porra da sua foice, ia cortando os pescoços, se deliciando com os gritos de agonia. Puta merda! – precisava me desligar disso, antes que ficasse doido. Fui tomar uma ducha; depois, fiquei algum tempo na janela olhando pro tempo, já que não podia olhar pra mais nada. Bocejei uma vez, duas, vendo a vida passar por mim, lentamente, que nem um trem do subúrbio superlotado. Tinha a esperança de que ele parasse e me acolhesse, em vez de me deixar sozinho na estação. Uma hora, me cansei de tanto pensar bobagem e fui dormir.

Pra minha surpresa, não tive pesadelos, e o sol entrando pela janela aberta fez que a morte fosse cantar em outra freguesia. Tomei um banho frio e um café forte que me ajudaram a esquecer os incidentes da noite. Sentei no sofá e tentei me concentrar no problema que tinha pela frente: como resgatar o broche de dona Elizabeth na casa de penhores. Depois de muito refletir, cheguei à conclusão de que, sozinho, não ia conseguir nada. Como nunca, precisava da ajuda do meu velho parceiro. Liguei pra ele, pedindo socorro.

– Entendi. Você quer que o fiadaputa do gringo devolva o broche roubado... – resmungou, pra depois completar com uma pergunta: – Fora o dono da baiuca, tem mais alguém por lá?

– Um grandalhão. Com certeza, um segurança. E, pelo que pude perceber, bem armado.

– Bem, quanto a isso, levo minha punheteira. Fogo com fogo, eu sou mais eu...

– Se bem que não pensa que pode ir entrando assim como quem vai pra uma festa. Tem uma porta reforçada com uma câmera na entrada e...

– Calma, tem um jeito pra tudo.

– Beleza, parceiro, estou te esperando. Você vem pra cá, e a gente combina melhor os detalhes.

Uma meia hora depois, o Bellochio chegava. Pra minha surpresa, com uma caixa de violão.

– Ué, vai tocar em alguma banda?

– Banda? – deu uma gargalhada. – Com certeza. Este daqui é o meu Gianinni turbinado!

Descemos até o português, reforçamos o estômago com um bife a rolê, acompanhado de arroz de carreteiro e farofa, mas sem exagerar no álcool. A gente ia ter uma parada dura pela frente e precisava estar na ponta dos cascos. Terminando de comer, pegamos o carro e seguimos na direção do centro. Pelo caminho, conversamos sobre a tática a ser empregada.

– Pode tirar o cavalinho da chuva que o tal do Pepe não vai deixar a gente entrar juntos. Só se for um trouxa – comentei.

– E o que está pensando em fazer?

Fiquei um instante em silêncio, só refletindo, pra depois dizer:

– Entro primeiro, enrolo o cara com aquela conversa sobre a penhora do revólver, e você vem depois. Aí, a gente encontra um jeito de render o Pepe e o segurança.

Estacionei e caminhamos até a casa de penhores. Chegando diante da portinha do muquifo, recapitulei nosso plano de ação:

– Fica aqui fora me esperando. Subo, você espera uns dez minutos, depois sobe, aperta o interfone e mostra a caixa do violão.

– Como você disse, tem uma câmera na porta, né?
– Isso mesmo. O gringo fica vigiando os clientes por um monitor. Não esquece: dez minutos, e você vem. Outra coisa: me empresta a tua Beretta.
– Ué, você não veio turbinado?
– Vim, mas acontece que tenho que oferecer minha arma pra empenhar.

Enfiei a pistola, já destravada, na cintura, sob a camisa que deixei pra fora. Subi as escadas e, chegando na porta, apertei o interfone.

– Quien es? – ouvi a voz carregada de sotaque do gringo.
– Trouxe o revólver pra você ver...

Talvez desconfiado, o Pepe demorou a abrir a porta, focando antes a câmera na minha cara. Dei outro daqueles sorrisos de idiota, e isso talvez tenha surtido efeito: um *clic*, e a porta abriu. Entrei, caminhei até o balcão. O gringo se encontrava no mesmo lugar, atrás da janelinha gradeada, e o grandalhão, do lado, com as mãos escondidas. Peguei meu revólver no bolso e pus sobre o balcão. O Pepe não abriu a janelinha. Com o canto do olho, reparei que os braços do grandalhão tinham subido e, como desconfiava, com uma punheteira apontada pra mim. Virei pra ele e disse, sorrindo e levantando os braços:

– Calma, brother. Só vim aqui pra penhorar meu cano...

Não me retribuiu o sorriso e nem abaixou a arma, mas o gringo subiu a janelinha e pegou o revólver. Depois de abrir o cilindro, olhar de modo superficial dentro do cano, colocou o .32 de volta no balcão e perguntou:

– Quanto você quiere?
– Ah, uns trezentos contos...
– Trecientos? Te dô docientos e tem a comissão, o juro.
– De quanto?
– Trinta por ciento.

– Trinta por cento, *brother*?! Que porra de juro é esse? Fechou a cara.

– É pegar ou largar. Te dô docientos y una cautela. Dentro de um mês, você vem acá resgatar o cano, pagá o juro. Se não vem, fico com ele.

Ia dizer alguma coisa, quando a campainha tocou, o gringo olhou pro monitor de tevê e disse:

– Espera um instante, que luego te atiendo.

Puta merda! O porra queria se livrar de mim antes de deixar o Bellochio entrar. Aí ia ficar complicado. Não pensei duas vezes: com a mão direita, agarrei o seboso pelo colar e o puxei com violência na minha direção, fazendo que desse com a testa contra o suporte da janelinha, enquanto, com a mão esquerda, peguei a Beretta na cintura e meti na cara dele. O gringo deu um grito e começou a grunhir feito um porco.

– Abre a merda daquela porta! – berrei. – E manda o teu cupincha largar o canhão, senão te arrebento!

O gringo suava frio, hesitando em obedecer. Pra mostrar que não estava brincando, enfiei com força o cano da pistola contra a boca dele, quebrando um ou dois dos dentes podres da frente, enquanto gritava:

– Você vai abrir a porta é já! E ponha as patas em cima do balcão!

Já estava cansado daquela posição. E se o grandalhão resolvesse arriscar, disparando contra mim, antes que eu acertasse o Pepe? Pra meu alívio, o gringo apertou um botão ao lado e ouvi o *clic* da fechadura. O Bellochio entrou, chutou a porta pra fechá-la, ao mesmo tempo que tirava a .12 da caixa do violão e apontava pro segurança.

– Joga a punheteira no chão e levanta os braços, fiadaputa! – gritou.

O grandalhão continuou na dele, com a arma apontada pra mim. O Bellochio não teve dúvida e atirou um pouco acima da cabeça do segurança. Um estrondo, a parte de cima do gradeado arrebentou toda. O segurança estremeceu e deixou cair a carabina. Ainda segurando o Pepe pelo colar e de olho nas mãos dele, ordenei ao grandalhão:

– Agora, bem devagar, sai pela portinhola do balcão e vem até aqui.

Obedeceu sem hesitar, os olhos girando amedrontados na cara de lua cheia. O Bellochio meteu o cano da .12 na barriga dele e disse:

– Deita de costas!

Enquanto meu parceiro o algemava, olhei pra cara do espanhol. Estava cheia de manchas vermelhas, a boca inchada, com um filete de sangue escorrendo da testa. Parecia uma bisteca batida por um martelinho de carne.

– Ô parceiro, entra e dá uma revista neste nosso amigo – eu disse.

O Bellochio passou pela portinhola e foi revistar o gringo.

– Porra! Ele tem aqui uma .380 e uma .45 – disse, me mostrando as armas. – Se você bobeasse, o corno tinha furado a tua barriga.

Larguei do colar do Pepe. Pra alívio dele que estava engasgando, sufocado, e pra meu alívio também. Meu braço já estava ficando entorpecido, sem contar que o vergão na minha mão, causado pelo colar, doía pra caralho. Passei pela portinhola pra me juntar ao Bellochio.

– Si vocês quieren grana, yo no tengo nada em caixa – disse o gringo, tremendo feito gelatina.

O Bellochio mostrou a carteira funcional.

– Polícia... – resmungou, parecendo resignado. – Yo já pagué pedágio a los compañeros de usted.

O Bellochio olhou pra mim e balançou a cabeça.

– Não é pedágio que a gente está querendo – eu disse, lhe

dando um safanão. – Queremos um broche de safira que foi roubado e penhorado nesta pocilga.

– Broche de safira? Que broche de safira? – quis se fazer de desentendido. – Yo no negocio com joias...

Enfiei de novo o cano da pistola na bochecha dele.

– Não negocia com joias o caralho, seu gringo de porra! Vamos lá dentro ver no teu cofre. E te garanto: se não encontrar um broche de safira, acabo com você!

Como permanecesse no mesmo lugar, tremendo e suando, o olho são ora me focando, ora focando o Bellochio, lhe dei uma coronhada de leve nos cornos.

– Ai! – gemeu, mas ficou esperto e começou a trotar, balançando a bunda gorda na direção dos fundos da pocilga.

Entramos num quartinho com estantes cheias de badulaques. No chão, havia um cofre. Ele se abaixou com dificuldade, mexeu na combinação e abriu a porta. Como não saísse da frente, lhe dei um empurrão e disse, me agachando:

– De olho no filho da puta, Bellochio.

– Pode deixar, é só o gringo dar uma piscada, que arregaço ele.

Vi uma grande quantidade de joias: relógios, anéis, pulseiras, colares, broches. Fuçando daqui e dali, achei por fim um broche de safira com o engaste de ouro, dentro de um saquinho de veludo. Examinei-o com cuidado. Não tinha dúvida: era mesmo o broche de dona Elizabeth. Enfiei a joia de volta no saquinho, guardei no bolso e saímos do quarto.

– E a minha grana? – o Pepe achou de reclamar.

Tinha me esquecido da penhora.

– Por quanto o Zé Roberto penhorou o broche?

– Quince mil – resmungou, evitando me fitar.

Quinze mil... E o broche valia 120 mil! Essa era a putaria de costume das casas de penhores da Praça Clóvis que lidavam com bagulho roubado. O Zé Roberto penhorava a joia afanada da própria mãe, pegava os 15 mil reais pra gastar com drogas. Como provavelmente não ia conseguir o dinheiro pra resgatar o broche, as coisas ficavam elas por elas: dona Elizabeth sem a joia de estimação, e o porra do Pepe com um puta de um lucro.

– Você deu uma cautela pro Zé Roberto, não é?

– Claro, o preto no branco. Si ele viniera com la grana no final do mês, yo entregava o bagulho de vuelta pra ele.

– Resgatar com trinta por cento de juros, né, seu calhorda? – lhe dei um safanão.

– Yo no soy la Caixa Econômica. Grana cuesta caro – resmungou.

Mal ou bem, o gringo tinha direito a seu dinheiro de volta, já que eu havia resgatado a joia. O filho da puta naquela história era mesmo o Zé Roberto e mais o safado do Souza.

– Está bem, quando conseguir os quinze mil, te ligo, e a gente acerta o negócio.

Depois, me lembrando de uma coisa, disse:

– Deixa eu ver como é o tipo de cautela que você dá pros trouxas.

Com a cara fechada, me estendeu um bloco. Ao me ver pegar uma das cautelas e enfiar no bolso, achou de protestar:

– Ei, o que vai hacer com esto?

– Não é da tua conta, gringo! – rebati.

Me virei pro Bellochio:

– E o que fazer com os caras? Vai da gente querer sair, e eles vêm com alguma arma...

– Bem, é melhor trancar os dois no quartinho.

Foi o que fizemos. E, pouco depois, deixamos o muquifo.

– Parceiro, estou te devendo mais esta – disse, já dentro do carro, aliviado.

– E está devendo mesmo – rebateu o Bellochio. – Você está intimado a me levar no Fogo de Chão. Estou doido por uma caipirinha dupla e uma picanha sangrando! Este rolo me abriu o apetite.

* * *

Precisava agora pegar a cautela que estava com o pilantra do Zé Roberto. É bem verdade que podia simplesmente devolver o broche a quem de direito, mas isso, se simplificava o problema, não o resolvia de todo. Se dissesse à dona Elizabeth que a joia havia sido furtada pelo filho, com certeza ela ia acreditar em mim. Mas eu preferia o preto no branco. Fazia questão de acertar as contas com o Pepe. Trato era trato, mesmo que fosse com um safado. Mas será que dona Elizabeth ia me dar os 15 mil reais pra devolver pro espanhol? Mais um motivo para tentar resgatar a cautela: com o documento na mão, podia fazer com que ela tivesse certeza de toda a transação. E o problema estava aí: como conseguir a cautela? Havia duas hipóteses: ou o imbecil do fuinha tinha guardado, na esperança de conseguir algum dinheiro extra pra pegar o broche de volta no fim do prazo do empréstimo, ou tinha jogado fora, descartando totalmente o resgate. Preferi ficar com a primeira hipótese – afinal, ele devia saber o valor da joia, pela qual podia querer conseguir mais dinheiro depois. Mas se, como desconfiava, estivesse realmente de posse da cautela, o problema era tomar dele. Talvez se simulasse um assalto e roubasse sua carteira... Isso, contando que a cautela estivesse na carteira e não em casa. Mas simular um assalto era coisa complicada, sacanagem demais pro meu gosto. Em todo caso, convinha ficar de olho no Zé Roberto e esperar a melhor oportunidade pra tentar lhe tomar a cautela.

Estava com esse problema na cabeça, que precisava ser resolvido o quanto antes, quando, uma noite, ao arrumar as roupas no armário, um cartão caiu do bolso de uma das calças. Me abaixei e vi que era o que o Souza tinha me dado. Lembrei do inferninho que ele mantinha em sociedade com o Zé Roberto. Pensei se não valia a pena dar um pulo até lá. Que vantagem podia tirar disso eu não sabia ainda, mas não custava nada tentar. Pelo menos, serviria pra me aproximar do fuinha.

Desci e fui pegar o carro. Meia hora depois, estava diante de um sobrado na rua Indiana, uma espelunca, com as palavras Fleur de Lys, em néon roxo na fachada, e um toldo vermelho e azul rasgado e sujo diante da porta. O leão de chácara informou que a entrada era "trinta real, com direito a dois chope". Entrei, e logo senti o bafo conhecido dos puteiros travestidos de night club – uma mistura de mofo, bebida ordinária, suor e sarro de cigarro. Não era nada diferente dos inferninhos da Major Sertório que eu conhecia de sobra. Os tarados bebiam uísque falsificado ou outra merda qualquer, sentados diante de um palco, onde uma garota fazia striptease, salivando e gritando que nem doidos, com os urros abafados pelo baticum da música tecno. Me sentei num banquinho junto do balcão, pedi um chope, enquanto dava uma geral no salão cheio de fumaça.

De repente, alguém pôs a mão no meu ombro.

– Doutor Medeiros! Resolveu aparecer?

Era o Souza, vestido profissionalmente de cafetão. Usava terno preto, camisa preta, gravata preta, o cabelo preso com gel.

– Você me convidou, resolvi dar uma passadinha pra ver como que era – respondi, dando um sorriso tão falso como o do Coringa.

– Mas aí no balcão? E bebendo um chope? Onde se viu? Vem sentar com a gente!

Me pegando pelo braço, me levou até uma mesa nos fundos, onde se encontrava o Zé Roberto.

– Cara, veja só quem está aqui.

O fuinha, que conversava com uma garota, ergueu a cabeça. Ao deparar comigo, franziu o rosto.

– Oi, como vai? – disse, me sentando.

– Numa boa – respondeu, com uma voz mole, os olhos vidrados, brilhando como diamantes sob um foco de luz.

Com certeza, já chapado. Como sempre. O Souza derramou uma dose de uísque num copo e me passou.

– Por conta da casa, doutor.

Provei, era legítimo. A vantagem de ser amigo do chefe. Fiquei ali na companhia dos pilantras jogando conversa fora. Mal bebia uma dose, o Souza, mostrando-se prestativo, me dava outra. Talvez pensasse em me deixar de fogo, pra ver se me abria com eles. O trouxa não sabia que eu era duro na queda. Mais provável era *ele* ficar de fogo e começar a falar bobagem. Mas, antes disso, um garçom veio chamá-lo. O Souza se levantou, dizendo que tinha que resolver uns problemas na gerência e precisava se ausentar por um instante.

– A casa é sua, doutor. Qualquer coisa, é só pedir. Como deve ter visto, o uísque é legítimo, e as garotas de primeira! – concluiu, me piscando o olho.

Ergui o copo num brinde, retribuindo a piscada. Ele se foi. Fiquei ali na companhia do Zé Roberto, que não parava de enfiar a língua na orelha da garota a seu lado e tentando, sem sucesso, lhe beijar a boca. Mas logo bambeou, deixando cair a cabeça sobre os braços, derrubando copos e espalhando bebida sobre a mesa. E começou a roncar que nem um porco entretido com espigas de milho. A garota balançou a cabeça. Usava uma minissaia justa, que deixava à mostra as coxas bem-feitas. Os peitos pareciam querer fugir do decote, e os lábios eram pintados de um vermelho berrante. Tinha os cabelos encaracolados tingidos de loiro, a pele marcada com pequenas manchas de varíola, os olhos levemente estrábicos.

– O cara apagou, né? – observei, apontando para o Zé Roberto com o queixo.

– Graças a Deus! É o mó mala! – protestou, numa linguagem cantada, típica de nordestino.

– Mala, é?

Franziu a cara.

– Fica me lambendo... Tenho nojo de cara assim. E o pior é que o porra me empata a noite toda. Tem vez que até vomita na mesa.

Me aproximei dela.

– Quanto desperdício...

– Como assim?

– Uma garota como você ter que aguentar um nó cego desses.

Ela suspirou.

– O que que vou fazer, se ele é o dono daqui?

– E você tem que ficar com ele sem faturar nada...

– E o pior é que invocou comigo. Podia encher o saco de outra. Mas é entrar aqui que já vem pegar no meu pé.

Me servi de mais uma dose de uísque, e uma ideiazinha, como uma formiga, começou a correr dentro da minha cabeça. Tomei um gole e perguntei na lata:

– Escuta uma coisa: quer ganhar trezentos contos?

– Trezentos contos?! – me olhou espantada e protestou: – Se for coisa nojenta ou de sadomasoquismo, tô fora, cara!

Natural que ficasse espantada: um programa naquele muquifo não devia passar de cinquenta. Abanei a mão, procurando acalmá-la.

– Nada disso, tenho cara de tarado?

Deu um muxoxo.

– A gente nunca sabe...

– Se quer saber, nesse negócio de sexo gosto é do trivial, o feijão com arroz – disse com malícia, pra depois completar: – O que estou te propondo é o seguinte: queria que você aliviasse o Zé Roberto de uma coisa.

– Que coisa? – perguntou, parecendo ofendida. – Grana? Não sou ladrona não, cara!

Enfiei a mão no bolso e peguei a folha que tinha tirado do bloco de cautelas do Pepe.

– Fica tranquila. Não é grana, não. Quero que você pegue com ele um documento como este aqui, só que preenchido.

Como ela ainda olhasse pra mim daquele jeito desconfiado, inventei a primeira explicação que me passou pela cabeça:

– É um documento meu que ele não quer entregar. Preciso com urgência...

Ela examinou bem a cautela, pra depois perguntar:

– E como faço pra pegar?

Comecei a rir.

– Puxa vida, e você vem perguntar justo pra mim? Aplica nele o golpe do "Boa noite, Cinderela", ué.

Deu em troca uma risada aguda:

– Essa é boa. Acha que preciso mesmo colocar algum troço na bebida do mala? Vive chapado.

– Pois bem, uma noite destas, pega o documento com ele. E vê se faz isso logo, que tenho pressa – disse, anotando meu telefone nas costas da cautela. – Quando conseguir, me dá um toque.

Peguei a mão dela e perguntei:

– Qual é o teu nome?

– Gilvanete... E você?

– Medeiros.

Dobrou a cautela e guardou na bolsinha. Como se lembrasse de uma coisa importante, franziu a testa e perguntou:

– E se o Beto não tá com o documento?

– Bem, torce pra que ele esteja com o documento. Do contrário, você não ganha os trezentos contos – disse, me levantando.

Me pegou pelo braço.
– Já vai indo? A noite é uma criança, e bem que a gente...
Ela estava enganada: a noite era uma velha caquética, cheia de varizes e usando dentadura.
– Outra hora, meu amor – me inclinei, pra beijá-la. – E bico calado sobre nossa conversa. Se alguém ficar sabendo, não tem trato.

7

Os dias foram passando, e fui ficando nervoso com a demora. Será que a Gilvanete ia mesmo conseguir roubar o documento do Zé Roberto? Essa questão ficou martelando na minha cabeça. Dentro de algumas semanas, vencia minha suspensão, e eu queria resolver aquele rolo o mais breve possível. Pegando a cautela, devolvia o broche pra dona Elizabeth, recebia minha grana, pagava as dívidas e ficava sossegado. Mas, enquanto isso não acontecia, continuava com minha rotina: dormindo tarde, acordando tarde, em meio à bagunça do apartamento. A faxineira tinha sumido, precisava arrumar outra, já que a Bete ainda estava se recuperando em casa. Nem tinha ânimo de passar pelo boteco, com o pessoal ainda de luto pela morte do Baianinho. Às vezes, à noite, dava um pulo até a Major Sertório – via um striptease, tomava um uísque, pegava a primeira garota que aparecesse pela frente. Mas isso já estava me cansando. Há quanto tempo não saía com uma mulher que mexesse comigo, que valesse mesmo a pena? Voltava a pensar em Ingrid, que não me tinha telefonado e, com certeza, nunca ia me telefonar. Definitivamente: ela não era pro meu bico. A secretária eletrônica continuava muda, a não ser quando registrava mais uma bronca da velha, me chamando, como numa letra de bolero, de "filho ingrato, que cravou um punhal no coração da velha mãe, à beira da morte". Só rindo, mas não podia rir, porque, no fundo, ela tinha razão. Eu era mesmo um filho ingrato – há quanto tempo que não lhe fazia uma visita? Já que estava coçando o saco, custava pegar o carro e dar um pulo até a casa dela, em Campinas? Mas a ansiedade com o telefonema da garota do Fleur de Lys, dando conta da missão que lhe tinha confiado, me fazia adiar a visita.

Até que um dia, voltando do almoço no boteco, encontrei uma mensagem:

– Oi, Medeiros, aqui é a Nete. Tenho uma boa notícia pra você... Liga pra mim.

Nete? Que Nete? Porra, a Gilvanete! A garota do Fleur de Lys! Liguei e, quando atenderam, disse, sem conseguir segurar a ansiedade:

– Gilvanete? Aqui é o Medeiros. Conseguiu pegar o documento?

Demorou um pouco pra responder:

– Ah, o Medeiros! Claro que consegui pegar. Mamão com açúcar, querido. Estou com ele comigo. Como que a gente faz pra se encontrar?

– Onde é que você está? No Fleur de Lys?

– Não, agora tô de folga em casa.

– Bem, a gente pode se encontrar no Bar do Juarez, ali na avenida Juscelino. Às três, está bom pra você? – Desliguei e saí correndo. Tinha que ir até o banco e arrumar os trezentos reais, entrando ainda mais no vermelho do meu cheque especial. Depois, acertava com dona Elizabeth e limpava minha barra com a pentelha da gerente. Com o dinheiro no bolso, cheguei no Juarez, pedi um chope e fiquei esperando a Gilvanete, que não demorou pra aparecer. Vinha com um vestido vermelho, bem curto, com os peitos saltando como bolas de borracha no decote. Ela sentou, e já fui perguntando, cheio de ansiedade:

– O documento?

Sorriu, pôs a mão sobre a minha e disse:

– Nossa, que pressa...

Abriu a bolsa, mexeu, mexeu até encontrar a cautela. Quando estendi a mão, ela disse:

– Nã, nã, nã... antes, deixa eu ver a grana...

– Que desconfiança... – falei, pegando um envelope no bolso.

– O seguro morreu de velho, cara. – Conferiu o dinheiro e guardou na bolsinha. Só depois disso é que me deu a cautela.

Foi a minha vez de conferir o documento. Vai que ela tivesse fajutado... Mas era autêntico, com a assinatura do Pepe, registrando a entrega de uma joia assim, assim, em penhora, por parte de José Roberto Bryant Videira.

– É esse mesmo?

– É, você fez um bom serviço. Parabéns.

– Posso saber pra que serve?

– Não, não pode, é sigiloso.

Fez um muxoxo.

– Não estou nem aí, se não quiser contar. Não sou curiosa.

Peguei na mão dela.

– Mas eu sou. Conta como foi.

– Como te disse: mamão com açúcar. Que nem roubar dinheiro de mindingo cego.

Deixei passar o "mindingo", estava mais interessado na história.

– Ontem, ele passou lá no Fleur de Lys – continuou a contar – e, como sempre, veio grudar em mim. Já tava chapado. Você sabe que o caretinha é chegado numas carreiras, né? Tava trincando. Mesmo assim, bebeu uma garrafa inteira de uísque. Fiz uns agrados nele e, antes que apagasse, levei ele pro quarto. E foi o mala deitar na cama, já tava roncando. Peguei a carteira e achei o papel.

– Beleza, Gilvanete! – exclamei. Os trezentos reais tinham sido mesmo bem empregados.

Bebeu um gole de chope, pareceu refletir um pouco e disse:

– Tem uma coisa que me deixou encucada... O Beto é o mó garganta, vive dizendo que é empresário, que mora numa puta de uma casa nos Jardins, mas, se quer saber, não tinha um puto na carteira. Tava a zero.

Eu sabia por que, mas não lhe disse nada. Quanto mais ignorante ficasse das estripulias do Zé Roberto, melhor. Terminei meu chope, pedi mais dois.

– E você? – perguntou com ironia. – Não vai dizer que também é empresário...

– Sou advogado. – Estava começando a gostar desse meu novo papel.

– Advogado, é? – Me olhou, desconfiada. – Ou será que também tá querendo me enrolar como o Beto?

Dei de ombros.

– Se não quer acreditar, o problema é teu...

Deu uma gargalhada e disse:

– Mesmo que fosse um palheiro, você é charmoso. Garanto que, com essa pinta, deve de tá assim de mina...

Chegou mais perto de mim, lambendo os lábios que pareciam um sorvete de morango. Comecei a ficar excitado. Se a gente já tinha feito negócio, por que perder tempo no boteco? Fiz um sinal pro garçom, pedindo a conta, peguei a garota pelo braço e falei:

– Que tal se a gente fosse terminar nosso papo num lugar mais sossegado?

Naquela noite, a garota me deixou num bagaço só. Será que foi por causa da performance dela, ou por causa da minha falta de costume, eu que há tempo não fazia um programa tão intenso como aquele? Sei lá, vai ver que pelas duas coisas. Foi chegar em casa, apaguei e fui acordar quando era quase uma da tarde.

Depois do almoço, liguei pra dona Elizabeth:

— Faz tempo que o senhor não dá notícias... Pensei até... — começou a dizer numa voz seca.

— Pois eu tenho ótimas notícias — interrompi o início do que parecia uma bronca.

— Ótimas notícias?! Afinal, que...

— Isso mesmo — voltei a interrompê-la. — Recuperei o broche da senhora.

— É mesmo uma ótima notícia — disse, sem alterar o tom de voz, como se eu estivesse lhe dizendo a coisa mais trivial do mundo. — Quando pode vir até aqui?

— A que horas está bom pra senhora?

— Tenho hora marcada no dentista daqui a pouco... Digamos às cinco. Está bom pra você, meu filho?

***

Às cinco em ponto, lá estava eu, subindo a escada de mármore. Como de hábito, a tia Nastácia veio me receber no hall. Sem desfazer a carranca, disse:

— A dona Elizabeth está esperando o senhor.

Ao entrar nos aposentos de dona Elizabeth, como não poderia deixar de ser, a primeira coisa que ouvi foi o rosnado do cachorro. Só faltava o filho da puta me receber com uma mordida depois de tudo que tinha feito.

— Quieto, Charles! — disse ela.

Estendeu a mão, que beijei. Usava um vestido de seda azul-marinho, joias e trazia o cabelo todo arrumado, como se tivesse vindo do cabeleireiro.

— Sente-se, meu filho.

Perguntou logo em seguida:

— Bebe alguma coisa?

Balancei a cabeça, como um cãozinho ensinado. Apertou a campainha, a tia Nastácia entrou.

– Anica, por favor, traz pra gente daquele uísque da garrafa bonita.

Sem mostrar ansiedade, ou fingindo não mostrar ansiedade, dona Elizabeth disse bem calma, com um leve sorriso nos lábios:

– Missão cumprida, doutor Medeiros?

Enfiei a mão no bolso, peguei o saquinho de veludo com a joia e levantei pra entregar a ela. Pra variar, o Charles me presenteou com um rosnado. Voltei a sentar. Dona Elizabeth desatou o laço do saquinho e pegou o broche. Sua expressão se alterou, ao contemplá-lo. Os olhos verdes brilharam intensamente. Parecia uma criança olhando com gulodice pra uma barra de chocolate. Acariciou a joia e, depois, me perguntou:

– O senhor teve muito trabalho pra recuperar o broche?

Dei de ombros.

– Mais ou menos...

Dona Elizabeth olhou bem pra mim, como se não acreditasse, e disse de um modo cerimonioso:

– Devo lhe dizer que fico feliz com o êxito de sua missão. Meus parabéns!

Hesitou um pouco, respirou fundo e foi adiante:

– Evidentemente, o senhor sabe quem foi o responsável pelo roubo...

– O filho da senhora – disse, sem delongas. – E ajudado pelo Souza.

Estremeceu, mas logo se recuperou e apenas murmurou:

– Muito bem... Era mesmo o que eu desconfiava.

A porta abriu, e a Anica entrou trazendo a bandeja com as bebidas. Ela me serviu, serviu dona Elizabeth e saiu silenciosa como tinha vindo.

– À sua saúde – disse dona Elizabeth.

– À nossa – falei, retribuindo o brinde.

Bebi um gole. Ficamos em silêncio por alguns minutos, até que ela dissesse:

– O senhor, com certeza, teve despesas, não é?

– Sim, algumas.

– O senhor tem os recibos? – perguntou, pra depois acrescentar com ironia: – Ou também gastou dinheiro com suborno?

Impressionante o sangue-frio dela, mesmo confirmando que o filho é que tinha roubado o broche. Dei uma risada e disse, entrando no jogo:

– Não, felizmente não foi preciso subornar ninguém...

E acrescentei:

– Mas quero lhe mostrar um documento especial. Com ele, a senhora poderá confirmar que foi seu filho que realmente cometeu o furto. – Enfiei a mão no bolso e peguei a cautela. – Também servirá pra eu justificar umas despesas extraordinárias que precisamos discutir.

Um ponto de interrogação se formou nos olhos de dona Elizabeth.

– Despesas extraordinárias? Como assim?

– Contando tudo, exatamente quinze mil, trezentos e quarenta e seis reais.

– Quinze mil, trezentos e quarenta e seis reais?! – arregalou os olhos, pegando a cautela.

– Como pode ver, quinze mil reais foi quanto seu filho recebeu pela penhora da joia...

Examinou o documento com cuidado. Levantou a cabeça e ficou um instante pensativa, alheada de tudo. De repente, sua expressão mudou, e tive a impressão de ver a chispa do ódio, como se fosse a barbatana de um tubarão, aparecer nos olhos cor do mar.

– Quinze mil reais por um broche que vale mais de cem mil!! Como pôde? – Abaixando a cabeça, murmurou com uma raiva contida, como se falasse consigo mesma: – Meu próprio filho...

Depois de alguns segundos, mais calma, levantando a cabeça ela perguntou:

– Esses quinze mil naturalmente devem ser devolvidos a quem os emprestou, não é?

– Depende...

– Como depende? – Ela se empertigou.

– Depende do que a senhora achar. Quem emprestou, ou melhor, fez a penhora da joia, é um salafrário que negocia com produtos de origem espúria. Devia é estar atrás das grades. Mas, como seu filho pegou o dinheiro com ele, mesmo sem consultá-la, disse ao safado que devolveria essa quantia. Agora, se a senhora...

Ela refletiu um pouco e disse de um jeito bem digno:

– O senhor fez bem. Esse dinheiro deve ser devolvido a quem de direito. Mesmo que seja a um bandido. Meu filho não tem mesmo juízo e fez uma coisa indigna e irresponsável. E indignidades e irresponsabilidades precisam ser pagas. No caso, por mim, que sou a mãe dele e, como pode ver, ainda a responsável por seus atos.

Dona Elizabeth tornou a examinar a cautela.

– E quanto aos trezentos e poucos reais? O senhor, por acaso, tem recibos dessas despesas?

– Tenho recibo dos quarenta e seis reais que gastei com combustível...

– Os trezentos reais?

– Desse valor eu não tenho.

– Com quem o senhor fez a despesa?

– Com uma moça que me ajudou. Como tinha urgência, paguei a ela do meu próprio bolso. Por isso, não consultei a senhora.

– E essa moça...? Posso saber quem é?

Achei melhor não lhe dizer quem era a garota. Preferi dizer outra coisa:

– Foi a responsável por pegar a cautela com seu filho.

Já tinha percebido que dona Elizabeth não era nada boba. Apesar de ser uma madame que vivia numa mansão dos Jardins. Devido a isso, logo entendeu o que eu fazia questão de esconder. Enquanto bebericava meu uísque, ficou em silêncio, com os olhos longe, os lábios vincados, como se voltasse a curtir a raiva.

– Será que o senhor se incumbiria da devolução do dinheiro? Pode me conceder mais esse favor? – disse, suspirando.

– Não tem problema, está dentro do combinado.

Apertou a campainha. Pouco depois, a tia Nastácia entrava.

– Anica, por favor, traga a minha bolsa.

A tia Nastácia saiu, e ela disse:

– Se não quiser responder à pergunta que vou lhe fazer, sinta-se à vontade. Eu queria saber se, pra recuperar meu broche, o senhor teve que... – hesitou, sorrindo sem graça – teve que...

– Usar de meios escusos ou de violência? – completei a pergunta dela. – Sim, um pouco. Está claro, não cheguei a ponto de roubar a bolsa de nenhuma velhinha...

Começou a rir e disse, animada:

– Sabe que gosto do senhor? Além de ser decidido, voluntarioso, tem algo que me agrada que é o senso de humor. Mas vamos lá ao que me dizia, estou curiosa...

Não contei os detalhes da operação. Disse apenas:

– Com bandidos, com gente estúpida, às vezes, a gente precisa agir à margem da lei. Só na conversa, não se consegue nada.

Dona Elizabeth refletiu por algum tempo e, em seguida, recitou com solenidade:

– "Se ainda andardes contrariamente comigo, também convosco cuidarei contrariamente em furor." Está no Livro.

A Anica entrou com a bolsa. Dona Elizabeth remexeu lá dentro, pegou um talão de cheques e uma caneta:

– Faço um só cheque de vinte mil, trezentos e oitenta e seis reais, o que já inclui seu pagamento. Está bem assim?

Preencheu o cheque, cruzou e me estendeu. Dei-lhe um recibo assinado, com o valor do meu pagamento. Tomei um gole de uísque e disse, cheio de dedos:

– Outra coisa, talvez eu esteja sendo inconveniente, mas aconselharia a senhora a demitir o seu jardineiro.

Me olhou espantada.

– O meu jardineiro? O Ceará? Mas gosto tanto dele. Tem a mão tão boa...

– Pode ser bom com a jardinagem, mas, em minha investigação, descobri que foi ele quem indicou a casa de penhores a seu filho. Sem contar que já foi preso por tráfico de drogas e, ao que parece, ainda mantém relações com traficantes.

Dona Elizabeth estremeceu e disse:

– Francamente, estou chocada. Não posso acreditar que o Ceará fizesse uma coisa desse tipo. Parecia tão dedicado. Mas, se o senhor me diz isso, não posso permitir uma coisa dessas aqui. Mais uma vez, obrigada, vou tomar minhas providências.

– A senhora me dá licença, que eu... – comecei a dizer, me preparando pra ir embora.

Fez um sinal com a mão, pedindo que eu voltasse a sentar.

– Queria que ficasse pra jantar. Afinal, temos que celebrar o retorno do meu broche, não é?

O que fazer senão obedecer? Continuamos a conversar por uma hora mais ou menos sobre amenidades: em que circunstâncias havia conhecido o Luís Carlos, como era o plantão em meu DP. Quando desci, guiado pela Anica, vi que a sala estava arrumada, como se fosse pra uma ocasião especial. Havia uma quantidade enorme de flores nos vasos. Os cristais, as louças finas, os talheres de prata brilhavam sobre a toalha branca, com flores prateadas em relevo. Ao chegarem atrasados como sempre, o Zé Roberto, a Vilma e o Souza pareceram surpresos com aquela arrumação toda. O fuinha franziu o rosto, cochichou algo no ouvido da mulher, que fechou a cara, enquanto o cunhado exclamou, arregalando os olhos:

– Ué! Hoje vai ter festa?

Dona Elizabeth veio logo em seguida, acompanhada pelo Charles. Havia mudado de roupa. Usava um vestido cor de pêssego. Sobre a seda clara, se destacava o broche de safira, que, à luz dos lustres, lançava chispas azuis. Quando se sentou à cabeceira da mesa, o Zé Roberto cravou os olhos no peito da mãe e estremeceu. Mais dissimulados, os irmãos desviaram o olhar, mas pude ver que estavam tensos. Dona Elizabeth aparentemente mantinha um ar indiferente, mas, no fundo dos olhos dela, brilhava uma luz intensa, como se estivesse preparando uma grande surpresa pros pilantras. Durante o jantar ninguém falou. Só se ouviam os ruídos dos talheres, das louças, dos passos dos empregados servindo os pratos – um filé *au poivre*, batatas cozidas, arroz com brócolis e salada, acompanhados de vinho tinto. O fuinha, como de costume, pediu cerveja. Quando veio a sobremesa, dona Elizabeth quebrou o silêncio, dizendo:

– Tenho algo a comunicar a vocês.

Como se tivessem combinado entre si, levantaram todos a cabeça ao mesmo tempo.

– Resolvi mudar os termos do meu testamento – disse.

O fuinha, fechando a cara e olhando ostensivamente na minha direção, rebateu, azedo:

– A senhora não acha que a gente devia discutir esse assunto em família? – E, com a delicadeza que lhe era peculiar, acrescentou, me apontando o dedo: – Ele...

Ameacei me levantar, observando:

– Se o assunto é de família...

Segurando minha mão, dona Elizabeth me obrigou a ficar em meu lugar, enquanto cortava rente a fala do filho:

– Para mim, o doutor Medeiros é *quase* como se fosse da família. Pelo menos, vem cuidando com mais zelo das nossas coisas.

Os três pares de olhos se fixaram em mim – os do fuinha, cheios de raiva, os dos irmãos, cheios de espanto. Não conseguiam esconder o assombro com a peça que dona Elizabeth pregava neles. E o pior de tudo é que talvez desconfiassem que grande parte da peça fosse responsabilidade minha. Mas eu mantinha o ar mais inocente do mundo, comendo a salada de frutas, como se não tivesse nada a ver com aquilo.

– A senhora dizia... – interferiu a Vilma, sorrindo de modo melífluo.

– Que vou modificar o testamento.

O fuinha começou a tremer e tremeu tanto que deixou cair os talheres que retiniram ao bater no assoalho.

– Mas não se incomodem que sobrará o bastante pra todos. Desde, é claro, que saibam ser parcimoniosos, não se metendo em aventuras...

Dona Elizabeth sorriu, pra depois completar:

– Conforme meu desejo, vou deixar grande parte da minha fortuna para a fundação do meu saudoso Ângelo. Acredito que, investindo em seu centro de pesquisas, estarei velando pelos pobres e desamparados, o que será uma forma de agradecer a Deus, que tem sido bastante generoso conosco.

Respirando fundo, continuou a falar:

– Como sabem – e, se não sabem, é bom que saibam, enquanto é tempo –, a Fundação Bryant tem desenvolvido pesquisas das mais adiantadas sobre doenças tropicais, como a malária, a doença de Chagas, que são um verdadeiro flagelo para as classes desfavorecidas. Legando dinheiro aos pesquisadores, cumprimos assim nossa responsabilidade social... Quanto ao diamante, o Espoir, decidi mesmo que vou deixá-lo para o Museu de Arte de São Paulo. Como do meu ponto de vista é uma espécie de patrimônio da humanidade, lá ficará em boas mãos, em vez de ficar atiçando a cobiça de gente gananciosa.

O fuinha, que continuava a tremer, acabou explodindo:

– A senhora não tem esse direito!

Dona Elizabeth levou um pouco de compota até a boca, mastigou com calma seu bocado e perguntou:

– Não tenho o direito de quê?

– De dissipar um patrimônio que também é meu!

– *Seu* quando eu morrer, e espero não morrer tão cedo. – E completou com um sorriso irônico nos lábios: – E, quanto ao verbo *dissipar*, convenhamos, não creio que caiba propriamente a mim, não é, meu filho? Lego o dinheiro, o *meu* dinheiro, faço questão de frisar, a uma causa nobre, enquanto você...

O fuinha fuzilou a mãe com as pupilas dilatadas, depois, me fitou com raiva. Como não gosto de homem me encarando, sustentei o olhar, até que ele prudentemente abaixou os olhos.

– Não pense que a senhora, contratando um advogadozinho qualquer, pode me enrolar! – gritou, esganiçado, feito uma arara bêbada. – Sei que a Justiça não vai me desamparar, ainda mais porque, com a sua idade, não tem o direito de ir mudando o testamento a seu bel-prazer.

Ela olhou pra ele com o mesmo desprezo que uma panela nova pode mostrar por um pedaço de carne de segunda e rebateu:

– Falando em Justiça, acredito que é com a Justiça mesmo que você deve se cuidar!

O fuinha se levantou, derrubando a cadeira. Quase espumando, explodiu:

– O que a senhora está insinuando?!

– Não estou insinuando nada; aliás, nunca gostei de insinuações. Quando tenho que dizer alguma coisa, digo às claras, sem subterfúgios. E, já que é assim, mais uma vez, vamos falar às claras: estou cansada de resgatar seus títulos protestados, de cobrir seus cheques sem fundo.

– Resgatou e cobriu porque a senhora quis! – choramingou. – Nunca pedi que fizesse isso.

E eu ali, no meio da lavanderia... Mas uma coisa era certa: dona Elizabeth, como costumam dizer os vagabundos, "tinha proceder". Quem diria que a lady tão fina era capaz de encarar aquela gente? E tinha a certeza que não se valia da minha presença pra acuar a família. O fuinha e nem mesmo a Vilma e o Souza eram páreo pra ela, que dizia aquelas coisas duras que nem concreto sem perder a pose e sem deixar de degustar sua compota de pêssego.

– Calma, amor, não vale a pena... – disse a Vilma, toda melíflua.

– Calma, o caralho! – o fuinha explodiu de vez, branco de ódio, cuspindo saliva pra tudo quanto é lado.

A Vilma estremeceu e ficou pálida. O fuinha tinha passado da conta. Pensei se valia a pena me levantar e lhe dar uns tabefes. Mas não precisei fazer isso, porque dona Elizabeth, que estava do lado dele, se ergueu e lhe aplicou uma bofetada, ao mesmo tempo que dizia de um modo seco:

– E ponha-se daqui para fora, moleque insolente!

A cara do fuinha ficou vermelha como um molho de macarrão. E se desmontou, começando a chorar. A Vilma ameaçou se levantar, pra talvez consolar o chorão.

– Beto... – começou a dizer.

– Quanto a você, termine sua sobremesa! – dona Elizabeth rosnou, fuzilando a nora com os olhos.

Como um cãozinho ensinado, a bela enfiou a cabeça no prato. E o manhoso, com o rabo entre as pernas, saiu correndo da sala de jantar. Dona Elizabeth tocou o sininho e, quando a empregada entrou, pediu café. O silêncio, só quebrado pelo ruído das colheres nas xícaras, voltou a reinar na sala. Depois de alguns minutos, como se nada tivesse acontecido, ela disse, voltando-se pra mim:

– Vamos tomar nosso digestivo na saleta, doutor Medeiros?

8

No dia seguinte, liguei pro escroto do Pepe. Me identifiquei, acrescentando:

– Tenho comigo os quinze mil que emprestou pro Zé Roberto. Quero combinar com você a devolução.

– O señor pode tracer pra mim aqui – disse, humilde.

– Qual é a tua, Pepe? Está me achando com cara de idiota? Não, não vou até a tua loja. Vamos combinar um lugar neutro.

Refleti um pouco.

– Te espero na Catedral da Sé, primeiro banco da frente, às duas da tarde. E vem sozinho. Se tentar alguma coisa, fica sem os quinze mil.

O gringo foi pontual. Estava sentado no banco quando ele aterrissou a bunda gorda a meu lado. Tinha a cara cheia de esparadrapo. Antes que dissesse alguma coisa, lhe entreguei um envelope com o dinheiro.

– Confere.

Umedecendo a ponta do dedo, foi contando as cédulas. Quando terminou, disse:

– Tá faltando.

– Como assim "tá faltando"?

– Aqui só tem quince conto...

– Você emprestou quinze mil e estou te devolvendo exatamente os quinze mil – disse, já entendendo onde o pulha queria chegar.

– E los juros? – teve a audácia de perguntar.

Cheguei mais perto do gringo e, quase encostando o dedo em seu nariz, rosnei:

– Escuta aqui, seu pilantra, não vem com essa de juros. A joia era roubada. Se ficar insistindo nisso, confisco os quinze mil, te enquadro e te levo em cana!

Passou a língua nos lábios rachados, me espreitou com o olho bom, deu uma risadinha e disse:

– Cana? O que es esto, doutor? Tava pensando que...

– O mundo está cheio de pensador. Já tem seu dinheiro, não é? Pois vê se te manda, antes que me arrependa!

Comecei a me levantar, mas o gringo era insistente, tanto que me pegou pelo braço e disse:

– Doutor, tem mais una cosa: o prejuicio com a grade...

Dei um safanão pra me livrar dele e perguntei:

– Você não tem seguro?

– Seguro? Que seguro? – disse, franzindo a testa.

– Pois devia fazer um. Contra roubos, contra acidentes. São Paulo é uma cidade perigosa. Sobretudo pros negociantes honestos.

Deixei o banco, sempre de olho no Pepe, que me fitava agora com ódio. Fui saindo bem devagar. O seguro morreu de velho. Fiz que ia em direção de uma porta lateral, retrocedi, me misturei a um bando de turistas, tirando fotografias dos altares, das estátuas, e saí pela porta da frente. Olhando cautelosamente pros lados, fui pegar meu carro no estacionamento.

* * *

Voltei ao meu apartamento, pra companhia das baratas e aranhas. Deitado no sofá estripado, ouvindo Nina Simone cantar "Feeling good", refletia sobre tudo que havia acontecido comigo nos últimos dias. Porra, num curto espaço de tempo, tinha resolvido, sem grandes dificuldades, o caso do broche e ajudado dona Elizabeth a enquadrar os malas da família. Era pra estar com meu orgulho em alta e bem sossegado. Mas, em vez disso, estava inquieto, preocupado. Isso porque desconfiava que aquela história, que envolvia gente sacana e cobiçosa, podia ter seus desdobramentos. Não bastasse a cupidez da família, ainda por cima, dona Elizabeth era descuidada, teimando em sair pra visitar as amigas usando joias e só acompanhada do velho chofer. Nos tempos malucos em que a gente vivia, isso era uma temeridade. As ruas regurgitavam de bandidinhos de merda, prontos a pôr as mãos em tudo que estivesse a seu alcance. E, nas sombras, os bandos de vagabundos estavam à espreita, esperando a melhor oportunidade, pra planejar um sequestro. E dona Elizabeth, que valia seu peso em ouro, se oferecia assim, aberta que nem uma couve-flor... Ela era uma presa mais que certa, uma presa fácil demais. Bebi um gole de uísque e dei um suspiro. Não queria me preocupar com aquilo, a velhota não era mais meu problema. Tinha resolvido o furto da joia, recebido minha grana e ponto final. Mas, mesmo com esse raciocínio, não conseguia desviar a atenção daquilo. Era como se tivesse uma premonição de que algo ainda ia acontecer com dona Elizabeth. E minhas premonições, na maioria dos casos, costumavam se confirmar, embora...

O telefone tocou, interrompendo minhas reflexões. Era a neguinha, dizendo que, dentro de alguns dias, estava pronta pra reassumir.

– Se o senhor querer que eu volto, né? – acabou por dizer, ressabiada.

– É claro que quero que você volte! – disse isso com sinceridade: além do apartamento estar um chiqueiro, não suportava mais ficar na minha companhia.

– Mas só volto se o senhor prometer que nenhum bandido vai aparecer pra abusar de mim de novo – reclamou.

– Pode deixar comigo. Até mandei pôr uma chave tetra e um olho mágico na porta.

– Chave treta? O que é isso?

– Uma nova fechadura. Nem Deus abre, e muito menos o capeta.

– Credo, seu Douglas! Pecado o que o senhor tá dizendo.

Faltavam ainda algumas semanas pra reassumir minhas funções no DP. Estava doido pra voltar à ativa. Também tinhas minhas dívidas: com o banco, com o Bellochio e com a Gilvanete.

Mas o Bellochio não me deixou repartir o dinheiro da recompensa com ele de jeito nenhum.

– Sai dessa, Medeiros! Você mereceu, cara.

– Se não fosse você, não conseguia resgatar a joia. Você também merece parte da grana.

– Vamos comer no Bolinha. Dizem por aí que é a melhor feijoada de São Paulo. Levo a patroa e as crianças.

– Assim, é prejuízo na certa – disse, dando uma gargalhada.

Quanto à Gilvanete, a coisa foi mais simples. Comprei um cordão de ouro e a convidei pra jantar. Mas, quando fui pegar a garota em casa, pra minha surpresa, encontrei o Ceará saindo pelo portão. Ao dar comigo, estremeceu, mas logo se recuperou do espanto: fingindo não me ver, saiu andando rapidamente. Não gostei nada, nada daquilo – qual a relação daquele vagabundo com a Gilvanete? Apertei a campainha e quem abriu a porta foi uma garotinha de uns cinco, seis anos, de cabelos encaracolados, que perguntou:

– Quem é?

– Oi, lindinha, diga que é o Medeiros.

Sem largar a maçaneta, gritou pra dentro, numa voz estridente:

– Manhê, é o Medeiros...

– Doutor Medeiros, Dindinha! Manda ele entrar – ouvi em resposta.

– A mamãe mandou o senhor entrar...

Entrei, sentei, ela sentou na minha frente, com uma boneca no colo, balançando as perninhas e me observando com curiosidade. A sala tinha um jogo de sofás listrado de vermelho e roxo, uma estante com bichos de pelúcia e vasos com flores artificiais, uma tevê, aparelho de som. As paredes eram decoradas com quadros de cavalos e palhaços de cores bem extravagantes.

– Como você chama? – perguntei à garota, que tinha as unhas pintadas, usava brincos, pulseiras e um colar de sementes azuis e verdes.

– Dindinha...

– Dindinha, é?

– Maria das Dores, mas a mamãe me chama de Dindinha.

Tive uma suspeita:

– E o papai?

– O papai não me chama de Dindinha.

– E como ele chama você?

– Ele não me chama, não gosto dele, gosto só da mamãe.

– O papai não está em casa?

– Ele não mora com a gente, mas hoje ele veio, o papai é feio. Nunca dá presente pra Dindinha.

Tinha que concordar com a garotinha. Se o pai dela fosse quem eu realmente pensava, era mesmo feio de doer. Os milagres da Natureza: um mostrengo como o Ceará produzindo uma garotinha tão bonita. Podia ser que estivesse enganado, e o malandro não fosse o pai dela. Mas minha suposição estava certa: no restaurante, quando perguntei à Gilvanete qual a relação dela com o Ceará, fechou a cara e disse, parecendo irritada:

– Por que tá me perguntando isso?

– Cruzei com ele quando cheguei na tua casa.

– Onde conheceu o Ceará? – perguntou, desconfiada.

– Na casa do Zé Roberto. Ele trabalha ali como jardineiro.

– Como jardineiro, é? – disse com ironia. – E o filho da puta me disse que tava desempregado.

Talvez estivesse mesmo, pensei, se a dona Elizabeth, ouvindo meu conselho, tivesse metido o pé na bunda do calhorda.

– O que você tem a ver com o Ceará? – insisti.

– Ele é o meu ex. A gente se casou em Fortaleza. Eu era muito nova, e meu pai me obrigou a casar com o filho da puta porque tinha negócio com ele. Mas foi a gente chegar em São Paulo, ele se mandou. O corno só aparece pra pedir grana. Nem liga pra filha.

– Por falar em filha, gostei dela. Uma graça.

– A Dindinha! – O rosto dela se iluminou. – A única coisa de bom que aquele merda fez. Não sei o que ia ser da minha vida sem a Dindinha.

Jantamos, lhe dei o cordão de ouro. Ela fez questão de pôr ali no restaurante mesmo e se contemplou, faceira, num espelho que pegou na bolsa. Terminando de comer, fechei a noite, levando-a novamente num dos motéis da Raposo Tavares.

Voltando pra casa, vi que tinha uma mensagem do Luís Carlos na secretária:

– Douglas, meus parabéns! A titia me contou que você trouxe o broche de volta. Quando é que podemos sair pra bater um papo? Estou curioso pra saber de tudo.

No dia seguinte, a gente se encontrou num barzinho na Vila Madalena. Mal sentamos, foi logo dizendo:

– Me conta toda a história. Nem preciso te dizer como minha tia ficou entusiasmada. É Deus no céu e você na Terra!

Contei em detalhes sobre a investigação: a conversa com o Vitório, a ida à casa de penhores, o entrevero com o gringo, o resgate da joia, o estratagema pra conseguir a cautela de volta no inferninho de Santo Amaro.

– Se quer saber, Luís Carlos, até que não foi difícil. Os caras são amadores. Foi como tirar um pirulito de uma criança...

Começou a rir.

– Bem, isso pra você...

– Agora, tem algo em que você precisa ficar de olho. O pessoal ficou emputecido com tua tia. Logo depois que entreguei o broche de volta pra dona Elizabeth, ela me fez ficar pra jantar e deu uma dura no teu primo e na Vilma.

– É mesmo?! Isso ela não me contou...

Foi a minha vez de rir.

– Precisava ver a cara dos pilantras. O Zé Roberto chorou, bateu o pé, mas dona Elizabeth não deu a mínima. Disse o que tinha que dizer, e eles tiveram que engolir. Chegou até a dar um tabefe no teu primo...

– A tia Zazá não é moleza, não. Mas o que mais especificamente ela disse pra eles?

– Ah, que tem intenção de mudar o testamento, deixando a maior parte do dinheiro pra Fundação Bryant e o diamante pro Museu de Arte de São Paulo.

– É, faz tempo que ela vem ameaçando fazer isso.

– É com essa questão que acho que você tem que se preocupar. Não sou lá versado nesse tipo de legislação. Ao que parece, teu primo pode tentar interditar dona Elizabeth, alegando a idade avançada dela. E, assim, melar o negócio do testamento.

O Luís Carlos bebeu um gole de uísque, refletiu um pouco e, depois, disse:

– De todo modo, ela conta com excelentes advogados, gente que conheço e que eu mesmo recomendei. Sem dizer que, não sendo nada boba, deve ter um dossiê de primeira contra meu primo: cheques sem fundos, promissórias resgatadas etc. Se ele tentar alguma coisa, pode saber que vem chumbo grosso.

– Fico mais tranquilo. Gostei da tua tia, foi um prazer trabalhar com ela. Não queria que fosse atropelada por aquela gente.

– A recíproca é verdadeira. Como disse, tia Zazá está encantada com você. Não só pela rapidez como resolveu o caso, mas também por sua honestidade e, sobretudo, pelo seu jeitão. Disse que nunca se divertiu tanto, que você tem ótimo senso de humor.

Me lembrei da minha premonição a respeito do risco que dona Elizabeth ainda corria. Foi o que eu disse:

– Ah, antes que me esqueça. Acredito que, além da preocupação com os pilantras da família, você devia se preocupar também com a segurança de tua tia. Ela não pode ficar saindo assim com essas joias todas por aí.

O Luís Carlos suspirou.

– Tem razão. Vivo dizendo isso a ela, mas a titia, como é teimosa, continua a sair sem um segurança.

– O problema é que a bandidagem está cada vez mais esperta. Sem contar que dona Elizabeth tem aquele tal de Ceará, um cara nada confiável, trabalhando como jardineiro na casa dela. A gente não pode ficar dando sopa pro azar. De repente, dá de ela ser assaltada na rua ou, pior ainda, dá de alguém querer sequestrá-la. E não é tendo um Vitório como chofer que vai poder se defender.

O Luís Carlos ficou refletindo sobre o assunto e, depois, dando um tapa na mesa, comentou:

– Está bem, vou conversar com a titia. Quero ver se convenço ela a contratar um segurança.

Comecei a rir.

— Do que é que você está rindo?

— Acho que você vai ter mais trabalho convencendo tua tia a contratar um segurança do que eu pra recuperar o broche. Mas, falando sério, faça isso mesmo. E com urgência, antes que aconteça algo. Você sabe que a indústria de sequestros só vem crescendo em São Paulo. Basta ver as estatísticas.

Pedimos mais dois uísques e alguma coisa pra beliscar. De repente, o Luís Carlos, como se lembrasse de algo, disse com entusiasmo:

— Ah, tenho uma novidade pra te contar! A Claudinha está voltando pro Brasil e disse que quer ficar por aqui, trabalhando comigo.

— Mas que bom — rebati, procurando disfarçar minha desconfiança. A Claudinha, a filha dele, era uma mala sem alça e só lhe tinha dado dor de cabeça.

— Acredito que esse tempo na França, estudando num colégio interno, lhe fez um bem danado. Sinto saudade da garota... — E completou com um tom amargo na voz: — Ainda mais agora que estou solteiro de novo...

Ante meu ar de interrogação, explicou:

— Marina e eu decidimos nos separar. Não dava mais nosso casamento, que já fazia algum tempo era só de fachada.

Pelo que conhecia da esposa do Luís Carlos, bem que podia lhe dar os parabéns, dizendo que ele estava saindo de uma fria. A dona era uma pistoleira. Mas, como fosse meu amigo, preferi não dizer nada pra não chateá-lo. Por isso, só dei de ombros e disse:

— Melhor assim. Aliás, casamento não é uma coisa de minha predileção...

— Você já foi casado, não é, Douglas?

— Uma vez e já chega. Antes só que mal acompanhado.

Balançou a cabeça.

– Acho que você tem razão, mas, no meu caso, se quer saber, a solidão me assusta.

Voltando pra casa, refleti sobre nossa conversa. Puta merda, será que o Luís Carlos não ia entrar em outra fria? Com a grana que tinha, com aquela incapacidade de se virar sozinho, logo, logo, estaria nas mãos de outra piranha. Ainda mais porque, se parecia esperto com os negócios, pelo que eu tinha visto, não sabia lidar com mulheres. Mas essa era a sina dos homens. Mesmo no meu caso. Tinha o couro de um rinoceronte e um coração de pedra, mas, bastava uma dona arreganhar a boceta pra mim, que amolecia, ficava assanhado, só pensando com a cabeça de baixo. E o resultado estava nos rolos em que tinha me metido: meu casamento furado com Alice, minha relação complicada com uma dona chamada Suzana, em que faltou pouco pra eu me ferrar de novo. Definitivamente: era mais fácil tratar com bandidos do que com mulheres. De modo geral, em minha relação com vagabundos, eles acabavam em cana ou no cemitério. E eu não podia fazer o mesmo com as mulheres...

9

Faltavam umas duas semanas pra eu finalmente poder reassumir meu cargo no 113º DP. Pra falar a verdade, não via a hora de voltar ao trabalho. Se a rotina num DP é estafante, se o salário é uma merda, se você, de uma hora pra outra, pode levar um tiro e ficar estropiado, pelo menos uma coisa vale a pena: num Distrito Policial de periferia, ninguém morre de tédio. A não ser que você seja um folgado, como meu antigo chefe, o doutor Ledesma, que ficava trancado na sala, só coçando o saco ou vendo as peladas da *Playboy*. Mas, ao contrário dele, não suporto ficar sem fazer nada durante muito tempo. Nas poucas vezes em que tiro férias, de repente, começo a sentir uma coceirinha e, logo, me dá vontade de voltar pro batente. Qualquer ocorrência é pra mim o melhor remédio para afastar o tédio, a rotina. Era por isso que, nestes últimos dias, parecia um leão na jaula. Com o caso do broche de dona Elizabeth já resolvido, estava com ansiedade e de saco cheio de ficar em casa.

Foi nesse estado de espírito que o Luís Carlos me pegou, quando, uma tarde, voltou a entrar em contato por telefone. Atendi, e ele me disse assim na lata:

– Puxa vida, Medeiros, não é que suas previsões se confirmaram? A tia Zazá...

Meu coração bateu acelerado.

– Não vai me dizer que foi sequestrada ou tentaram sequestrá-la?

– Não, não foi um sequestro. Graças a Deus. Na verdade, foi assaltada.

– Por acaso, ela foi ferida?

– Não foi nada assim tão grave, mas a titia sofreu um grande choque.

– Menos mau. Eu bem que alertei você sobre esta possibilidade.

– E ela se confirmou. Depois que conversamos, pensei bastante sobre a segurança da titia, mas fui levando em banho-maria. Agora que aconteceu este assalto acho que não dá mais pra protelar. Devido a isso, queria trocar umas palavras com você a respeito. Que tal se viesse de novo jantar comigo?

**

Durante o jantar, o Luís Carlos voltou ao assunto:

– Como lhe disse, a tia Zazá foi vítima de um assalto... E sabe a primeira coisa que fez quando chegou em casa?

Balancei a cabeça.

– Demitiu o chofer!

– Como assim demitiu o chofer?! Ele teve alguma participação no assalto?

Me olhou espantado.

– O Vitório? Não, ele nada teve a ver com isso. O assalto foi cometido por um pivete na esquina da avenida Nove de Julho com a Estados Unidos. Mas a tia Zazá acabou por culpar o Vitório, segundo me contou, por uma série de motivos...

Fez uma pausa pra me servir de mais vinho e continuou a contar:

– Ela disse que ele parou na faixa da esquerda, onde a polícia recomenda que não se deve parar, que ele costuma andar devagar, que é descuidado e que não desconfiou que o moleque que aparentava pedir esmola, na realidade, tinha a intenção de assaltá-la. Em suma, o motorista entrou como bode expiatório na história...

– O pivete estava armado? – perguntei.

– Com um caco de vidro...

A clássica abordagem das velhinhas. Em São Paulo, a coisa mais comum é ver esse tipo de assalto. Os pivetes costumam ficar parados nos faróis à espera das possíveis vítimas. Geralmente mulheres desacompanhadas ou pessoas de idade descuidadas. Localizado o alvo fácil, partem pra cima, feito gambá atacando galinha.

– E devia estar com a janela aberta, não é?

– Isso mesmo. Apesar dos meus conselhos, insiste em andar com a janela aberta. Diz que não suporta o ar condicionado. Que o ar lhe ataca a rinite. – O Luís Carlos abriu os braços: – Adiantou falar que é preferível uma rinite do que sofrer um assalto?

– E o que roubaram dela mais especificamente?

– Parece que o moleque levou um relógio de ouro e uma pulseira cravejada de pequenos diamantes. Como você vê, um duplo descuido: não só teima em andar com os vidros abaixados como também sai com joias que só deveria usar em casa ou em recepções. Considerando que São Paulo é uma cidade perigosa, dá pra concluir que o que ela faz é uma loucura.

O Luís Carlos balançou a cabeça.

– Ela estava furiosa quando me ligou, disse que o Vitório não servia pra nada, que não tentou impedir que o pivete agisse. Sem contar que nem chegou a correr atrás do bandido pra tentar recuperar as joias... Como fui eu que indiquei o chofer, sobrou pra mim.

– Um homem com a idade dele... Enfrentar um garoto, mesmo que armado só com um caco de vidro, como você sabe, é uma temeridade. Nunca se sabe se não tem um cúmplice dando cobertura. E correr atrás do moleque... Se nem eu, que sou mais novo, consigo isso, imagine o Vitório.

Ele deu um suspiro.

– Sei disso e foi o que tentei explicar à tia Zazá, mas ela continua a teimar, querendo pôr a culpa no pobre do Vitório, que é o menos culpado nisso tudo... – completou, franzindo os lábios: – E, se quer saber, acho que o incidente foi uma ótima oportunidade pra ela se livrar do Vitório, de quem, afinal, nunca gostou. Apesar de ser um homem correto, com uma ficha das mais limpas e cumpridor dos seus deveres.

– O Vitório me pareceu o tipo de pessoa que não leva desaforo pra casa. Talvez ela implicasse com o fato de ele ser respondão, malcriado.

O Luís Carlos sorriu com malícia.

– E sobrou pra você...

Mas se apressou logo a se corrigir:

– Bem, isso se você aceitar o que ela quer lhe propor.

Já sabia o que vinha pela frente:

– Ela quer que eu substitua o Vitório, não é?

O Luís Carlos bebeu um gole do vinho, pra, depois, começar a explicar, cheio de dedos:

– A tia Zazá não quer propriamente que substitua o Vitório como chofer. Nisso, foi bem clara quando me telefonou. Tem muita consideração por você e jamais lhe pediria uma coisa dessas. Ela quer, na verdade, um segurança, alguém, nas palavras dela, que "tenha mais iniciativa, não seja um banana como o Vitório".

– Nesse caso, você não achava mais conveniente que ela contratasse um profissional de uma dessas agências de segurança? Acredito que...

Mostrando impaciência, o Luís me interrompeu, dizendo:

– Entre o que pensamos e o que a tia Zazá pensa vai um abismo. Claro que sugeri isso a ela, mas, como disse, está irredutível, só quer você, e ponto-final. Não confia em mais ninguém. E ainda menos na própria família, que tentou interferir e levou um chega pra lá.

– Não sei se lhe contei, mas reassumo em breve... E, reassumindo, fica difícil aceitar qualquer outro tipo de trabalho particular.

– Sei disso, mas o que vou te pedir é uma coisa provisória. Por uns dias. É bem verdade que já teve um trabalhão danado pra recuperar o broche de safira e, assim, não queria mais te incomodar. Mas a tia Zazá está intransigente. *Exigiu* que falasse com você, diz que precisa da tua ajuda, que não confia em mais ninguém, coisa e tal. Você sabe como ela é... Teimosa, não abre mão de suas convicções.

E o que eu tinha com isso? A tia era dele e não minha. Como que adivinhando meu pensamento, o Luís Carlos observou, parecendo bastante constrangido:

– Sei que você não tem nada com isso, que o problema é meu... Mas é um apelo que lhe faço. Em nome de nossa amizade. Sair com ela em alguns dias, nas próximas semanas, e levá-la na casa das amigas pra jogar bridge... Já disse à titia que recebesse as amigas em casa, em vez de se aventurar por aí, que São Paulo é uma cidade perigosa, ainda mais pra uma pessoa de idade como ela. Mas, como sabe, a tia Zazá acha que não pode se privar do direito de ir e vir e que ninguém tem o direito também de privá-la de sua liberdade.

Babá de madame! Só faltava mais essa na minha carreira. Eu que, de certo modo, tinha sido babá da filha dele, a Claudinha, e pensava que isso jamais ia se repetir.

– Desculpa, Douglas – tentou se explicar –, não quero chatear você mais do que venho te chateando nos últimos tempos, mas não tenho outra saída. Tia Zazá, torno a dizer, está irredutível. Como se apegou a você, acha que só você pode lhe trazer a tranquilidade de ir e vir que perdeu...

– Mesmo com o pouco tempo de que disponho? Depois, o problema continua, Luís Carlos! Não vou poder bancar a babá da dona Elizabeth indefinidamente, mesmo que quisesse.

Deixou passar o "babá", refletiu um pouco e disse:

– Fazendo as contas, são uns cinco, seis dias... Se aceitar, tia Zazá fica mais tranquila. Com sua ascendência sobre ela, com seu poder de persuasão, talvez consiga que ande com os vidros fechados e quem sabe até que, mais adiante, contrate um profissional.

– Não confie tanto assim em meus poderes. Tua tia, como você bem sabe, é mais teimosa que burro bravo.

O Luís Carlos deu uma gargalhada:

– E como sei... A tia tem as opiniões dela e não arreda o pé. Algumas vezes, isso é bom, porque pessoas com convicções assim tão sólidas são uma raridade, mas, por outro lado, acabam criando problemas. Ainda mais pela idade avançada. Fiz de tudo pra ela não meter você no rolo. Mas foi eu falar em contratar um segurança, fechou a cara e exigiu que falasse com você, que não confia em mais ninguém.

Mais uma vez, lá ia eu servir de boi de piranha. Mas como dizer não ao apelo de um amigo, ainda mais de um amigo como o Luís Carlos?

– Se lhe serve de consolação, a tia Zazá disse que paga a mesma quantia que lhe pagou pra recuperar o broche.

– Não é questão de dinheiro... – disse, já pensando na chateação que ia ser servir de babá para dona Elizabeth, só porque ela tinha o capricho de que eu, justo eu, fosse o segurança.

– Me desculpe por perguntar, é questão do quê? Você se sente humilhado de servir de segurança pra tia Zazá? Até entendo isso. Eu, no seu lugar, reagiria do mesmo modo. Mas, se você não aceitar, tenho medo que a louca volte a pegar o carro e sair por aí só na companhia da Anica, outra louca como ela. Foi o que ameaçou fazer, se não te procurasse.

– Uma curiosidade: por que ela mesma não falou comigo? Tem meu telefone...

– Olha, se quer saber a verdade, como a tia Zazá tem uma enorme consideração por você, acho que ficou constrangida de tocar no assunto ela própria. Sem contar que, como você já sabe, é orgulhosa. Não gostaria de ouvir um não como resposta direto de você.

Não sabia mais o que dizer, por isso fiquei protelando minha resposta. O bom-senso me mandava recusar. Por que não dizia "sinto muito, Luís Carlos, mas não dá. Vou reassumir meu cargo, preciso me preparar, tenho um monte de coisas pra resolver"? Por outro lado, não era difícil reconhecer que não custava aceitar. Na verdade, não tinha nada que me preparar e nem coisas pra resolver porra nenhuma. Minha vida estava mais parada que água de pântano. Afinal, eram apenas cinco ou seis dias, sem contar que ia receber uma boa grana. E pra fazer o quê? Levar dona Elizabeth até a casa das amigas, cuidar pra que nenhum pivete a ameaçasse com um caco de vidro, ou dar umas porradas em algum que tentasse fazer isso. Mamão com açúcar. Ficar constrangido por trabalhar como chofer e segurança de uma madame? Havia feito coisas piores na vida. Além disso, no fundo, gostava da velhota. Era birrenta, teimosa, mas também era divertida e, acima de tudo, possuía uma coisa que eu prezava nas pessoas: ela tinha caráter. Mas a dúvida persistia dentro de mim, não sabia bem por quê. Talvez fosse a velha questão de não gostar que tentassem me manipular, de me conduzir pra onde queriam.

– Pelo que te conheço, você não faz questão de sobremesa, né? – o Luís Carlos interrompeu minhas reflexões. – Que tal se a gente fosse até a sala tomar o café e um conhaque?

10

Sentamos, com uma xícara de café e um cálice de um Calvados, e ficamos algum tempo jogando conversa fora. Era como se nenhum de nós quisesse bater o martelo. Ele, talvez me dando o ultimato: "E aí, Douglas, como é, vai aceitar o convite da tia Zazá?"; e eu, dizendo: "Está bem, Luís Carlos, diga pra tua tia que aceito", ou "Sinto muito, Carlos, mas não dá pra aceitar". Antes que o silêncio fosse quebrado por um de nós dois, ouvi a porta abrir e alguém perguntar:

– Posso entrar?

Estava de costas pra porta, mas, pelo tom de voz, desconfiei que era a Claudinha.

– Entra, filhota... – disse o Luís Carlos, confirmando a minha suspeita.

Me levantei pra cumprimentá-la. Quando a Claudinha me viu, pareceu surpresa com a minha presença, mas se recuperou logo do espanto e abriu um sorriso.

– Não se lembra do investigador Medeiros, filha?

– Claro que lembro! – respondeu, vindo até mim com desenvoltura, pra me dar um beijo.

Como estava linda a garota! Continuava a mesma Claudinha que eu havia tirado das garras de um vagabundo, uns tempos atrás, e que tanto trabalho tinha me dado: as pernas esguias, bem-feitas, os peitinhos apetitosos na blusa sem sutiã, os lábios vermelhos como um morango, o perfume sensual, o mesmo ar de gata selvagem. Somente que tinha deixado crescer o cabelo, sem contar que estava um pouco mais cheia de corpo. Mas nada que a fizesse perder o encanto – pelo contrário, deixava de ser a ninfeta enjoadinha de outrora e ganhava o jeito de uma mulher de verdade. Não foi à toa que a proximidade do seu corpo me deixou excitado, fazendo reacender dentro de mim o grande tesão que havia tido por ela. A Claudinha parecia um fruto suculento, que, à primeira visão, provocava um desejo imediato. E capaz, com isso, de enlouquecer qualquer santo, que, tentado pelo demônio, resolvesse infringir o sexto mandamento. Mesmo com a ameaça de ir pro Inferno e queimar pelo resto da Eternidade.

– Vim só pra perguntar que horas você sai amanhã – disse.
– Senta aí, filha.
– Não queria incomodar – respondeu, sentando assim mesmo. – Que horas você sai amanhã? Dependendo da hora, vou com você. Se não der, o Pereira me leva depois...

Tinha cruzado as pernas, e, como a saia fosse bem curta, mostrou a calcinha. Perturbado, desviei o olhar e pus os olhos no meu cálice de conhaque. Era feito de um cristal delicado, com o pé enfeitado de folhas e flores levemente azuis. Examinar aquilo era o único jeito que encontrava de tentar controlar meu olhar, que teimosamente queria se voltar pro pedacinho de pano atrás do qual se escondia o objeto do meu desejo. Como um espectador passivo, espiava a briga entre minha consciência e meus sentidos. Os sentidos acabaram prevalecendo, tanto que os navios dos meus olhos acabaram por voltar ao Triângulo das Bermudas.

Sem se dar conta da minha perturbação, pai e filha continuavam o diálogo:

– Você sabe que sempre saio às seis e meia, o mais tardar, às sete – disse o Luís Carlos, pra depois completar com um sorriso: – Como você gosta de ficar um pouquinho mais na cama, talvez fosse melhor pedir que o Pereira te levasse...

– Se você me deixasse ir sozinha... – rebateu, fazendo beicinho.
– Filhota, já discutimos isso não sei quantas vezes. Não convém que saia sozinha. Depois do que aconteceu, é uma temeridade.
– E você acha que, com o Pereira como segurança, vai adiantar alguma coisa? Se os caras estão atrás de mim, apagam ele e me levam do mesmo jeito...

O Luís Carlos balançou a cabeça e disse, com um ar resoluto:
– Você se engana, o Pereira é excelente. Sem contar que, saindo num carro blindado, com certeza, você vai estar mais protegida.

Fez uma pausa, pra depois concluir:
– E, depois, você dorme mais um pouquinho. Tem trabalhado demais, precisa de descanso.

Talvez pra me impressionar ela assumiu um ar bem sério e disse, como se fosse uma autêntica executiva:
– Mas amanhã não posso levantar tarde. Marquei uma reunião com o pessoal do marketing logo cedo. Quero discutir com a Nancy e com o Josias os contratos com a nova empresa de propaganda.
– Qual empresa?
– A L & Ramos.
– A L & Ramos? Não ficou decidido que a empresa do Giovanezzi faria a campanha da nova incorporação no Alto da Lapa?
– Ih, pai, o cara é o mó roleiro. – Novamente a garotinha tomava o lugar da executiva, o que ficava mais natural nela. Mas logo se corrigia, dizendo, compenetrada: – Não gostei da peça de propaganda que o Giovanezzi apresentou. É uma coisa antiquada, de mau gosto. Acho que está mais que na hora da gente utilizar novas mídias.

– Podemos discutir o assunto amanhã com mais calma. Como bem sabe, isso pode esperar. O Josias só vai chegar depois das dez. Assim, você pode descansar um pouquinho mais... Agora, se quiser ir comigo, não tem problema. Assim, faz companhia pro teu velho.

E, como se aquilo não tivesse mais importância e seu papel de executiva por dez minutos chegasse ao fim, ela mudou de assunto. Olhando pra mim, olhando pro pai, perguntou:

– O que vocês estão bebendo?

– Um conhaque. É excelente, mas sei que você não gosta.

– Não gosto mesmo. Não tem uma brejinha?

– Aqui no bar, não, mas posso pegar uma lá dentro pra você.

Ela bocejou, se espichou, abriu os braços e ronronou que nem uma gata, dizendo cheia de dengos:

– Ah, eu quero. Vai pegar pra mim, paizinho...

O Luís Carlos se levantou:

– Uma Weiss, como você gosta, né?

O Luís Carlos, mostrando na cara quanto adorava aquela coisinha gostosa que devia continuar fazendo dele gato e sapato, deixou a sala. Ficamos um instante em silêncio, eu, bebericando meu Calvados, a Claudinha contemplando as sandálias, que realçavam o formato dos belos pés. Por fim, disse, levantando a cabeça e cravando os olhos em mim:

– E aí, como vão as coisas?

Dei de ombros:

– Vão indo...

– Apagando muito bandido nas quebradas? – perguntou com humor.

Não pude deixar de rir da piada.

– De vez em quando. E você? Como vai? – perguntei, com vontade de acrescentar: "Ainda se metendo com muito bandido por aí?".

– Numa boa.
– Como é, gostou da França?
– Gostei, legal. Paris é uma cidade maneira. Diferente do lixão que é São Paulo.
– Posso saber por que você voltou pro Brasil?
Franziu os lábios, deu um suspiro e disse:
– Me enchi do colégio, os franceses são uns chatos e, agora, que o papai tá sozinho, achei que era hora de voltar.

Será que o problema estava em Marina, a ex-esposa do pai, a quem odiava, ou ela era o que era por caráter? Um pé no saco, uma criadora de confusões. Preferia, pelo bem do Luís Carlos, que ele tivesse matado dois coelhos com uma só paulada. Se livrado da pistoleira e, talvez por isso, ficado numa boa com a filha. E quem sabe a garota não tinha mudado de verdade? Milagres, às vezes, acontecem, ainda que eu tenha minhas dúvidas. Não gosto de me iludir, as pessoas são o que são: pau que nasce torto morre torto.

O Luís Carlos voltou com a cerveja. Abrindo a garrafa, seguiu um ritual, derramando bem devagar o líquido no copo alto de boca larga até atingir a marca na parte de cima. Depois, balançou o que restava no vasilhame e acabou de encher o copo com uma grossa espuma. Serviu à garota, que disse com aquela entonação de garotinha mimada:

– Brigada, paizinho...
– De nada, meu amor – disse ele, se inclinando pra lhe dar um beijo.

Nunca tinha visto tanta gentileza entre pai e filha. Um papo adocicado, como aquele tipo de doce de leite que os ambulantes vendem nas ruas. Tão açucarado que só serve pra dar azia e aumentar a taxa de colesterol. Será que era natural aquilo ou estavam representando um papel diante de mim, pra mostrar, afinal, que a família estava em paz, numa boa?

Ficamos quietos por algum tempo, como se a presença da garota inibisse a gente de continuar a conversa. O Luís Carlos e eu, de vez em quando, levando o conhaque à boca, a Claudinha tomando um gole da Weiss. Até que, num determinado instante, ela pôs o copo sobre a mesinha ao lado e disse:

– O papai me contou que você conseguiu recuperar o broche da titia...

– Pois é, consegui.

– Deu muito trabalho?

Senti vontade de dizer: "Não mais que você me deu", mas disse outra coisa:

– Não muito...

Ela se virou pro pai e perguntou:

– Você vai mesmo pedir pra ele tomar conta da tia Zazá?

O Luís Carlos ficou vermelho, como um garoto apanhado roubando balas, e me disse, sem graça:

– Comentei com ela sobre o problema. A gente estava conversando quando você chegou.

– Vai aceitar, Medeiros? – ela perguntou.

– Ainda estou pensando... – disse, sem responder à questão.

A Claudinha comentou com malícia:

– Parece que você tá destinado a ficar tomando conta dos outros, né? Mas fica descansado que, ao contrário de *algumas pessoas*, a titia é legal, não vai te dar trabalho e nem criar problemas.

O celular do Luís Carlos tocou. Pedindo licença, ele foi até um canto da sala pra atender. Ficamos em silêncio, bebericando. Comecei a refletir que a Claudinha tinha razão. Dona Elizabeth, mesmo com sua teimosia, não ia me dar um décimo do trabalho que a Claudinha tinha me dado. A começar que, pra meu sossego, era uma senhora, uma verdadeira lady, e não uma coisinha mimada como a garota. Nem preciso dizer também que não ia me tentar com uns peitinhos duros, umas pernas deliciosas e uma bundinha arrebitada. A Claudinha, no pouco tempo de uma convivência comigo pra lá de atribulada, quase tinha me deixado louco. Faltou pouco pra eu avançar sobre ela no apartamento em que ficou sob minha guarda e fazer o que um homem sadio, sexualmente ativo, devia fazer. Mas não fiz, controlando não sei como o desejo. Por quê? Porque sou um babaca, como ela tinha me dito na época, quando fez de tudo pra que a comesse e recusei! A resposta à questão era simples: sou o tipo do cara que não come onde trabalha. Sem contar que minha obrigação era resgatá-la dos bandidos e não comê-la. E, com essa porra de comportamento, perdi a oportunidade, talvez única, de degustar aquele filezinho de primeira.

E, falando no filezinho, de repente, a Claudinha começou a balançar as pernas, o que foi me dando nos nervos. Não bastasse isso, ainda erguia a cabeça e me fitava, os olhos disparando chispazinhas de malícia na minha direção. Conhecia bem o que aquele olhar queria dizer: "Veja como sou gostosa, veja o que está perdendo, seu babaca". Já estava ficando irritado com a situação. Queria estar longe dali, em paz, coçando o saco, lendo um livro, ouvindo música, comendo um filé com fritas no português. Era melhor abreviar o papo e ir embora, antes que fizesse uma besteira. Mas que besteira afinal? Feliz ou infelizmente, não era louco o bastante pra fazer o que, no fundo de mim, queria fazer: foder a garota ali na sala, naquele momento. Se não tinha como e nem podia fazer essa besteira, por que não me mandava logo? Só pra ficar diante da pecinha, que me tentava, mesmo na frente do pai, me fazendo sentir como se eu fosse um adolescente, desejando dar a primeira trepada da vida? Medeiros, Medeiros, qual é a tua, cara?

O Luís Carlos desligou o celular e veio se sentar com a gente.

– Está bom, Luís Carlos, pode dizer pra dona Elizabeth que aceito – disse, querendo acabar logo com a conversa.

Suspirou, parecendo aliviado, e falou com entusiasmo:

– Ótimo, logo, logo, dou a notícia pra tia Zazá! Ela vai ficar feliz da vida. Pode crer.

Me levantei, me despedi do Luís Carlos. Quando beijei a Claudinha no rosto, não sei se de propósito ou sem querer, ela encostou a ponta dos peitinhos em mim. Senti uma corrente elétrica me correr o corpo. Me afastei dela e saí, o coração batendo atropelado. No caminho pra casa, fiquei perdido num turbilhão de sensações, como se tivesse um bando de marimbondos dentro da cabeça. O sangue pulsava quente em minhas veias. Diante de meus olhos, continuavam bem vivas as imagens das coxas da Claudinha, dos peitinhos querendo furar a blusa, dos seus olhos de gata selvagem. Percebendo que dentro mim uivava um lobo e, não conseguindo mais me segurar, desviei do caminho e me mandei pros lados da Major Sertório. Entrei na primeira biboca que encontrei, pedi um uísque e escolhi uma dona qualquer. Mas a carne que encontrei pra saciar a fome nem de longe se aproximava do filé de primeira que tinha deixado pra trás. O meu consolo é que, pelo menos, serviu pra me acalmar, a ponto de poder voltar pra casa manso que nem um cordeiro.

11

No dia seguinte, o Luís Carlos me tirou da cama pra dizer que tinha conversado com dona Elizabeth e acertado as coisas:
– Ela perguntou se você pode aparecer na casa dela amanhã.
– A que horas?
– Às duas mais ou menos. Pelo que entendi, vai passar a tarde jogando baralho com as amigas...
E eu fico fazendo o quê? Só faltava jogar bridge com as coroas. Só restava me conformar com meu destino.
– O.k., estarei lá às duas.
– Olha, cara – disse o Luís Carlos, mostrando satisfação. – Fico te devendo mais essa! Como sabe, sou teu amigo pro que der e vier; se precisar de alguma coisa, é só falar.
Desligamos, olhei no relógio, eram quase dez horas. Bocejei e fui tomar banho. Foi só aí que me lembrei que tinha me esquecido de buscar as roupas, as toalhas, os lençóis no tintureiro. Puta merda! Me enxugar outra vez com uma toalha molhada. Pra piorar ainda mais as coisas, a faxineira havia faltado. Pensando bem, acho que não vinha mais. Talvez tivesse ouvido algum fuxico dos moradores ou dos porteiros sobre os incidentes em meu apartamento e dado no pé, mesmo sem receber os dias trabalhados. Mas tinha um consolo: a neguinha tinha telefonado, dizendo que estava bem melhor e que, finalmente, vinha trabalhar. Curioso como uma situação ruim se tornava maravilhosa quando comparada com uma pior. Costumava reclamar demais do trabalho da Bete, porque, na realidade, não

tinha um parâmetro. Agora, o serviço dela me parecia uma maravilha, sem contar que, pro mal ou pro bem, ela era uma companhia. Depois daquele incidente, todo dia, quando entrava no banheiro pela manhã, ficava esperando que ela aparecesse, me pegasse pelado ou sentado no trono e dissesse:

– Bom dia, seu Douglas.

Tomei meu banho, fiz um pouco de hora e desci pra almoçar. O ambiente no boteco não era mais o mesmo. Seu Felício, os empregados, os clientes pareciam acabrunhados com a morte do Baianinho. O português me serviu uma dose especial de cachaça e disse, balançando a cabeça com tristeza:

– Às vezes, doutor, me dá vontade de vender minhas coisas e ir embora pra terrinha. Aqui se ganha dinheiro, em compensação não se tem um pingo de paz. Veja lá o pobre do Baianinho. Uma flor de rapaz, pois, vêm uns malandrins e, por causa de uns reais, *pá-pá-pá*, dão cabo dele!

– O que é que se vai fazer, não é, seu Felício?

O Genivaldo chegou com uma dobradinha. O português se inclinou na minha direção, e ele, que era homem tão pacato, disse com indignação:

– O que fazer, doutor? Tenho a resposta na ponta da língua. É fazer como os gajos porretas lá do BOPE que andam matando aquela corja do Rio! É fogo com fogo! É na cadeira elétrica! Na câmara de gás!

O português estava mesmo revoltado! E quem não ficava revoltado? Matar um rapazinho que tinha vindo fazer fortuna no Sul e deixava a mulher viúva e os filhos órfãos! Seu Felício, enfiando a indignação no bolso, se afastou. Mas as cenas de violência daquela noite voltaram a me atormentar. Perdi o apetite no ato e deixei a cumbuca com a dobradinha quase cheia. Quando me levantei pra pagar, o Maciel, que me vigiava do seu cubículo, veio até mim, apreensivo:

– Como é, doutor, não tá boa a dobradinha? Se não tá, a gente troca.
– Que é isso, negão? A dobradinha está ótima. Eu é que não estou bem.
– De ressaca? – deu uma risada. – Vai um caldo de mocotó, doutor? Tá da hora. É tiro e queda.
– Obrigado, estou sem fome. Acho que foi alguma coisa que comi ontem à noite.
– Também, quem mandou desprezar a comida do negão aqui e comer porcaria nesses muquifos da cidade? – Fechou a conversa e saiu resmungando em direção da cozinha.

Saí do Trás-os-Montes, fui na lavanderia e peguei a roupa lavada. Voltei pra casa, joguei a trouxa sobre a cama. Como não queria passar mais um dia fechado no apartamento, resolvi dar uma caminhada no centro. Desci a Paim, a Nove de Julho e cruzei o Vale do Anhangabaú. Depois, subi e fui até o largo de São Bento. Entrei no Café Girondino e comi um misto-quente, acompanhado de uma cerveja. Em seguida, pedi um expresso. Tomei o café bem devagar, observando o corre-corre das pessoas, os gritos dos marreteiros que vendiam muamba, enquanto ficavam de olho no rapa. Ouvi uma gritaria: era um trombadinha correndo com um bando de gente atrás. Que se fodessem! Queria era tomar o meu café no maior sossego. Mas quem disse que podia ficar sossegado? Aquela movimentação acabou me incomodando: puta merda, era carinha saindo pelo ladrão! Como arrumar trabalho, casa, comida pra tanta gente? Impossível – e o resultado estava na cidade que crescia e ficava inchada, feito cara de bêbado, com os manos da periferia querendo pegar na mão grande o pão pros filhos, a grana pra tevê de última geração, pras roupas de grife, pros pacaus de maconha, pra branquinha. E tocava pra polícia, odiada pelos putos que tentava defender, botar ordem nessa porra. Recebendo um salário de merda, usando armas vagabundas e sendo acusada pelas ONGs, pela Igreja, pelos promotores de justiça de abuso de poder. Epa! Eu estava ficando um cara revoltado, talvez por não ter me alimentado como devia. Se voltasse no português... Não, não valia a pena, porque mesmo o sanduíche estava me pesando no estômago.

Voltei pra casa, e o Demerval, pra não perder o costume, correu pra abrir a porta. Passei por ele, que me disse:

– Veio uma pessoa lhe procurar, doutor.

Muito específico. Uma pessoa... A clareza e eficiência dos porteiros. Ainda mais de um como o Demerval, que gosta de tomar suas biritas enquanto fica de plantão e, por isso, nunca sabe como dar os recados direito.

– Uma pessoa? Que pessoa?

– Uma moça.

– Uma moça. Hummmm. Não disse o nome?

Me fitou com os olhos de vampiro, parou um pouco pra pensar, talvez tentando conectar os dois únicos neurônios, e disse:

– Deve de ter falado, não sei... Mas se lembro bem dela: é uma mocinha. E bem bonita.

– Bonita, é?

– Parece uma artista... – comentou, arregalando os olhos.

A coisa estava ficando interessante.

– Não deixou recado?

– Não, mas disse que depois volta.

– Quando ela chegar, me avisa antes pelo interfone, está certo?

Não queria mais surpresas. Depois do incidente no apartamento, tinha dado instruções aos porteiros pra não deixar ninguém subir, à exceção da faxineira. Principalmente quando eu saísse. Quando estivesse em casa, era pra me avisar pelo interfone.

Estava só de cueca, continuando a ler *Seara vermelha*, do Hammett, quando o interfone tocou.

– Doutor, a moça que veio antes tá aí.

– Qual o nome dela?

– Cláudia...

Cláudia... Cláudia... Puta merda, a Claudinha!

– Pode mandar subir.

Desliguei o interfone e corri pra vestir um short. O apartamento estava uma zona total. Mas, o que podia fazer, se ela vinha assim sem avisar? E o que será que a pestinha queria de mim?

A campainha tocou, abri a porta.

– Oi – ela disse, se esticando pra me beijar.

Usava sandálias de salto alto, uma minissaia deixando à mostra parte das coxas e uma blusa de seda azul, onde despontavam os biquinhos dos peitos. E, dependurada do ombro, carregava uma bolsa tão pequena que seria capaz de jurar que fizesse parte do enxoval da Barbie.

– Como é, não me convida pra entrar?

– Não repara na bagunça – disse, lhe dando passagem.

A Claudinha entrou, franziu a boca e perguntou:

– É aqui que você mora...?

"Nesta pocilga", talvez gostasse de acrescentar.

– Senta aí – apontei pro sofá que, com suas corcovas, parecia o lombo de um dromedário. – Você bebe alguma coisa?

– Que que tem pra beber?

– Uísque, vodca, conhaque, cerveja...

– Pode ser uma cerveja.

Fui à cozinha, me servi de mais uísque e peguei uma latinha na geladeira. Voltei pra sala.

– Só que não tenho a Weiss que você gosta...

– Tá bom, serve a Brahma mesmo.

Sentei do lado dela e, batendo o copo de uísque na latinha de cerveja, disse:

– Saúde.

Ela se acomodou melhor no sofá, dobrando as pernas e se sentando meio de lado. Intencionalmente ou não, acabou por me mostrar as coxas até em cima e parte da calcinha. Senti aquele estímulo bem conhecido me correndo o corpo. Pra disfarçar a excitação, perguntei:

– Como é que descobriu meu endereço?

Sorriu com malícia.

– Descobrindo, ué...

– Teu pai te deixou vir aqui sozinha?

– Não vim sozinha, vim com o Pereira, que está me esperando lá fora.

Como se continuasse a me dirigir a uma garotinha, eu falei:

– Teu pai sabe que você está comigo?

Fechou a cara, parecendo não gostar da gozação:

– Qual é a tua? Tá tirando uma de mim, é?

Comecei a rir.

– Do que que você tá rindo?

– Nada, da tua cara.

Murmurou alguma coisa que não pude entender, talvez um "babaca", e tomou um gole da cerveja.

– Não quer saber por que vim aqui? – me perguntou, empinando o nariz.

Dei de ombros.

– Você se acha mesmo o tal, né? – rebateu no ato, mostrando um pouco de irritação.

– É você que está dizendo. Eu não acho nada. – De novo, o mesmo papo que conhecia de cor e salteado...

Subitamente, a Claudinha pôs a lata de cerveja na mesinha do lado, se aproximou e, encostando o corpo em mim, disse outra vez:

– Ainda não quer saber por que vim aqui?

Em resposta, a envolvi com os braços, enquanto grudava minha boca na dela. Como da vez em que a tinha beijado no aeroporto, senti um gosto adocicado de morango. A língua da garota trabalhava como um hamster, correndo de um lado pro outro, me explorando os dentes, o palato. Comecei a beijar seu pescoço, os ombros. Em seguida, lhe arranquei a blusa, deixando de fora os seios, que beijei e chupei. A Claudinha gemeu, murmurando "meu tesão". De seu corpo, exalava não só o odor de um fino perfume, mas também um cheiro selvagem que tanto me embriagava. Desci mais a boca, beijando-lhe o umbigo, puxei-lhe a minissaia, a calcinha. E aquele corpo que tinha desejado tanto estava novamente diante de mim, só que agora pronto pra ser possuído. E sem empecilho de espécie alguma. Arranquei meu short, a cueca, e a Claudinha se abriu como uma flor, gemendo e tremendo. Dei uma estocada, e ela gritou, enterrando as unhas nas minhas costas. Grudamos os lábios, fundindo as línguas, trocando saliva. Ela se inteiriçou e começou a dar uma série de gritos, me cravando as unhas ainda mais fundo na minha carne e me fazendo gemer de prazer. Rilhei os dentes e gozei fartamente, sentindo meu coração bombear no peito, feito um motor utilizado no máximo de sua potência.

O corpo coberto de suor, fiquei sobre ela, que se mantinha deitada, os braços abertos, os olhos fechados, os dentes cerrados. Apertei-a contra mim e lhe dei um beijo na orelha, depois, outro na boca. Ela abriu os olhos e me perguntou com malícia:

– Agora tá sabendo por que eu vim aqui?

– Não, ainda não sei – respondi.

– Boboca – disse, me dando um tapa no ombro, pra, em seguida, pedir: – Deixa eu ir no banheiro...

A Claudinha foi pro banheiro, e eu pra cozinha, onde me servi de mais um uísque, gelo e catei outra cerveja na geladeira. Sentei no sofá, ela gritou:

– Pô, não tem água quente nesta merda?

Comecei a rir, pensando na porrinha tomando uma ducha gelada. Mas fazia calor, qual o problema? Voltou vestida com meu roupão.

– Tá uma zorra a porra do teu apartamento, hein?

– Não fui eu que te convidei pra vir aqui...

A Claudinha sentou do meu lado, pegou a cerveja que lhe dei.

– Bom, isso é verdade, mas vai dizer que não gostou da surpresa?

– Gostar, gostei, mas você ainda não disse por que veio até aqui – insisti.

A garota bebeu um gole de cerveja e perguntou:

– E preciso ainda dizer?

– Sei lá, mas, se não quiser dizer, não diga.

Ficou olhando pra mim com um sorriso nos lábios. Era mesmo uma graça, ainda mais com o roupão entreaberto, mostrando os peitinhos, os pelos da xoxota.

– Está bem, já vou te dizer. – Me apontou o dedo e disse de um jeito professoral e meio cômico: – O que acontece, doutor Medeiros, é que quando quero uma coisa vou atrás até conseguir. E o senhor era uma coisa que estava aqui na minha garganta, ó!

Dei uma gargalhada.

– Como assim estava na tua garganta?

– E preciso falar? Nos dias que a gente ficou junto naquela merda de apartamento, depois de tudo que fiz, você fingia que não me via. Pensei até que fosse brocha ou veado.

A Claudinha era mesmo engraçada. Ali, comigo, deixava pra trás o jeito de executiva e voltava a ser a pivetinha de antes, que tinha me deixado doido de prazer e quase me levado à loucura. Isso havia acontecido quando eu a havia resgatado dos traficantes. Como a situação ainda estivesse quente, com os bandidos em polvorosa, por segurança, antes que a devolvesse ao pai, ficamos trancados uns dias num apartamento em São Vicente. Lembro que, na época, enfurecido com os desaforos e as má-criações dela, quase cheguei às vias de fato. Por pouco, não lhe dei umas porradas. Mas, hoje, entendia que a razão mesmo de meu destempero estava no fato de ter um fruto suculento à mão e não poder degustá-lo.

Como que parecendo ouvir meus pensamentos, ela perguntou:

– Me fala uma coisa: sinceramente, quando a gente tava naquele apartamento, você não sentia tesão por mim?

– Por que quer saber isso?

– Larga de ser regulado, cara. Custa falar que tava doido de tesão por mim?

Comecei a rir.

– Devo confessar que estava...

– E por que não quis transar comigo?

Fiquei em silêncio por um instante, só bebericando meu uísque. Em seguida, disse:

– Não quis transar com você porque naquele momento não convinha...

– Como não convinha?

– Estava trabalhando.

Ficou quieta, e seus olhos se fixaram em mim; depois, se desviaram. Quando voltou a me fitar, perguntou:

– Conta pra mim: como foi que conheceu meu pai?

– O antigo delegado do meu DP que me apresentou a ele.

– E assim você entrou numa fria, né? – riu com malícia.

– Isso mesmo, numa fria...

Contei as pressões que havia recebido de gente graúda da polícia pra aceitar a missão, do rolo em que acabei me metendo ao ser obrigado a me fazer de desertor, pra entrar no bando do traficante Nenzinho, e das peripécias pra resgatá-la das mãos do bandido.

– Quase que me fodi; um pouco mais, e virava um presunto – concluí.

– Que peito o teu de entrar na fortaleza do Nenzinho, hein? – disse, esticando o lábio de baixo e mostrando admiração.

– Não é questão de peito. É questão de fazer o que devia ser feito. Na polícia tem uma hierarquia, e você, querendo ou não, precisa obedecer.

Tornou a ficar quieta, só pensando, pra depois dizer:

– Quer saber de uma coisa? Não custa nada confessar que já sentia um pouco de tesão por você... mas, quando atirou na cabeça do Nenzinho, fiquei louca de tesão – e, parecendo meio sem graça, acrescentou ainda: – ... e mais louca de tesão ainda quando me deu aquela surra, batendo na minha bunda.

Dei uma gargalhada.

– Como dizia o velho Nelson Rodrigues, as mulheres gostam de apanhar.

– Não vem que não tem. O Nelson Rodrigues não passa de um machista, de um trouxa. Gostei de você fazer aquilo porque, se quer saber, sempre me amarrei em homem que tem peito...

E acrescentou uma coisa no mínimo curiosa:

– Mas nem preciso dizer que é só tesão que sinto por você... Você não faz o meu tipo.

Dei logo o troco:

– Se quer saber, a recíproca é verdadeira. E prefiro que seja assim. Não gosto de ficar me amarrando em ninguém.

Corri os olhos pelo seu corpinho e disse:

– É verdade que você não é de se jogar fora... Mas uma mulher, do meu ponto de vista, precisa ter mais do que isso pra talvez me amarrar.

– E você podia me dizer o quê? – desafiou, fechando a cara.

Nem eu mesmo sabia. O que uma mulher devia ter pra me prender, pra me tirar daquela vida solitária? Beleza? Inteligência? Sensibilidade? Tudo isso junto? Bah! Difícil dizer, eu ia acabar me atrapalhando. Por isso, em vez de responder à pergunta, coisa que não levaria a lugar nenhum, a não ser a um blá-blá-blá imbecil, fiz-lhe uma pergunta:

– Mudando de assunto, posso saber por que você fugiu com o Nenzinho?

– Por quê...? Sei lá, acho que tava louca, tava numa pior. Tava fumando muito baseado, cheirando muito pó. Me meti com gente da pesada, sabe? E, depois, aquele cara, aquele filho da puta do Nenzinho se amarrou em mim, disse que eu era o tesão da vida dele... E eu me amarrei nele porque o cara parecia o bom...

– Era o tesão da vida dele, e o cara quis te matar – comentei, balançando a cabeça.

– Foi lá que eu vi que tava sendo trouxa. Que esses noias não pensam duas vezes em apagar alguém. No caso, eu. Se não fosse você...

Ela se calou por um instante, pra depois falar:

– No começo, fiquei morrendo de raiva de você. Tava com ódio, não queria voltar pra casa de jeito nenhum. Hoje, acho que foi bom. Do contrário, tava no meio daqueles noias, me ferrando. Mas voltar pra casa naquela época não era nada bom. Sabe por quê?

– Acho que desconfio...

– Me fala então por quê.

– Por causa da tua madrasta?

Fez um gesto de desprezo.

– Acertou na mosca. Aquela vaca, aquela filha da puta! Quando eu era pequena, vivia me enchendo de porrada. Tinha o mó ódio de mim, e eu dela. Só o velho é que não percebia...

— Teu pai gosta muito de você — cortei a fala dela.

— Mas parecia não gostar. O trouxa nem pra perceber que ela estava era atrás da grana dele. E ele me trocando por aquilo!

A Claudinha olhou pra mim.

— Você conheceu a peça?

Balancei a cabeça, confirmando.

— O que achou?

Não ia contar pra pirralha o juízo que tinha sobre a Marina e que havia transado com ela. Preferi ser mais discreto:

— É uma mulher muito bonita.

— Bonita, ela é, mas não deixa de ser uma piranha. Se tivesse passado uma cantada nela, te garanto que...

Parou de falar, me olhou com malícia e perguntou:

— Ei, você não chegou a dar uma cantada nela, chegou?

Não gosto de mentir, mas tive que mentir:

— Não, não dei uma cantada nela.

— Pois se tivesse cantado... Lá em Paris, pelo que fiquei sabendo, deu mais que chuchu na cerca. E o velho aqui, que nem um trouxa, ligando pra ela, pedindo pra ela voltar. Homem é tudo babaca.

Talvez ela tivesse razão. Os homens são babacas, os homens são trouxas.

— Bom, pelo menos, teu pai se separou dela.

— Antes tarde do que nunca. Meu pai não merecia ficar com uma vaca daquelas.

— Se o que está me contando é verdade, concordo. Teu pai merece uma mulher melhor. Ele é um cara bem decente.

A Claudinha voltou a se aproximar de mim. Já estava excitado e fiquei ainda mais, sentindo novamente o sangue correr rápido nas veias e o coração bater acelerado.

— Meu pai tem uma grande admiração por você. Diz que é difícil, hoje em dia, encontrar um cara com caráter e coragem.

Subiu a mão por minha perna e me agarrou o pau; depois, inclinou a cabeça e começou a me chupar. Dobrei o corpo pra trás e fechei os olhos, enquanto a língua ia e vinha, quase me enlouquecendo. Até que, não suportando mais segurar o tesão, agarrei ela pelos ombros e fiz que se deitasse de costas. Como se fosse um cãozinho ensinado, esperando pelo osso, abriu as pernas e a penetrei com gosto, com fúria.

Quando a Claudinha foi embora, era já noite. Despediu-se com um beijo e disse:

– Tiau. Uma hora, a gente se vê... – E acrescentou, mostrando as presas de oncinha: – Quando eu estiver com fome de novo, é claro.

E saiu rebolando pelo corredor. Fiquei parado na porta olhando pra bundinha que se movia num compasso regular, como se fosse a de uma boneca de corda. Mas sabia que, debaixo da miniminissaia, a pele, macia como um pêssego, cobria carne de consistência. Ela entrou no elevador, eu fechei a porta. Fui na cozinha me servir de mais um uísque. Como se não tivesse transado o bastante naquele fim de tarde, o sangue continuava a correr quente pelas veias. Com o copo na mão, me dirigi até a sacada. Sentei numa cadeira e deixei que o bafo da noite me batesse na cara, no peito. Bebi um gole de uísque e procurei me concentrar nas cenas do boteco lá embaixo, conferindo quem entrava, quem saía. Inútil: os peitos, as coxas, a xoxota da Claudinha teimavam em ficar dançando diante de meus olhos, como uma bailarina embriagada.

12

Na quinta, lá estava eu estacionando diante da mansão de dona Elizabeth. Mais uma vez, o mordomo veio me receber. E também mais uma vez lá vinha a tia Nastácia me esperar no vestíbulo. Esculpi na face o melhor dos meus sorrisos e disse:

– Dona Anica, vamos dar o nosso passeio?

Em resposta, fechou ainda mais a carranca e resmungou daquele seu modo peculiar:

– Dona Elizabeth está lhe aguardando.

E virou as costas, me dando o prazer de ver o espetáculo das ancas de elefante rebolarem na minha frente, enquanto começava a subir as escadas, arfando e bufando. Chegando ao andar de cima, entrei, e o Charles veio correndo ao meu encontro, rosnando e latindo. Fechei a cara, me preparando pro confronto. Definitivamente nossos santos protetores não batiam. Antes que arrancasse um naco da minha perna ou da barra da minha calça, dona Elizabeth chamou:

– Charles!

O cão deu um ganido e, metendo o rabo entre as pernas, retornou ao lado da poltrona de sua dona. Com a passagem livre, me aproximei e beijei a mão de dona Elizabeth, que, mostrando satisfação, abriu um largo sorriso:

– Pois o senhor veio mesmo! Sente-se, por favor.

Começou a me explicar como ia ser o meu trabalho. Dentro de alguns momentos, devia levá-la na casa da amiga Gladys, na rua Bélgica; na semana seguinte, segunda-feira, na casa da prima Edelweis, no Pacaembu, e, na quarta, na casa da cunhada Domitília, no Morumbi.

– Não é difícil, meu filho. Qualquer coisa, é só perguntar.
– Estou às ordens. Quando a senhora achar que devemos ir...
Dona Elizabeth se levantou, eu levantei.
– Vamos combinar o seguinte. Aqui estão os documentos e a chave do Chevrolet. Enquanto termino de me vestir, o senhor vai dar uma olhada no carro para ver se está tudo em ordem. Em seguida, partimos.

Deixei a sala, desci as escadas e saí da casa. No meu carro, abri o porta-luvas e fiquei pensando se valia a pena levar o .32. Só pra acompanhar duas velhotas a passeio? Como o seguro morreu de velho, catei o revólver e enfiei na cintura. Fui até a garagem e abri o capô do Chevrolet. Verifiquei a água e o óleo. Me pareceu tudo em ordem. Liguei o motor, conferi a gasolina, guardei o .32 no porta-luvas, saí da garagem e fui estacionar junto da escadaria. Pouco depois, dona Elizabeth começou a descer os degraus apoiada no braço da Anica. Saí do carro e fiquei à espera delas. Formavam um par incrível: a dona da casa com um vestido de seda azul-marinho bem discreto, a bolsa e o sapato combinando. Como suspeitava, vinha cheia de joias – um colar e brincos que deviam ser de pérolas, um broche, pulseiras e anéis de ouro, com pedrinhas engastadas. Pronta a tentar os trombadas do caminho. A Anica, por sua vez, usava um vestido com grandes flores verdes e azuis, sapatões de salto baixo, deformados pelos pés, e carregava uma bolsa vermelha de plástico brilhante.

Quando abri a porta detrás do Chevrolet, a Anica entrou, mas dona Elizabeth disse:

– Vou na frente com o senhor.

Será que fazia isso por delicadeza ou pra me vigiar enquanto dirigia? Ia ficar sabendo disso só no caminho. Dei a partida e comecei a andar, mas, reparando que a janela do lado de dona Elizabeth estava aberta, parei e disse:

– Por favor, a janela, dona Elizabeth.

– A janela? O que tem a janela?

– Prefiro que a senhora ande com a janela fechada.

– Mas desse jeito vamos morrer de calor. Pode seguir adiante, que gosto de ar fresco – teimou.

– Acho que não convém andar com a janela aberta. Se a senhora sentir calor, ligamos o ar-condicionado.

– Detesto ar condicionado. Me faz...

– Dona Elizabeth, não saio sem a janela fechada – cortei rente a fala dela.

Fechou a cara e, a contragosto, subiu o vidro, comentando:

– Mas o senhor é mesmo teimoso...

E eu que era o teimoso. Saímos da casa, seguimos pela rua Cuba e, mais adiante, entramos na Groenlândia.

– O senhor não acha que está indo rápido demais?

Estava demorando pra vir a primeira bronca. Continuei na minha, dirigindo a sessenta por hora, quando o limite ali era setenta.

– Cuidado! O senhor quase subiu na calçada.

Estacionei o carro, desci, fui até o lado do passageiro e disse:

– Desse jeito, acho melhor a senhora mesma dirigir.

Dona Elizabeth ficou toda vermelha, mas logo se recuperou e falou:

– O senhor é malcriado, hein! E eu pensando que o Vitório...

Voltei pro meu lugar e seguimos em silêncio, sem que ela me desse outra bronca. Depois de algumas voltas, chegamos, afinal, na rua Bélgica. Parei diante de um muro alto coberto de hera. Embiquei o carro na entrada, desci, apertei o interfone e me anunciei. Os portões se abriram. Seguimos por um caminho calçado de pedras até uma escada que levava ao primeiro andar de uma casa antiga, mas bem conservada, que tinha uma torre e telhados bem inclinados. As paredes eram pintadas de ocre, e as janelas, de um verde carregado. Estacionei sob um ipê. De repente, escutei um grito como o de uma arara bêbada:

– Zazá! Como você demorou!

Olhei pro alto da escada e vi o comitê de recepção, formado de três mulheres bem velhas. Abri as portas do carro e dei a mão pra dona Elizabeth, que saiu sem dificuldade. Já a Anica parecia empacada, não conseguindo levantar o traseiro do banco. Estendi o braço:

– Por favor, dona Anica.

Olhou pra mim daquele jeito enfezado, mas acabou aceitando a ajuda. Puxei a mulher pra fora. Puta merda, como pesava! Era como tirar uma jamanta de um atoleiro.

– Espero a senhora no carro – disse, quando dona Elizabeth se preparava pra subir as escadas.

– Por favor, me acompanhe, doutor Medeiros, queria apresentá-lo às meninas.

Meninas? As três juntas deviam ter a duração do Império Romano. Chegamos no alto da escada, e o trio aguardava, sorridente.

– Doutor Medeiros, esta é a dona da casa, a Gladys, e as outras são a Edelweis e a Domitília. Meninas, este é o doutor Medeiros, que vai substituir o imprestável do Vitório por uns dias.

A Gladys, baixa e gordinha, tinha bochechas coradas, lembrando a figura da lata de sardinhas Rubi, a Edelweis, mais alta, era magra feito uma posta de bacalhau da Noruega, e a Domitília devia ter feito tanta plástica na cara que mal conseguia abrir os olhos. Parecia a manicure de Nefertite. Cercaram dona Elizabeth e ficaram cochichando e dando risinhos. A Sardinha Rubi me pegou pelo braço e me arrastou pra dentro, dizendo:

– À vontade, doutor Medeiros, a casa é sua.

A casa era um museu, cheia de badulaques: sofás com cobertura de veludo e toalhinhas de crochê na altura da cabeça, móveis entalhados, grossos tapetes, quadros de paisagens com molduras douradas, lustres, estátuas de bronze servindo de pedestal pra abajures, vasos com palmeiras-anãs. Entramos numa sala onde uma mesa estava posta, com um serviço de chá, bolos, pães, brioches, geleias, manteiga, queijos. Sentamos. Será que iam me fazer tomar chá? Com certeza, porque dona Elizabeth se voltou pra mim e disse:

– Sinto muito, meu filho; enquanto estiver dirigindo, fica sem seu uísque.

Mas havia café. Tomei uma xícara, comi um sanduichinho de presunto, enquanto elas falavam sem parar e quase ao mesmo tempo. Finalmente, a Sardinha Rubi bateu palmas e disse:

– Meninas, está na hora da nossa partidinha.

Elas se levantaram, eu me levantei.

– Se o senhor quiser esperar na biblioteca enquanto jogamos... Há livros instrutivos, novelas de amor – disse a Sardinha Rubi, mostrando todos os dentes da dentadura.

– Obrigado – disse, pensando no horror que deviam ser os livros. – Mas prefiro ficar esperando no carro mesmo.

Deixei a casa e fui me refugiar no Chevrolet. Peguei *Seara vermelha*, que havia trazido comigo, e voltei a ler, me embrenhando novamente naquela história de corrupção, violência e morte.

Umas horas depois, dona Elizabeth me interrompeu a leitura, abrindo a porta do carro:

– Vamos indo, meu filho?

Pus o livro no console, elas entraram, dei a partida.

– O que o senhor está lendo? – perguntou, apontando para *Seara vermelha*. – É bom?

– Sim, estou gostando bastante.

Pegou o romance e pôs os óculos e deu uma espiada.

– Policial, não é?

– Sim...

Saí na rua Bélgica. Depois de alguns minutos, os olhos passando por alguns trechos do livro, ela observou:

– Não lhe parece um tanto violento?

Violento? Ela não sabia o que era violência. Mas, em vez de dizer isso, disse outra coisa:

– A vida é assim...

Dona Elizabeth pôs o livro sobre o console do carro e rebateu com ironia:

– Mas a vida também é assado. Pra lhe ser sincera, prefiro uma ficção policial mais sutil. Como a da Agatha Christie, por exemplo, em que o detetive usa mais a cabeça do que os músculos.

Questão de gosto – malandro não dá a mínima pra sutileza. Queria ver o tal do Poirot numas quebradas em Parelheiros, tendo na cola um bando de vagabundos armados até os dentes. Em nosso dia a dia, você tem que ser esperto, mas, se não souber usar os músculos, não sair na porrada, logo está morto, com a boca cheia de formiga. Esta é a nossa realidade, uma realidade que não é a de romances de investigações sutis. Mas não ia discutir literatura com dona Elizabeth.

Chegamos na rua Cuba. Passei pelo portão e fui estacionar diante da escadaria. Desci do carro, abri as portas, dei a mão pra dona Elizabeth sair.

– Obrigada, meu filho.

Depois, ajudei a desentalar a Anica do banco de trás. Não esperava um beijinho em troca, mas, pelo menos, um obrigado, que obviamente não recebi.

– Não quer tomar um drinque, doutor Medeiros? – dona Elizabeth me ofereceu.
– Obrigado, mas tenho alguns problemas pra resolver. Fica pra outra vez.
Ela me encarou com um sorriso afável e disse:
– Sabe que as meninas simpatizaram bastante com o senhor? – Em seguida, acrescentou, enquanto se dirigia pra escada: – Até segunda, meu filho. Às duas horas em ponto.
Peguei o carro e saí pra rua. Não via a hora de chegar em casa. O que mais queria era sentar no lombo do meu dromedário estropiado, pra bater um papo com o Jack, ou talvez com o Johnny. De preferência, na companhia de Nina Simone ou mesmo do Hammett.

13

Na sexta pela manhã, estava tomando banho quando a campainha tocou uma, duas vezes. Porra! Quem seria? Tinha dado ordens expressas pra que não deixassem ninguém subir antes que fosse anunciado pelo interfone. A campainha tocou de novo, desta vez mais estridente. A Bete! Era dia da neguinha voltar. Mas, por que não havia aberto a porta ela mesma, se eu tinha deixado a chave com o porteiro? Me enrolei numa toalha e fui abrir a porta.

– Bom dia, seu Douglas.

– Ué, por que você não entrou?

– Não sei usar a chave treta.

– Como não sabe usar? É só enfiar na fechadura. Assim, ó... – expliquei, pondo e girando a chave na fechadura de cima e, depois, repetindo a mesma operação na fechadura de baixo.

– Achei complicado. Gostava mais da chave antiga. Era só enfiar uma vez e, *tchum*, a porta abria.

Afastei o corpo, ela entrou.

– Em compensação, qualquer bandido de merda abria a porta com um grampo.

Parecendo não dar importância ao meu comentário, foi até a cozinha e exclamou horrorizada:

– Nossa! Que chiqueiro! Tem até barata na pia.

Reparei que ela arrastava um pouco uma das pernas. Também estava bem magra e com fundas olheiras.

– Você tem certeza que já está boa pra trabalhar?

– Tô cansada de ficar em casa e, depois, o senhor tá precisando de mim, né?

– Eu posso esperar. Além disso, arrumei uma moça pra fazer a faxina.

Tornou a olhar com desdém pro estado do apartamento e disse:

– Uma porca! Uma desleixada! O senhor tá jogando o dinheiro fora, seu Douglas. Essas meninas é tudo vagabunda, têm preguiça de trabalhar. Lembro que, quando fazia faxina pra dona Alice, ela falava que não tinha ninguém que nem eu pra aspirar o pó, lavar um banheiro. Ela também falava que...

Voltei pro banheiro e deixei a Bete resmungando sozinha na sala. Mas, se pensava em ter um instante de paz, estava enganado. Ela me seguiu e perguntou com um pouco de malícia:

– Falando na dona Alice, sabia que ela tá de namorado novo?

A Alice era minha ex-mulher, uma gostosa que só me encheu o saco antes, durante e depois do casamento. Aliás, conhecia a Bete por meio dela. Depois que a gente se separou, a Alice, com a desculpa de que eu precisava de uma faxineira, mandou a neguinha atrás de mim. Desconfio que pra me vigiar. Mulher tem dessas coisas... E, falando nisso, por que a Bete achava que eu queria ouvir notícias da minha ex? A Alice era um caso morto e enterrado. E, como não sou necrófilo, faria de tudo, menos querer trepar com um cadáver.

– O senhor não quer saber...?

– Bete, você não acha que está na hora de começar a arrumar essa bagunça do apartamento? – disse, já impaciente e tirando o resto de espuma da cara.

– Poxa, seu Douglas, que gênio mais nervoso! Parece que a gente se vimos ontem...

A velha Bete de sempre. De longe, sentia falta dela; de perto, queria que ficasse longe. Mas, com a neguinha ali, tinha a vantagem de não ficar em casa, de tanto que me infernizava. Deixei cinquenta reais sobre a tevê e saí pra cuidar da vida, mas, antes, deixei bem claro que não abrisse a porta pra ninguém. Também lhe pedi que anotasse os recados de telefone. Quanto à primeira das recomendações, tinha certeza que ia cumprir, de tão assustada que havia ficado com o incidente. Quanto à segunda, podia tirar o cavalinho da chuva: a Bete era incapaz de anotar um recado direito.

À tarde, depois de comer no português, resolvi ir até a Receita Federal por conta de uma intimação. Apesar de não ter renda porra nenhuma, havia recebido um carnê, referente a impostos não pagos de cinco anos atrás. Enfrentei uma puta de uma fila, pra ouvir de um barbicha de óculos que, se não pagasse o que devia, com certeza iam me confiscar um bem, no caso, o único que tinha em meu nome: o Vectra. E ele disse isso bem alto pra que os demais sonegadores da fila soubessem que não estavam sozinhos, que eu participava da mesma comunidade de safados. Olhei pra cara do imbecil e senti vontade de lhe dar uma porrada, mas, ao contrário do que desejava, não lhe dei porrada coisa nenhuma. A culpa não era dele, a culpa era da merda do governo, que ficava esfolando os idiotas como eu pra gastar depois com a putada da Câmara e do Senado. Saí da Receita com a sensação nítida de que tinha sido enrabado. E eu sem poder fazer nada, nem ao menos meter a mão na cara do funcionário. Entrei no primeiro boteco que encontrei e tomei um rabo-de-galo, pensando que lá se ia pro governo grande parte do dinheiro que ia ganhar de dona Elizabeth. Isso se não quisesse perder meu carro.

Estava no maior desânimo. À noite, liguei pra Nete: talvez um programa num motel me fizesse esquecer dos rolos da minha vida. Pra meu azar, não a encontrei. Fui na Major Sertório, com a esperança de que a noite fosse generosa, me reservando a surpresa de encontrar uma garota que valesse a pena. Mas a noite foi cruel: numa biboca chamada Tô Q Tô, não encontrei nada que prestasse, só carne de segunda, sob a forma de barangas recheadas de estrias e celulite.

Voltei pra casa, depois de tomar um uísque vagabundo e recusar a companhia das pelancudas. Chegando diante do meu prédio, pensei se valia a pena ir no Trás-os-Montes comer alguma coisa, mas meu desânimo era grande, de maneira que embiquei o carro na garagem. O apartamento, pra minha surpresa, estava bem-arrumado. Bem-arrumado em comparação com o estado em que se encontrava nos outros dias. Pelo menos, não encontrei lixo sobre a pia da cozinha, no cesto do banheiro, e a geladeira ronronava que nem um gato, depois de ficar livre do mofo e dos restos de comida. Enquanto preparava um uísque, liguei a secretária eletrônica. Tinha um recado da Nete, dizendo que ia visitar a família em São José dos Campos, outro do Bellochio me convidando a descer com ele pra São Vicente, onde ia passar o fim de semana com a família, e um de minha mãe, como sempre se lamentando da vida e dizendo que, ultimamente, vinha passando mal e que esperava que fosse vê-la antes que morresse. Morrer? A velha, como as múmias do Vale dos Reis, era eterna. Apesar dessa minha certeza, sabia que tinha que ver minha mãe. Há quanto tempo não ia visitá-la? Quatro, cinco meses? Sei lá. Talvez fosse hora de dar um pulo até a casa dela. Decidi então ir pra Campinas e passar lá o fim de semana. Tomei umas talagadas de Johnny Walker, matei a fome com uma pizza que encomendei, li mais umas páginas de *Seara vermelha* e fui dormir com as galinhas, já que não tinha ninguém, nem mesmo uma mocreia, com quem repartir a cama.

* * *

Fui recebido como um rei pela velha, que se desdobrou na cozinha pra fazer as minhas vontades. Só ali é que comia os pastéis de bacalhau e palmito, feitos com uma massa especial, à base de cerveja, o tutu de feijão acompanhado de couve picada bem fina e torresmos e um frango à cabidela de dar água na boca. É bem verdade que comia muitíssimo bem na casa do Bellochio, mas o que a Conceição fazia era pra porco de engorda. Exagerando no óleo, no sal, no tempero, ao contrário da velha, que tinha a mão leve. Se recebi um tratamento de primeira, em compensação, tive também que ouvir as broncas de praxe. Em silêncio, como um filho obediente, porque não adiantava discutir com ela.

– A mocinha que trabalha pra você disse que, outro dia, seu apartamento foi invadido por marginais e que ela quase morreu. Ai, meu coração quase parou quando ela me contou a história. Bem que quando você foi pra São Paulo, contra a minha vontade, diga-se de passagem, adivinhei que vinha desgraça pela frente. As más companhias, as mulheres perdidas, a bebida!

Recolheu mais um pastel da frigideira, pôs sobre o papel-toalha e completou, se virando pra mim:

– Meu filho, por que você não deixa aquela cidade horrível e vem morar comigo aqui em Campinas? Tem mesa, cama, roupa lavada. E faz companhia pra mamãe, antes que eu morra.

Depois, se aproveitava e passava pros arranjos matrimoniais, ela que parecia nunca desistir de me pôr na linha:

– Conheço tanta mocinha boa. Lembra da filha do doutor Teotônio? A Celeste? Coitadinha, teve que separar do marido, um bêbedo, um vagabundo que vivia à custa dela. Outro dia, esteve aqui em casa, por conta de um ponto de tricô que queria aprender, falei de você, mostrei o teu retrato e ela disse: "Ai, o filho da senhora é um pão! Até parece aquele galã da novela das oito...".

Mamãe me segurou as mãos.

– É professora do Estado. E tão prendada, tem uma mão tão boa pra cozinha. Faz um bolo de fubá... Não como o meu, é claro, mas não fica muito atrás. É bem verdade que tem esse problema aí do casamento desfeito. Infelizmente, acabou ficando divorciada, mas hoje em dia ninguém liga pra essas coisas, né? Se você quisesse, Douguinho, te apresentava pra ela...

Mamãe sorria, mostrando os dentes muito iguais da dentadura. Enrugada como um maracujá de gaveta. Mas, sem perder a vaidade, trazia o cabelo tingido de acaju, usava batom, os brincos de ouro do tempo ainda de papai. Como não reagi à ideia de um partido tão vantajoso, acho que pôs isso na conta da timidez. E quis me tentar com a ideia estapafúrdia de, ainda no sábado, convidar a tal da Celeste pra tomar um chá com a gente. Já sabendo o que vinha pela frente, com certeza um tribufu, disse que estava cansado e que o encontro ficava pra outra vez. Mas nem assim ela desistiu. No fim da tarde, quando tirava uma soneca, entrou no quarto, me acordou e disse com um ar de satisfação:

– Adivinha quem está aí?

Ainda sonado, perguntei:

– Quem?!

– A Celeste!

– Celeste? Que Celeste?

– Douguinho! A filha do doutor Teotônio, aquela moça que falei pra você. A professora! Por coincidência, resolveu dar uma passadinha aqui em casa e quer te conhecer!

Maldita velha! Sabia que coincidência era aquela: eu dormindo, ela grudada no telefone fazendo seus contatos.

— Vamos, levanta, meu filho. Vê se toma um banho, se arruma, que ela está te esperando na sala.

Não tomei banho porra nenhuma. Fiquei um tempão sentado no trono, torcendo pra que a dona, cansada de esperar, se mandasse. Mas mamãe não desistia, batendo na porta e chamando:

— Douguinho, o café está na mesa!

O que me restava fazer senão enfrentar o inevitável? Levantei do trono, lavei a cara, fui pra sala e vi que a moça, infelizmente, correspondia a todas as minhas expectativas. Nem ao telefone devia ser passável. Não era só feiosa, era também sem sal: magra que nem uma tábua de passar roupa, usava óculos de fundo de garrafa, trazia o cabelo preso num coque e sorria sem parar. A maquiagem se resumia ao batom cor-de-rosa. Vestia uma saia longa, escura, e uma blusa com rendinhas. Não tinha um jeito antiquado, *era* antiquada — uma mocinha boa pra fazer propaganda do Biotônico Fontoura. Sem os óculos, é claro.

— Dona Dulce disse que você é investigador de polícia. Deve ser emocionante sua profissão — disse, juntando as mãos e me dando o melhor dos sorrisos.

— Depende.

— Depende do quê?

— Na maioria das vezes, não tem nada de emocionante. É pura rotina — disse com má vontade.

— O Douguinho é modesto demais — intervinha mamãe, lembrando do meu detestável apelido. — No ano passado mesmo, ele matou uma quadrilha inteira de traficantes.

— Puxa vida! E você não sentiu medo?

Mamãe não me deixou responder. Melhor pra mim, que me poupava ter que explicar o que não dava pra explicar.

— Medo, minha filha?! O Douguinho puxou os Medeiros. Gente de fibra, descendente dos bandeirantes!

Tamanha propaganda ficava por conta da venda de um produto: eu. Em seguida, começava a venda do outro produto: a mocreia.

– A Celeste, Douguinho, é concursada do Estado. Passou em quarto lugar e...

– Não exagera, dona Dulce. Passei em décimo quarto lugar.

– Mas o importante é que passou. E tem gente que nem soube lhe dar valor. – Mamãe se voltou pra mim e completou: – Ela escreve coisas tão bonitas! Outro dia, me mostrou uma poesia de amor que me fez até chorar.

A coisinha, como não podia deixar de ser, ficou sem graça e enrubesceu adoravelmente. Ainda por cima, poetisa! Era demais pra mim. De repente, começou a contar uma história comprida, enfadonha, sobre a escola, os métodos de trabalho que empregava, os colegas, a diretora implicante. Senti vontade de estar longe, a quilômetros de distância. Não disse mais nada e só respondia com monossílabos às perguntas cretinas. Sem querer, bocejei, acho até que cheguei a fechar os olhos. Afinal, ela se tocou e foi embora.

– Você podia ser um pouco mais gentil! Coisa feia ficar bocejando enquanto ela contava uma história tão interessante – mamãe reclamou. – Não vai encontrar outra moça tão prendada como a Celeste.

– Quem disse que quero encontrar moça prendada?

– Douguinho! Você não tem mesmo juízo. Precisava se casar com uma moça decente, criar filho. Será que vou morrer sem ver o meu netinho?

– Tem a filha da Mary...

– Mas ela mora lá naqueles cafundós. Depois que o bebê nasceu, nem ao menos veio aqui pra mostrar a neta.

Minha irmã, a Mary, mora na Austrália, o lugar mais em conta que achou pra se livrar da velha. Como estava longe, sobrava pra mim ter que continuar a estirpe dos Medeiros. E de preferência com uma moça ao gosto dela. Um canhão, bom de mesa, de bordado e fogão. Quanto à cama, estava fora de cogitação, a não ser pra cumprir a sina de Adão e Eva.

Passou o sábado, veio o domingo, com a fartura de sempre. Aproveitei pra descansar, dormindo cedo, acordando tarde, tirando uma sesta depois do almoço. Na casa de mamãe, sem querer, fiz uma mais que necessária dieta, dando uma folguinha pro meu organismo. Dois dias sem comer as porcarias que costumava comer em São Paulo, sem tomar os meus uísques e cervejas, bebendo chá de camomila, de erva-cidreira, fizeram que meu fígado respirasse aliviado. Pena que por tão pouco tempo, porque fisicamente eu estava mesmo um desastre. Me cansava fácil, tinha palpitações de velho. Não dormia bem, às vezes acordava durante a noite, por conta de não conseguir respirar direito. O resultado da vida sedentária, do desprezo que tinha por minha saúde. Uns tempos atrás, depois de me meter numa escaramuça, senti uma tontura e perdi os sentidos. Fui parar no hospital. O médico que me atendeu avisou que eu corria o risco de enfartar se não controlasse as taxas de colesterol e triglicérides. E pensa que controlei coisa alguma? Ter que renunciar à carne vermelha? Aos torresmos? Às costelinhas de porco? Ao uísque de fim de tarde? À cerveja de todos os dias? Já via com resignação meu triste destino: um velho, numa cadeira de rodas, com gota, diabetes, esclerose múltipla, o caralho a quatro, se um câncer ou mesmo uma bala não fizesse a caridade de me levar antes desta pra pior.

Voltei pra São Paulo. Na segunda, como se fosse o Indiana Jones, tocava retomar minha expedição arqueológica, em companhia das múmias.

14

O jogo de bridge de dona Elizabeth ia ser na casa da dona Edelweis, no Pacaembu. Chegando na mansão da rua Cuba, ao sair do carro, dei com o Souza que descia a escada. Ele se aproximou e disse:

– Como vai, doutor Medeiros? Fiquei sabendo que anda acompanhando a dona Zazá por aí...

Balancei a cabeça:

– Sim, é o que venho fazendo.

– Estamos achando isso muito bom. Aquele Vitório não era nada confiável, tanto que, como te disse, acabou levando um pé na bunda... – Ele me fitou bem nos olhos e completou, desconfiado: – Mas, por outro lado, também achamos meio estranho que o senhor, um advogado, fizesse o papel de motorista...

Procurei responder com a maior cortesia possível, por conta do papel que estava representando:

– Vocês têm razão, é um trabalho mais próprio de um motorista do que de um advogado. Mas isso não passa de um favor especial que venho prestando a ela.

Refletiu um pouco, pra depois perguntar:

– Não querendo desmerecer o seu trabalho, mas o senhor não pensa que era um serviço mais apropriado pra um profissional?

Dei uma de inocente:

– Um profissional? Que tipo de profissional?

— Ah, do jeito que esta cidade é perigosa e com a mania que dona Elizabeth tem de sair com as joias, não acha que seria preferível ela ir acompanhada de um segurança do que de um advogado?

— Talvez. Foi, aliás, o conselho que dei a ela, mas você conhece dona Elizabeth. Quando encasqueta com uma ideia...

Deu uma gargalhada.

— Se conheço. Estou pra ver uma pessoa mais teimosa. A família ficou assustada quando ela sofreu aquele assalto. Tentamos aconselhar dona Zazá a tomar mais cuidado, contratando um profissional, mas não quis nem ouvir a gente. Disse que sabe se cuidar sozinha e dispensava conselhos. Em todo caso, acredito que esteja em boas mãos, porque o senhor parece uma pessoa de confiança, cheia de expediente...

Fingi que a adulação tinha caído em terreno fértil. Sorri e disse:

— Se me dá licença...

Comecei a subir a escadaria, mas ele me fez parar, perguntando:

— Hoje vocês vão na casa da dona Gladys?

— Não, da dona Edelweis.

— Ah, da dona Edelweis. E na quarta, na casa da dona Domitília no Morumbi, se não estou enganado?

Fiz que sim com a cabeça.

— Desculpe a curiosidade. Mas, como dona Zazá não dá satisfação pra ninguém, às vezes fica difícil saber aonde ela foi. De repente, tem um telefonema pra ela, e ela teima em não querer usar um celular... Por isso que estou lhe fazendo estas perguntas.

— Isso mesmo: na quarta, levo dona Elizabeth até a casa da cunhada no Morumbi.

O Souza pareceu refletir um pouco e depois disse:

– Falando nisso, quando for pro Morumbi, na quarta, depois de cruzar o Pinheiros, não pegue a avenida São Valério. Passei por lá ainda hoje. Estão consertando uma adutora, e o trânsito está complicado. É um trabalho grande, parece que o conserto vai demorar. Te aconselho a fazer um pequeno desvio: entre na Votuverava e pegue a avenida mais em cima.

– Obrigado pela dica.

Continuei a subir as escadas, mas, de repente, tive a nítida sensação de que havia mais alguém por ali. Me virei e dei com o Ceará olhando pra mim. Ao ser surpreendido, abaixou a cabeça e começou a mexer numa trepadeira ao lado do corrimão, prendendo ou fingindo que prendia a planta na armação de metal. Aquilo me deixou encucado. Por que dona Elizabeth ainda não tinha demitido o pilantra, apesar de meu conselho? Será que eu devia voltar à carga? Achei melhor não: se dona Elizabeth não tinha me ouvido, o problema era dela.

* * *

Dona Edelweis morava numa rua sem saída do Pacaembu. A casa, tão velha quanto a dona, era bem mais modesta que a da dona Gladys. A pintura estava descascando, as folhas e os galhos cobriam os beirais do telhado, e o jardim, cheio de mato, parecia não ver um jardineiro há anos. Também fui convidado a entrar na casa, só que desta vez pra provar do "bolo de amêndoas, feito pelas mãos de fada da Edelweis", conforme me explicou a Sardinha Rubi, me pegando pelo braço. Não tive remédio senão experimentar o tal do bolo, sob os olhares satisfeitos das velhotas. Quando as múmias foram jogar, pedi licença e saí. Passei então umas boas horas dentro do carro, em companhia do detetive Continental Op de *Seara vermelha*.

No fim da tarde, quando fizemos o caminho de volta pra casa, dona Elizabeth ligou o rádio num programa de música clássica.

– Ai, adoro esta música! – exclamou, abrindo um sorriso e aumentando o volume.

– Não é aquela que o doutor Ângelo gostava, dona Elizabeth? – a tia Nastácia finalmente abriu a boca.

– Isso mesmo. Você tem boa memória, Anica.

A empregada riu gostoso.

– Lembra que o doutor falava, dona Elizabeth?

– Diga lá, Anica...

– Que tinha encomendado esta música pra dar de presente pra senhora. O doutor Ângelo era mesmo gente fina...

Dona Elizabeth ficou em silêncio por alguns segundos e depois comentou como que pra si mesma:

– O Ângelo era mesmo fanático pelo Mozart. Principalmente por este concerto para piano número 23. Ele tinha várias gravações, com diferentes pianistas.

Ela se virou pra mim e perguntou:

– Gosta de música clássica, meu filho?

– Um pouco.

– De que compositor o senhor gosta?

– Pra ser sincero, não conheço grande coisa, mas gosto do Chopin, do Beethoven...

Dona Elizabeth balançou a cabeça:

– Pois o senhor devia ouvir Mozart. – Fechou os olhos e murmurou: – É verdadeiramente sublime! O maior músico que a humanidade chegou a conhecer.

Já tinha ouvido Mozart, só não me lembrava do quê, mas certamente não era o concerto que tocava no rádio, por sinal, muito bonito. Tanto que, em casa, à noite, tomando meu primeiro uísque, fiquei com aquela música na cabeça. Talvez valesse a pena ir numa loja e procurar o CD. Assim, afinava um pouco mais o ouvido. Fora a Nina Simone, vivia escutando só porcaria: as músicas escrotas nos inferninhos, conversa inútil, gritos, tiros, buzinas, brecadas de carros. E aquilo, povoando minha cabeça, talvez contribuísse pro meu estado de espírito de perene irritação.

* * *

Na quarta, apareci na rua Cuba no horário de costume. Era dia da partida de bridge na casa da dona Domitília. Com essa última saída, dava um fim à minha atuação como guarda-costas de madame. A menos que dona Elizabeth quisesse que a levasse novamente na casa de dona Gladys, mas, pelo que havia sido informado, nesse dia, as amigas é que vinham visitá-la. Assim, tinha a quinta e a sexta pra colocar minha vida em ordem e, na segunda, felizmente voltava pro DP. Não que levar dona Elizabeth pra cima e pra baixo estivesse me incomodando tanto, mas aquela não era minha praia, e eu não via a hora de me encontrar com os velhos amigos, de retornar ao dia a dia das investigações.

Enquanto esperava ao lado do carro, o Souza veio descendo a escada. Ao chegar embaixo, me cumprimentou e disse:

– Olá, meu caro. Então, é hoje que você vai levar a dona Zazá no Morumbi...

Balancei a cabeça confirmando.

– Tenho um negócio pra resolver por aquelas bandas. Será que podia me dar uma carona?

Dei de ombros.

– Se fosse meu o carro, diria que sim, mas, no caso, dona Elizabeth é quem pode responder...

– Pode deixar que falo com ela. Apesar de zangada com a gente, acho que não vai me negar uma simples carona...

As velhotas apareceram no topo da escada de braço dado.

Vinham devagar, por culpa da Anica, que arrastava as pernas e bufava a cada degrau vencido. Dona Elizabeth, com paciência, esperava a companheira. E, apesar de mais velha, ainda a ajudava com o apoio do braço. Mas, num determinado momento, observou:

– Anica, você precisa voltar no médico pra ver este seu reumatismo!

– Voltar no médico, dona Zazá?! Deus o livre! Aquele homem nunca acerta nos remédios. Só quando fui na tia Quitéria, que me benzeu com folha de arruda, que melhorei um tiquinho.

– Anica! Onde se viu? Indo numa benzedeira!

– Mas foi a tia Quitéria que me fez melhorar, e não o doutor Sayeg... Um remédio caro! E ainda por cima amargoso...

Dona Elizabeth deu um suspiro e balançou a cabeça. Depois, voltando-se pra mim, sorriu e disse:

– Doutor Medeiros, está pronto para outra viagem?

– Vamos lá, dona Elizabeth – respondi, abrindo as portas do carro.

O Souza se aproximou dela e disse:

– Tia Zazá, será que a senhora pode me dar uma carona? Estou indo pro Morumbi...

Ela fechou a cara.

– E o seu carro?

Ele suspirou.

– Está na oficina...

Mas que carro que não saía da oficina, pensei, me lembrando da outra carona que tinha me pedido.

– O senhor podia tomar um táxi – dona Elizabeth disse, ainda de cara fechada, pra depois acrescentar de maus modos: – Enfim, um a mais, um a menos...

Quando ajudei a Anica a entrar no carro, pra minha surpresa, resmungou um "brigado". Já estava vendo a hora em que ia me dar um sorriso.

— Hoje, é na dona Domitília... — observei, ligando o Chevrolet.

— Isso mesmo — respondeu dona Elizabeth.

Ela mexeu na bolsa, procurando alguma coisa e disse:

— Ah, aqui está!

Tinha um CD nas mãos.

— Uma lembrancinha pra você, meu filho. Uma gravação daquele concerto do Mozart. Não é o melhor pianista, o Zoltán Kocsis, mas a interpretação até que não está má... A faixa da música em questão é a de número onze.

— Obrigado, dona Elizabeth.

— Vamos ouvir a música enquanto a gente se dirige pro Morumbi. Temos mesmo que ir com as janelas fechadas, não é?

— Exatamente, com as janelas fechadas e ouvindo Mozart. Quer melhor programa? — rebati no ato.

E lá fomos nós cinco — eu, dona Elizabeth, a Anica, o Souza, todos em silêncio, e o tal do Zoltán tocando Mozart. Entramos na avenida Brasil, pegamos a Nove de Julho. Depois de atravessar a ponte, reparei que o tráfego na São Valério estava péssimo. Ao longe, vi alguns cones laranja estreitando a pista e obrigando os carros a formar fila única. Me lembrei do conselho do Souza e dei seta pra pegar a Votuverava.

— Ei! O caminho não é esse. Você tem que pegar a avenida pra chegar na... — começou a dizer dona Elizabeth, apontando com o dedo pra direita.

— Parece que estão consertando uma adutora na São Valério — o Souza explicou, mais que depressa. — Por isso, aconselhei o doutor Medeiros a...

— Está bem, está bem! — disse a dona Elizabeth, como se quisesse que ele se calasse. Ela parecia não ter a mínima paciência com o Souza...

Era uma rua estreita, tranquila, cercada de casarões e sombreada por árvores. Seguia devagar, embalado pela música de Mozart. Andei alguns metros até chegar numa lombada, onde fui obrigado a diminuir ainda mais a velocidade. De repente, ouvi o ronco de um motor. Saindo de uma ruela, à esquerda, a alguns poucos metros adiante da lombada, um carro azul-marinho, com os vidros cobertos de insufilme, inclusive o do para-brisa, entrou na Votuverava. Mas, em vez de seguir adiante, o motorista, esterçando, brecou e ficou atravessado na rua, impedindo a passagem. Epa! Alguma coisa estava errada. Mais que depressa, inclinei o corpo na direção do porta-luvas, onde estava meu revólver, assustando dona Elizabeth, que disse, aterrorizada:

– O que foi? O que aconteceu?!

Antes que pudesse responder, uma pancada arrebentou o vidro do meu lado. Estremeci e virei a cabeça. Um homem baixinho, usando máscara, que tinha saído não sabia de onde, me apontava uma pistola. Fiquei parado, sem reagir. Sabia que, se esboçasse uma reação, era um homem morto. Pra piorar ainda mais as coisas, do carro escuro desceu um cara troncudo, alto, também de máscara, carregando uma carabina, que veio rapidamente em nossa direção. Quando chegou junto do Chevrolet, sem falar nada, abriu a porta, me agarrou pelo braço e, parecendo não fazer esforço, me puxou pra fora.

– Escuta, vocês... – comecei a protestar.

– Quieto aí, seu porra de merda! – ladrou o homem mais baixo, me dando uma coronhada no lado da cabeça.

Fiquei tonto e caí de quatro. Dona Elizabeth gritou e o mesmo fez a Anica.

– Ei, caras! Qual é a de vocês? – o Souza choramingou.

– Cala a boca, seu merda! – alguém berrou.

O Souza deu um grito agudo, como se o tivessem atingido com uma pancada. Tentei resistir, me jogando contra o homem com a pistola, mas outra coronhada, dessa vez da carabina, me acertou o alto do crânio e me derrubou de bruços. Senti enjoo, uma vontade de vomitar, enquanto o sangue me escorria da cabeça e começava a pingar no asfalto.

Os gritos continuavam ensurdecedores, mas, no fundo, ainda ouvia Mozart, uma música de clarineta. Tinha que levantar, puta merda, não podia falhar desse jeito. Caindo como um patinho na armadilha. A culpa era do Mozart, que tinha me distraído, pensei, confuso. Tentei me erguer, mas um pontapé me acertou em cheio o nariz, rolei no asfalto, outro chute me pegou na boca do estômago, e outro, ainda, na cabeça. Ouvi tudo misturado: os gritos das mulheres, os berros dos homens, portas sendo abertas e fechadas, o Zoltán de novo tocando piano, o ruído de um carro cantando os pneus e partindo a toda, quis falar alguma coisa, mas não consegui porque Mozart soava ainda em meus ouvidos, e, lentamente, perdi os sentidos.

15

Acordei, nauseado e com uma intensa dor de cabeça, como se um trem tivesse passado em cima de mim. Ainda ouvia os acordes do concerto do Mozart que pareciam vir de longe. Abri os olhos, e a claridade me cegou, com o sol lançando lasquinhas de luz nas minhas retinas, que tornavam a dor ainda mais aguda. Reparei que alguém se inclinava sobre mim. Era uma cabeça branca, usando óculos de armação preta, que me perguntou, com solicitude:

– Como o senhor está se sentindo?

Não disse nada, porque, além de não conseguir falar, a pergunta era imbecil. Parecia mais do que claro que estava péssimo. Fechei os olhos de novo. Minha cabeça latejava, tinha vontade de vomitar outra vez. Só mantendo os olhos fechados é que me sentia um pouco melhor.

– Já chamamos a polícia – a voz enunciou de novo. – O senhor deseja alguma coisa?

– Mozart... – murmurei, completamente zonzo.

– Desculpe, mas o que o senhor disse?

– Mozart... – voltei a murmurar, ouvindo, agora, não mais um concerto pra clarinete, mas, sim, um concerto pra violino. Alguém me forçou alguma coisa entre os lábios. Era um copo de água gelada.

– Vamos, tome, o calor está forte, e o senhor pode ter uma insolação.

Bebi e me senti um pouco melhor. De novo, abri os olhos, mas desta vez o sol não me cegou, porque alguém segurava uma sombrinha sobre minha cabeça. Meu cérebro parecia querer explodir de tanta que era a dor. Mal conseguia respirar – lembrei que tinha levado um chute no nariz. Dei um gemido, e me disseram:

– Feche os olhos, se acalme, que o socorro está vindo...

Não obedeci e pude ver, inclinados sobre mim, uma velha e um velho. Ele é que usava os óculos de hastes pretas. Ela também usava óculos, mas de hastes douradas, e tinha os cabelos pintados de loiro. Os dois sorriam. Pareciam duas encantadoras caveiras, me aguardando na entrada do cemitério.

– Vimos tudo, meu filho. Da janela de casa.

Me levantei com dificuldade, sentando na rua. Percebi que mais pessoas haviam chegado e me cercavam, curiosas. Ajudado pelos velhos e por um motoqueiro, fiquei de pé. Como estava tonto, quase caí. Me obrigaram a sentar no carro e me senti um pouco melhor, tanto que deu pra esticar o braço e abrir o porta-luvas. Como suspeitava, o revólver havia desaparecido. Puta merda: estava com a cabeça e o nariz quebrados, não tinha mais arma, e o pior é que havia falhado quando não podia falhar. Me voltei pro casal de velhos e perguntei, mesmo já sabendo a resposta:

– Os bandidos levaram eles, não é?

– Uma senhora branca, outra de cor e um homem? Sim, levaram. A gente viu quando os bandidos agrediram o senhor e, depois, empurraram as pessoas pra dentro do carro preto – disse a mulher.

– O carro não era azul-marinho?

– Preto, tenho certeza – a mulher teimou.

Não ia discutir com ela e resolvi seguir por outro caminho:

– Os senhores, por acaso, anotaram a placa?

– Não deu, além de o carro estar virado, era longe. E o senhor sabe, a gente tem problema de vista... – lamentou o velho, apontando pros óculos de grau.

– Mas tinha outro carro – tornou a mulher. – O que parou atrás do carro do senhor. Era, se não me engano, um carro prata.

– O número da placa? – perguntei mesmo sabendo que era inútil.

– Prata? – interveio o velho, não dando a mínima pra minha pergunta. – Prata, coisa nenhuma. Tenho quase certeza que era um carro azul-claro.

– Azul-claro? De jeito nenhum. Era prata! – insistiu a mulher.

– Pois eu acho ainda que era azul... – teimou o homem.

– Só você mesmo pra achar que era azul. Cada dia mais cego... Já falei que precisa trocar de óculos!

– E você? Enquanto não operar da catarata...

A discussão estava me deixando enjoado. Belas testemunhas... Mas eu não era melhor testemunha que eles. Também não tinha pegado o número da placa de nenhum dos carros. Só sabia que um era preto e o outro nem tinha percebido chegar. Quanto a meus agressores, eram dois – um deles, alto e forte, o outro, baixo e franzino. Pouco pra começar qualquer investigação. Me sentia um idiota, um incompetente. Puta merda, como tinha permitido que sequestrassem as pessoas sob minha guarda de um jeito tão fácil?! Qual a diferença entre mim e o Vitório? Nenhuma, com a agravante de que ele era velho, e eu, mais moço. Apoiei a cabeça no encosto do banco e, apesar do vozerio à minha volta, fiquei descansando um pouco. Meus pensamentos, por causa da dor, estavam confusos. Tentava recapitular os acontecimentos, pra ver se algum detalhe pudesse me ajudar. Mas em vão. Só me lembrava do homem quebrando o vidro do meu lado, das pancadas na cabeça e de eu mergulhando no escuro, enquanto, ao fundo, o Zoltán tocava o concerto de Mozart pra piano. Neste instante, escutei, afinal, as sirenes da polícia.

***

Fui levado a um pronto-socorro, onde me deram alguns pontos no couro cabeludo, me aplicaram injeções e me encheram de ataduras no nariz e na cabeça. Saí de lá parecendo uma múmia. No 34º DP do Morumbi, na avenida Francisco Morato, eu e aquele casal de caquéticos, que tão gentilmente havia me atendido, prestamos depoimento. Depois que me liberaram, ainda que me sentisse mal, achei que era meu dever, antes de tudo, avisar a família de dona Elizabeth. Mesmo que soubesse que ia ter problemas enfrentando aqueles calhordas. Peguei um táxi e fui até a rua Cuba. Quando atenderam o interfone, disse quem era e ouvi como resposta que não podia ser atendido. Bem, pelo jeito, já estavam sabendo do sequestro. Apesar da má acolhida, insisti, porque, além de querer dar a minha versão dos fatos, queria também ver no que podia ajudar. Finalmente, abriram o portão. Caminhei até a escadaria, mas, antes que começasse a subir, o Zé Roberto desceu correndo e veio a meu encontro. Estava com cara de poucos amigos. Abriu a boca de espanto, parecendo impressionado com meu estado lastimável, mas logo se recuperou. Sem me cumprimentar, disse com dureza, vincando os lábios:

– O que o senhor quer aqui?
– Acho que a gente tem que conversar.
– Depois do que aconteceu, não temos nada que conversar.
Dei de ombros e insisti:
– Este é seu ponto de vista, mas ainda acho que a gente devia conversar.

Os olhos dele começaram a piscar, feito as asas de uma mariposa drogada. Ele disse de um jeito irônico:

– Sobre? É alguma coisa a respeito do pagamento que minha mãe lhe prometeu?

Contei até dez pra não dar uma porrada na cara do fuinha. Conseguindo me segurar, apenas disse:

– Você não devia medir os outros por si mesmo.

Fechou a cara de novo. Insisti, mudando de tom:

– Como estava no carro na hora do sequestro, me sinto responsável por tudo o que aconteceu. Acho que não faria mal nenhum se a gente discutisse a situação em conjunto. Com a minha experiência...

– Com a sua experiência?! – me cortou a fala e deu uma risada nervosa, acentuando o tique do olho. – Não me faça rir. Foi a teimosia de minha mãe em tratar com o senhor, em vez de ouvir nossas sugestões, que levou a essa situação constrangedora! Minha mãe, meu cunhado e a empregada sequestrados! E no seu nariz! A partir de agora este caso é *exclusivamente* uma questão de família.

Não ia perder a esportiva com um porrinha daqueles. Deixava pra outra ocasião. Acima daquela merda toda, a vida de dona Elizabeth e dos outros estava em jogo. Sem contar que me sentia culpado pela situação. Meti o orgulho no bolso e disse:

– Está bem, compreendo, mas, se precisarem, podem contar comigo pro que der e vier.

Outra vez o fuinha me mediu com aquele ar sarcástico. O que eu podia fazer? Estava por baixo, havia falhado feio. Talvez ele tivesse razão em querer se descartar de mim.

– *Se* precisarmos do senhor – rebateu com arrogância –, coisa que não acreditamos, pode ter certeza que lhe chamaremos. Quem sabe pra prestar um depoimento mais esclarecedor à polícia...

Engoli em seco e disse:

– Falando nisso, aconselharia vocês a agir de maneira bem clara. Se os sequestradores pedirem que mantenham a polícia afastada, seria bom que pensassem duas vezes antes de fazer isso.

– Doutor – disse, com desprezo –, como já lhe falei, este é um assunto restrito da família! E, como é assim, conheço pessoas bem mais competentes pra gente poder se aconselhar.

Era demais pra mim. Virei as costas e saí com o rabo entre as pernas.

– Caralho! – murmurei, rangendo os dentes, com raiva de mim, do fuinha, do mundo.

Estava em dúvida se ia pra casa descansar ou se ligava ao Luís Carlos pra colocá-lo a par do sequestro. Se é que ele, como membro da família, já não tivesse sido avisado. Minha cabeça pedia umas talagadas de uísque e uma cama, mas fiz das tripas coração e liguei pra ele.

– Medeiros! Faz um tempão que estava tentando falar com você! – exclamou, mal atendeu.

– Não voltei pra casa ainda e meu celular estava desligado.

– Fiquei sabendo de tudo. Do sequestro, das agressões que sofreu. Você ficou ferido?

– Nada que não possa ser consertado...

– Seria lhe pedir demais que viesse conversar comigo no meu escritório?

– Está bem, dou uma passadinha aí.

Penosamente, deixei a rua Cuba, parei um táxi e segui na direção da Faria Lima. A cabeça doía demais, e eu não conseguia respirar direito por causa dos pontos, da atadura e dos curativos no nariz. Chegando na Iguatemi, entrei no prédio do escritório do Luís Carlos e subi pelo elevador panorâmico. Lá de cima, podia ver o rio Pinheiros, viscoso e morto. Fosse efeito do meu estado de espírito, nunca aquela paisagem me pareceu tão feia, me dando uma sensação de vazio, de tristeza. Deixando o elevador, me anunciei pelo interfone, e a secretária veio abrir a porta de vidro. Arregalou os olhos, parecendo espantada com meu aspecto, que devia mesmo ser horrível, mas logo se recuperou, me convidando a entrar. Já a conhecia de outra vinda no escritório. Um arraso de mulher: morena, alta, de cabelos longos e com um belo corpo. Mas não estava com ânimo nem pra me concentrar na bundinha apertada no tailleur, que rebolava à minha frente, pra me levar até o Luís Carlos.

– Um instante, doutor Medeiros – disse ela. – O doutor Videira está numa reunião, mas logo lhe atenderá.

E perguntou, gentil:

– O senhor deseja alguma coisa. Um café? Uma água?

Enquanto esperava, mais uma vez, o remorso se abateu sobre mim. Os fatos relativos ao sequestro, minha incapacidade ou impossibilidade de reagir à altura contra os bandidos e, sobretudo, os gritos de desespero de dona Elizabeth e da Anica ainda estavam gravados na minha mente. Havia falhado miseravelmente! Puta merda! Até o imbecil do Souza tinha ido no rolo. Mas, pensando bem, o que eu podia ter feito? Reagir e levar um tiro? Talvez fosse melhor. Assim não tinha que enfrentar a merda que, com certeza, vinha pela frente. Porra, Medeiros! Deixa de pensar besteira – reagi. O que precisava era de uma cama, descansar, pôr as ideias em ordem e partir pras cabeças. Ah, eu ia descobrir quem tinha feito aquilo! Era questão de honra.

A porta da sala do Luís Carlos se abriu, e ele veio ao meu encontro, parecendo bastante preocupado. Quando viu minha aparência, parou no meio do caminho e disse com desgosto:

– Puxa vida! Eles te machucaram feio!

– Pois é...

Sentamos e ele disse:

– Se não fosse incômodo, podia me contar o que aconteceu?

Respirando com dificuldade, resumi a história, que, afinal, era mesmo bem curta.

– Desculpe por lhe perguntar uma coisa tão óbvia, mas você, por acaso, anotou a placa dos carros e seria capaz de identificar os sequestradores?

Assoei o nariz em meu lenço já vermelho de sangue e resmunguei:

– Por favor, me arranje umas toalhas de papel.

O Luís Carlos se levantou correndo, foi até o banheiro e voltou com uma toalha de pano.

– Usa isso aí mesmo...

Limpei o nariz, o suor da cara, bebi quase dois copos de água gelada e me senti um pouco melhor.

– E aí? – insistiu.

– Infelizmente, nem uma coisa nem outra... – comecei a dizer. – A ação foi rápida demais. E, mesmo que tivesse anotado as placas, não ia adiantar nada. Tenho quase certeza absoluta que os carros são roubados. É o de praxe em sequestros.

– Mas como podiam saber que vocês iam passar justamente por lá?

Fiquei quieto, refletindo sobre a pergunta do Luís Carlos. Engraçado como ainda não havia pensado sobre uma coisa tão importante e, ao mesmo tempo, tão óbvia. Com certeza, isso era efeito da minha desorientação.

– Desculpa, mas nas últimas horas minha capacidade de pensar tem sido reduzida... – disse bem devagar, como se mastigasse as palavras. Mesmo sentindo um gosto de sangue na boca, respirei fundo e, depois me lembrando de algo, prossegui: – Alguém da casa participou do sequestro. E acho que sei quem foi.

– Quem?

– O jardineiro.

– O jardineiro? – O Luís Carlos refletiu um pouco, depois, arregalou os olhos e disse, espantado: – O Ceará?! Tem certeza?

Minha cabeça voltava a doer, não estava a fim de continuar a conversa; mesmo assim, fui em frente:

– Como você já sabe, foi o Ceará que ajudou a roubar o broche de dona Elizabeth. Além disso, andava metido com o tráfico. Era o fornecedor do teu primo. Por isso que acho que foi ele que passou as informações sobre a fortuna de tua tia pra alguma quadrilha. Entre traficantes e sequestradores, como deve desconfiar, existe grande afinidade.

– Mas como eles podiam saber que você ia passar justo naquele desvio?

Refleti mais um pouco e as coisas se tornaram bem claras pra mim.

– Muito simples: na segunda-feira, encontrei com o Souza na casa da tua tia, e ele me alertou pra não passar pela avenida São Valério, que estava em reformas, e me aconselhou a pegar a rua Votuverava. Quando acabamos de falar, reparei que o Ceará estava ali por perto, de olho em mim. Não é difícil concluir que escutou tudo e passou as informações pros comparsas.

– Parece bem razoável a hipótese... Você contou pra polícia sobre esta tua suspeita? – perguntou.

– Não, não contei, não estava em condições, mas acredito que esta seja uma pista. Agora que me lembrei disso, tenho quase certeza absoluta de que o Ceará está implicado no caso. Eu seria capaz de jurar que um dos participantes do sequestro, um nanico que me ameaçou com uma pistola, era ele.

O Luís Carlos ficou em silêncio por algum tempo, pra depois dizer:

– Mas o Ceará? Difícil acreditar. Tia Zazá é muito ligada a ele. Vivia dizendo que tinha mão boa pras hortênsias dela, que era dedicado e prestativo. Por isso, até chegou a ajudá-lo nuns problemas de família. Será que ele ia se meter numa coisa dessas?

– E por que não? Afinal, o Ceará não hesitou em participar do roubo do broche. E também você não deve esquecer que vagabundo não tem essa de gratidão, não.

A dor de cabeça estava infernal. As luzes do néon feriam minha vista, e eu via tudo em raios coloridos – azul, amarelo, vermelho. Até que, não suportando mais aquilo, disse:

– Desculpe, Luís Carlos, mas não tenho condições de continuar conversando.

– Você está mesmo com péssimo estado. Não quer que meu chofer te leve até em casa?

– Não se preocupe; pego um táxi. – Comecei a me levantar, e meu corpo parecia pesar uma tonelada. Me lembrei de mais uma coisa: – Ah, tentei falar com teu primo, e ele foi grosso comigo. Jogou a culpa sobre mim e me pôs fora do caso, dizendo que era uma questão de família e que ele é que ia tomar as providências...

– Este meu primo é um mala mesmo... Não tinha o direito de pôr a culpa sobre você – o Luís Carlos disse, balançando a cabeça.

– Estou me lixando pro juízo dele a meu respeito! A única coisa que tenho medo é que resolvam excluir a polícia das negociações. Não duvido que, dentro em breve, os sequestradores façam as primeiras exigências. Vão querer dinheiro ou as joias, mas, dependendo do caso, não há garantia de que soltem as vítimas. Ainda mais se o Ceará estiver de fato envolvido no rolo e correr o risco de ser reconhecido. É bom você ficar de olho...

– Não se preocupe, já estou de olho.

– Até mais ver – disse, me arrastando em direção da porta.

Já estava saindo quando o Luís Carlos me chamou. Me virei, e ele falou, parecendo constrangido:

– Tem outra coisa: parece que minha tia lhe prometeu um pagamento, não é?

– E o que que tem isso?

– Foram cinco mil reais, se não me engano...

O que ele estava querendo dizer? O Luís Carlos meteu a mão no bolso e pegou um talão de cheques.

– Você está ficando louco? – perguntei com raiva.

– Como assim? Você fez seu trabalho, ela foi sequestrada, e a culpa não foi tua...

– Porra, Luís Carlos! Por que você não vai te foder?

Furioso, virei as costas e deixei o escritório. Essa gente cheia de grana não perde a mania! A tia do cara sendo sequestrada, e ele vindo com aquela ideia de me pagar por um serviço em que eu tinha falhado! Quanta estupidez! Saí dali puto. Quase bati numa perua de entrega. Minha cabeça estava estourando e nem sei como consegui chegar em casa. Foi entrar no apartamento, tomei uns analgésicos com uma dose de Johnny Walker e deitei no sofá. Queria que o mundo acabasse ali e levasse embora a merda da dor junto com minha angústia. Eu era um fodido! Um incompetente! Fechei os olhos, tomei um gole de uísque e fiquei com o copo grudado nos lábios. O nariz entupido continuava a incomodar. Dei uma fungada e senti o sabor de sangue. Abri os olhos, o uísque estava com uma cor avermelhada. Mesmo assim, fui em frente, tomando outro gole. Fosse o efeito do uísque, ou do uísque misturado com uma boa dose de sangue ou dos analgésicos, acabei dormindo e só fui acordar de madrugada. A dor tinha passado em parte, mas não o mal-estar. Não conseguia respirar direito, e coágulos de sangue ainda saíam pelo meu nariz. Senti fome. Mas, antes, precisava de uma ducha. Era duro ficar com aquele sangue coagulado nos ferimentos e com o nariz completamente entupido, sem poder fazer nada. Me lavei da melhor maneira que consegui. Dei uma olhada no espelho. A cara cheia de ataduras, os olhos com grandes olheiras, era o próprio Boris Karloff. Mais feio, impossível.

Desci pra comer alguma coisa no Trás-os-Montes, e o Maciel e o Genivaldo quando me viram naquele estado correram ao meu encontro.

– O que que aconteceu, doutor?! – exclamou o negão.

– Bati num trem – disse de mau humor. E, pra mostrar que não queria mais conversa, fiz logo meu pedido: – Me vejam uma dose daquela caninha especial de Minas, um contra com bastante cebola e uma cerveja gelada.

– Mas que porra de trem... – murmurou o Maciel, balançando a cabeça e se dirigindo até a cozinha. – Pra pegar o senhor assim...

Depois de reforçar o estômago vazio com o bife do Maciel, perdi a condição de múmia e voltei a me sentir como um ser humano. O resultado disso foi que, entre um gole e outro de cerveja, pude pensar com mais clareza no sequestro. Pra começo de conversa, se o baixinho que havia me rendido com a pistola era mesmo o Ceará, o resto que eu sabia dele só vinha confirmar esta minha suposição. Ora, ele havia sido preso por tráfico de drogas e, depois de cumprir a pena, tinha voltado a delinquir, não só fornecendo cocaína pro fuinha mas também participando do furto do broche. Havia, porém, outros dados a considerar: contando com a boa vontade da patroa e, por razões óbvias, com a proteção do fuinha, devia conhecer bem a rotina da casa. O resultado era que, sabendo das posses de dona Elizabeth e de seus deslocamentos pela cidade, podia ter planejado o sequestro com algum comparsa. Apesar do que dona Elizabeth devia ter feito por ele. Mas isso não significava nada. Vagabundos não têm mesmo gratidão. É a natureza deles, como a do escorpião que pica o sapo que o conduz na travessia de um charco. E assim o Ceará, depois de ouvir minha conversa com o Souza sobre a mudança de itinerário, havia aproveitado a ocasião pra preparar a emboscada na rua Votuverava.

Mas uma dúvida me assaltou: será que ele tinha cabeça pra tanto planejamento? O Ceará me parecia tão bronco. Mas esse não era o problema. Se o cara não era o responsável direto pela organização do sequestro, era de acreditar que, pelo menos, havia passado as informações pra alguém com mais tutano do que ele. Quem? Eu não tinha elementos pra atinar quem fosse, mas sabia que, no meio da bandidagem, nem todo mundo é burro. De vez em quando, aparece um ou outro capaz de planejar uma ação como aquela, com os movimentos bem sincronizados, a ponto de os sequestradores terem escapado com as vítimas quase sem deixar traços. *Quase sem deixar traços...* – refleti sobre essa questão. Errado! Porque, afinal, o Ceará não deixava de ser um *traço*. Crimes perfeitos não existem – o que existe é o policial incompetente. Pra começo da minha investigação, devia tentar localizar o nanico. Se tivesse culpa no cartório, como era de se supor que tinha mesmo, era só encontrar o cara, dar uns apertões nele, que acabava me levando ao verdadeiro mentor da ação. Com um pouco de sorte, quem sabe não conseguia libertar as vítimas?

– Outra cerveja, doutor? – o Genivaldo interrompia meu pensamento, trazendo mais uma garrafa.

– Vamos lá. Se estiver gelada como a outra...

O negrão enfiou a cabeça na janelinha da cozinha, mostrando a pipoca dos dentes. Eu já sabia: lá vinha bobagem.

– Sabe, doutor, o que que tem de comum entre a cerveja e a sogra? – perguntou.

– Diga lá, Maciel... – respondi, já me preparando pra rir.
– As duas só são boas geladas e em cima da mesa. *Quiá-quiá-quiá!*

Rir doeu pra caralho, mesmo assim ri até chorar. Mas isso foi bom. Afinal, há quanto tempo não ria pra valer?

16

Na segunda-feira, reassumi no meu DP. Logo que cheguei pela manhã e embicava o carro pra entrar no estacionamento, uma coisa me chamou atenção: uma moto preta, levando duas pessoas, passou devagar pela rua e parou atrás do Vectra. Uma luz vermelha se acendeu em meu cérebro ao me lembrar que, uns tempos atrás, havia sido vítima de um atentado por parte de um motoqueiro. Desci do carro bem devagar. Ostensivamente levei a mão aonde devia ficar a coronha do meu revólver, que tinha sido roubado no sequestro. Se resolvessem me atacar, estava fodido, mas, pra minha sorte, resolveram não arriscar. Só me encararam por alguns segundos, pra depois sair em velocidade, cantando os pneus.

Entrei no DP. O incrível era como as notícias corriam, porque o pessoal já sabia da confusão. Tanto que, mal cheguei, o Neto, o escrivão, achou de tirar uma da minha cara, o Coelho, um dos investigadores, veio me prestar solidariedade, e o Cebolinha, de imediato, me chamou pra conversar com ele. Como o delegado estava telefonando, tive que esperar um pouco diante da porta. Fiquei pensando que vinha mais encrenca pela frente e que talvez fosse ser enrabado de novo. Quem seria o filho da puta que tinha passado a história pro pessoal do DP? O Bellochio e a Swellen já estavam a par dos fatos, uns dias atrás. Eu mesmo tinha feito questão de contar pra eles, em detalhes, como havia sido o sequestro. Mas, como meus parceiros não eram fofoqueiros, as informações deviam ter vindo de outras fontes, talvez de algum bosta que não ia com a minha cara. E bostas que não iam com a minha cara era o que não faltava no nosso meio.

O Cebolinha pôs, afinal, o telefone no gancho e me fez sinal pra entrar.

– Pois não, doutor?
– Sente-se, Medeilos.

Pegou o cachimbo, enfiou na boca e começou a jogar a fumaça no ar, empestando o ambiente.

– Está melhor?

A gentileza, eu sabia, era o sinal pra enrabada. Respondi o que tinha que responder, de modo bem sucinto: que estava melhor. Não ia dizer que a cabeça continuava doendo, que a fratura no nariz ainda não tinha cicatrizado, pra não esticar a conversa. Quanto menos falasse, melhor. Ele ficou me olhando sem dizer nada, só dando as cachimbadas. Por fim, disse:

– Ouvi lumoles que você, dulante o tempo de sua suspensão, andou se dedicando a um tlabalho palticular. Plefilo acleditar que não é veldade. O que me diz disso?

Avançando o corpo, me cravou os olhos de peixe morto.

– Trabalho particular? – Fiquei um instante em silêncio, pra depois mentir: – Não, não me dediquei a nenhuma espécie de trabalho particular. Apenas cumpri minha suspensão.

– E o que estava fazendo quando aconteceu o sequestlo?

– Já esclareci isso no meu depoimento no 34º DP do Morumbi. Fazia um favor a um amigo.

– Favor? Que espécie de favor?

– O doutor Videira, não sei se o senhor conhece, é sobrinho da senhora que foi sequestrada. Como ela estava sem chofer, me pediu que algumas vezes a levasse pra visitar as amigas.

O Cebolinha me olhou, desconfiado.

– E sem envolvimento pecuniálio de espécie alguma?

Balancei a cabeça, dizendo que não.

– E pol que você falia uma coisa dessas assim de glaça?

Dei de ombros.

– Porque o doutor Videira é meu amigo e, como estava sem fazer nada, não me custava lhe prestar esse favor.

Refletiu por alguns segundos, ora dando suas cachimbadas, ora olhando pra mim. Fiquei na minha, mudo como um peixe.

– Está bem, plefilo acleditar nesta tua velsão. Agola, pode voltar ao tlabalho.

Quando ia saindo da sala, ele falou:

– Um instante, Medeilos.

Abrindo a gaveta, pegou minha carteira funcional e meu Colt.

– Com celteza vai plecisar disso.

Não podia acreditar. Milagre: deixava a sala do Cebolinha sem ser enrabado! Dessa estava livre. Saí correndo dali, antes que ele me desse outra apertada. Encontrei o Bellochio e a Swellen, que, parecendo bastante ansiosos, me cercaram.

– E daí? – perguntou meu parceiro.

– E daí? Nada, ué?

– Você conseguiu enrolar o mala? – perguntou a Swellen.

– Foi o que fiz – disse, curto e grosso. – Agora, se me dão licença, preciso dar um telefonema.

– Puta merda, você, hein!

O Bellochio estava decepcionado. Afinal, fazia já um bom tempo que a gente não se via e ele, com certeza, queria ficar a par da conversa com o Cebolinha. Enquanto pegava o telefone, procurei dar uma atenuada na situação:

– Calma aí, parceiro. Depois que resolver esse troço, a gente vai tomar um café.

Uma voz de menina atendeu do outro lado:

– Quem é?

Era a Dindinha.
— A mamãe está aí?
— Já vou chamar.
A Nete atendeu e, ao reconhecer minha voz, exclamou:
— Medeiros?! Por onde você andou? Tava com saudade!
— Te liguei outro dia...
— Por que não deixou recado? Fui visitar um tio no interior... — E acrescentou, contente: — E aí, mô, o que você conta?
Fui direto ao ponto:
— Escuta uma coisa: tem visto o Ceará?
Ficou em silêncio, como se tivesse ficado decepcionada. Insisti:
— Não vai me responder?
— Por que está me perguntando sobre aquele merda? — disse, agressiva.
— Por causa de uns rolos aí...
— Sei lá onde tá o filho da puta! Acho que foi pra Fortaleza.
A coisa estava ficando interessante.
— Como assim?
— A última vez que encontrei o bosta, ele falou que ia voltar pra Fortaleza, ué.
— Quando foi isso?
— Acho que na semana passada.
— Se o Ceará foi mesmo pra Fortaleza, você tem o endereço dele?
— Porra, meu, você tá ficando curioso...
Inventei rapidamente uma história:
— E tenho motivos pra isso. Parece que o Ceará aprontou na casa do Zé Roberto. Dizem que roubou alguma coisa. Chamaram a polícia e periga de você também ficar enrolada...
— Eu?! Porra, Medeiros, o que que tenho de ver com isso? Ele apronta e eu me fodo também?

– Sei lá, mas, como você foi casada com o Ceará, podem te acusar de receptação.

– Acusada do quê?!

– De esconder o produto do roubo – traduzi.

– Mas já te disse que não tenho nada que ver com essa porra!

A ameaça tinha surtido efeito. – Fui adiante:

– É melhor você ficar longe desse cara e ajudar um pouco...

– Bem, ele pode ter ido pra casa da mãe dele...

– Você tem o endereço?

– Agora não tenho, porque ela se mudou, mas posso descobrir.

– Quando descobrir, você me dá um toque, tá legal?

– Podes crer.

– Outra coisa: como é mesmo o nome do Ceará?

– Jackson. Jackson Alves – e ela completou, perguntando, com malícia na voz: – Só isso que você tem pra me falar?

Precisava pagar pela informação.

– Queria dizer também que estou com saudade. Uma hora, a gente tem que combinar uma saidinha.

– Tô te esperando. E molhadinha, mozinho...

Desliguei e fiquei um bom tempo só pensando nas informações que a garota havia me passado. Se o Ceará tinha dito que ia pra Fortaleza, bem que a polícia podia pegá-lo antes que viajasse. Nesse caso, valia a pena passar essa informação pro pessoal da Divisão Antissequestro, que já devia estar cuidando do caso. Como não conhecia ninguém por lá, saí à procura do Bellochio, que uma vez tinha me falado que era amigo de um delegado que trabalhava na DAS. Fui até a mesa dele e perguntei:

– Ei, como é que chama aquele delegado da Divisão Antissequestro que você conhece?

O Bellochio ergueu a cabeça e disse, ainda ressentido:

– Porra, afinal, lembrou da gente, hein?

– Quer deixar de frescura? Em todo caso, desculpa, mas estou enrolado com esta merda e preciso da tua ajuda...

– Tá bom, tá bom – disse, já esquecido da suposta ofensa. – Você quer o nome do delegado da DAS... – E começou a mexer na bagunça da mesa até encontrar um cartão: – É o doutor Vasconcelos, Vasco, pros íntimos. O que que está querendo com ele?

Contei as minhas suspeitas sobre o Ceará.

– Hummmm, acho que ele vai gostar disso daí.

– Como já te disse, a família não quer que a polícia interfira. Apesar disso, como prestei meu depoimento no DP do Morumbi, é impossível que o pessoal da Divisão Antissequestro já não esteja investigando.

O Bellochio começou a se levantar.

– Nada melhor que dar uma chegada lá e bater um papo com o Vasco pra pôr isso em pratos limpos. Dou uma ligadinha pro cara e já vamos.

Depois de falar no telefone, ele disse:

– O Vasco está esperando. Ficou bastante interessado na história e quer logo conversar com você. Vamos saindo de fininho, antes que o Cebolinha invente de encher o saco da gente.

A DAS, que faz parte do Depatri, fica perto da marginal Tietê, ali na Zaki Narchi. No meio do caminho, meu celular tocou. Era o Luís Carlos, parecendo preocupado:

– Medeiros! Como vai você? Rapidinho, que estou pra entrar na casa da minha tia pra uma reunião com a família. Vou te passar uma informação reservada, já que me proibiram de comunicar esse assunto com quem quer que fosse. O negócio é o seguinte: os sequestradores entraram em contato por telefone. Segundo o que disse meu primo, estão exigindo vinte milhões de dólares, parte em dinheiro e parte em joias.

Meu coração bateu disparado.

– Joias, você quer dizer o Espoir...

– Pelo que meu primo disse, não tocaram no nome do diamante, mas desconfio que a pedra está mesmo no rolo. Sobretudo, pelo valor que pediram. E, como você suspeitava, tem mesmo gente de dentro metida no sequestro.

– O Ceará, com certeza.

– Sem sombra de dúvida. E, só pra confirmar tua suspeita, fiquei sabendo agora, pelo pessoal da casa, que ele sumiu. Desde o sequestro, não deu mais as caras por aqui na rua Cuba.

– Outra coisa, Luís Carlos, como você vai participar dessa reunião, vê se convence teu primo a comunicar tudo à polícia.

– Posso tentar, mas estão irredutíveis. Não querem a polícia no meio, ainda mais porque os sequestradores também disseram que matariam as vítimas caso isso acontecesse.

– Assim mesmo...

– Deixa eu desligar – disse, afobado –, que meu primo está vindo...

Desliguei o telefone, exclamando:

– Que droga!

– O que foi? – perguntou o Bellochio.

Resumi pra ele a história.

– Bem, a coisa começou a esquentar. E você tem mais uma informação pra passar pro Vasco.

O doutor Vasconcelos, ou melhor, o Vasco, era um homem com o cabelo cortado rente, parecido com uma dessas escovinhas de limpar panela. Falava devagar, depois de grandes pausas. Começou por dizer que sabia de minha participação no caso e que lamentava a agressão por parte dos sequestradores. Contei das suspeitas em relação ao Ceará, da resistência da família em deixar a polícia agir e do telefonema dos sequestradores. Depois de alguns segundos refletindo, suspirou e disse:

– É uma merda essa gente! Pensam que estão protegendo as vítimas com esse código do silêncio, quando estão, na verdade, empatando as investigações e prejudicando ainda mais os sequestrados... – Fez outra pausa e prosseguiu: – Deviam saber que, sem informações, é difícil trabalhar e que nem sempre vagabundo cumpre trato.

– Se vagabundos cumprissem trato, não seriam vagabundos...

– Falou e disse, Bellochio. Esta é a mais pura verdade – disse o Vasco.

Respirou fundo, pegou um pedaço de papel para anotar e se voltou pra mim:

– Mas vamos por partes. Me diga aí. Você suspeita do jardineiro... Quem é ele?

– Chama-se Jackson Alves, mas tem o apelido de Ceará. Já foi preso por tráfico de drogas. Acredito que não seja difícil levantar a ficha dele.

– Vou mandar verificar. – Passou a mão pela escova do cabelo, espreguiçou-se, para, em seguida, perguntar: – E você desconfia do Ceará por quê?

– Andou envolvido com o roubo de uma joia da patroa, continua a traficar e a fornecer drogas pra uma pessoa da casa. Sem contar que tenho quase certeza absoluta de que o elemento que me rendeu com uma pistola era ele.

– Como sabe disso? Ele não usava máscara?

– Usar, usava, mas o tipo físico do sequestrador – baixinho como o Ceará –, a pronúncia de nordestino, todos esses pormenores me levam a crer que fosse mesmo ele.

– E você sabe onde anda o elemento? Tem alguma informação a respeito?

– A minha fonte, a ex-mulher do Ceará, disse que, nos últimos dias, ele andou falando em viajar pra Fortaleza. Ela ficou de me arrumar o endereço da casa da mãe dele.

O Vasco cruzou as mãos, ficou algum tempo como que ausente de tudo, os olhos postos em algum ponto na parede, e acabou por explicar:

– Temos duas hipóteses: a mais provável é que o elemento em questão continua por aí mesmo, esperando o desfecho do sequestro, pra só se escafeder depois de pôr a mão na grana. Mas tem uma chance remota de que já esteja se preparando pra se escafeder, deixando pros comparsas concluírem as negociações.

– Não é melhor então ficar de olho nos ônibus que vão pra Fortaleza? – interferiu o Bellochio.

– É o que pretendemos fazer. E é melhor tomar providências já!

O Vasco pegou o telefone e passou a alguém as informações sobre o Ceará. Em seguida, me perguntou, enquanto alisava novamente a escova do cabelo:

– Como você ficou sabendo do telefonema dos sequestradores? A família, apesar de nossas insistências, tem se mantido reticente a respeito, se recusando a dar qualquer informação.

Contei do Luís Carlos e da reunião em que ele ia participar e terminei perguntando se não tinham grampeado os telefones.

– Grampear, grampeamos, mas, se fizeram a ligação via celular, a coisa complica. É quase impossível pegar, a não ser, é claro, que a família colabore, o que parece não ser o caso.

Refletiu mais um instante daquele jeito alheado e completou:

– Talvez a gente pudesse usar esse teu amigo pra fazer uma ponte entre a família e a polícia. Você pode lhe pedir que ajude a gente, não?

– Claro, falo com ele. O Luís Carlos, fora a tia dele, é a única pessoa sensata na família.

– Muito bem, se souberem de mais coisas, a casa é de vocês.

– Agradeceria também se me deixassem colaborar. Como o senhor sabe, estive bastante envolvido nisso, conheço a família e tenho alguns bons contatos, como o Luís Carlos, a mulher do Ceará...

– Pode ficar tranquilo, Medeiros. Com certeza, vamos precisar de você.

Levantamos, e o Bellochio ainda disse, quando ia se despedindo:

– Aparece um dia destes pra comer uma carninha em casa.

O Vasco voltou a suspirar fundo:

– Ah, não esqueço nunca o lombo recheado que a dona Conceição costuma fazer... Um dia desses dou um pulo na tua casa, Belo.

***

Seguiu-se um tempo de indefinições, em que eu me sentia mais desorientado que vira-lata perdido no meio do trânsito. As negociações entre a família e os sequestradores, depois do primeiro telefonema, haviam emperrado. Mas as coisas se aceleraram e evoluíram pra pior, depois que o doutor Vasconcelos orientou o Luís Carlos a fazer que o Zé Roberto, antes de iniciar qualquer negociação, pedisse provas de vida. A resposta à exigência foi um violento recado que pegou as pessoas envolvidas de surpresa e me deixou mais na fossa do que já estava. Uma madrugada, fui acordado por um telefonema do Luís Carlos, que disse com a voz carregada de angústia:

– Medeiros, me desculpe telefonar pra você numa hora tão imprópria, mas tenho uma péssima notícia pra te dar... Eles... eles mataram a Anica.

– O quê?! Como você ficou sabendo? – disse, com o coração batendo acelerado.

– Recebemos um telefonema dos sequestradores agora há pouco.

– Onde está o corpo?

– Segundo eles, numas quebradas pra lá de Embu-Guaçu, no Morro Grande. Você não podia ir dar uma olhada? Já comuniquei o fato ao doutor Vasconcelos, conforme a gente tinha combinado.

– Você também vai pra lá?

– Não, não vou – respondeu com a voz sumida. – Não sei se teria estômago.

– Está bem. Depois, te dou uma ligada contando como foi.

Me vesti e saí às pressas. Uma tempestade inventou de cair justo naquele momento. Enquanto guiava, não pude deixar de pensar na mulher, com seu jeito de tia Nastácia, no seu corpanzil, na cara de bolacha. E sempre enfezada, se escondendo atrás da carranca do rio São Francisco. Pobre Anica! Mas por que a Anica? Porque sim – pros vagabundos, ela não passava de um recado. Preferia que tivesse sido o merda do Souza, que não valia o feijão que comia. Mas, na bolsa de valores daqueles filhos da puta, o Souza tinha mais valor que uma simples empregada. A Anica só servia pra que todos ficassem avisados de que eles não estavam brincando.

Não foi nada fácil achar o local: além de ficar numa região quase inacessível, chovia a dar com o pau. O caminho, depois que acabou o asfalto, estava intransitável. Em alguns lugares, foi difícil escapar dos buracos, onde o carro se atolava até a metade dos pneus. E, deixando os restos de civilização pra trás – barracos de alvenaria, de compensado, oficinas cabeça de porco, templos evangélicos, botecos, vendinhas miseráveis –, entrei no meio da mata, de vez em quando interrompida por uma clareira, onde havia pedreiras, lagoas de extração de areia, carvoarias. Pra meu alívio, eu, que estava mais perdido que cego em tiroteio, avistei, numa curva, as luzes das viaturas da polícia. Estacionei, peguei uma lanterna no porta-luvas e desci do carro. Depois de me identificar com um PM, fui até o doutor Vasconcelos, que conversava com o pessoal do IML.

– Olá, Medeiros. Obrigado por ter vindo – me apertou a mão com força.

– Onde está o corpo?

– Ali – disse, apontando pra uma depressão do terreno.

Quando me aproximei, a primeira coisa que me chamou atenção, sob o facho da lanterna, foi o vestido verde e azul que a Anica costumava usar quando a gente saía pras partidas de bridge. Mas estava sujo de lama e de sangue. Me abaixei pra examinar melhor o cadáver, desde os pés, passando pelas pernas marcadas pelas varizes até chegar ao torso. Tinha as mãos amarradas nas costas com um fio de arame, que havia cortado fundo a carne dos pulsos. Uma mordaça de fita isolante tapava a boca e parte do nariz. Como a cabeça estava virada de lado, pude ver um ferimento com sangue coagulado e todo chamuscado na têmpora esquerda. O resultado de um tiro a curta distância. Quanta brutalidade com uma pessoa incapaz de fazer mal a uma mosca! Puta merda, que nojo! Já pensava ter visto de tudo na vida, mas a vida, com a estupidez daqueles monstros, quando menos esperava, sempre me reservava mais uma surpresa.

– Algum vestígio? Marcas de pneus? De sapatos? – desconsolado, perguntei por perguntar, já sabendo a resposta.

O doutor Vasconcelos deu um suspiro.

– Com a merda desta chuva...

Agachado ali, me molhando todo, fiquei pensando que a coisa estava feia, confirmando minhas piores suspeitas. O corpo da Anica – a prova de morte – não acrescentava quase nada às investigações. Só que os sequestradores não estavam brincando. Talvez a próxima vítima, se a família não negociasse, fosse o Souza, já que dona Elizabeth valia ouro. Nem encontrar o corpo naqueles cafundós ajudava em alguma coisa, pois tinha quase certeza absoluta de que o Morro Grande – pouco habitado – era apenas um lugar apropriado pra desova do cadáver. Duvidava que o local onde as vítimas estavam sequestradas ficasse por ali. A menos que os sequestradores fossem estúpidos, dando, de graça, uma dica assim tão boa. Não, eles deviam estar num outro ponto da cidade, numa favela, num sítio, ou mesmo fora de São Paulo, no interior ou no litoral. Me levantei, e o doutor Vasconcelos perguntou:

– É mesmo a empregada?

– Com certeza. Foi o Luís Carlos que lhe passou a informação, não é?

– Isso mesmo, o doutor Videira. Disse que os sequestradores tinham ligado, comunicando onde iam deixar o cadáver.

– A coisa está esquentando... O que o senhor acha que vai acontecer agora?

– Acho que, com isso, a família, amedrontada, ou paga ou vai recorrer a nós. Eles não têm alternativa. A menos que queiram receber um pedaço do corpo do cunhado ou de dona Elizabeth.

17

Voltei pra casa me sentindo o bosta dos bostas. De vez em quando, a imagem da Anica se formava diante dos meus olhos. Pobre mulher, apodrecendo naquele buraco! E eu que não tinha conseguido fazer nada por ela! Porra, tinha permitido que fosse sequestrada debaixo do meu nariz. Entrei no apartamento, tão vazio quanto a cova de um eremita. Ainda chovia, raios cortavam o céu e os trovões faziam estremecer os vidros. Estava cansado, mas sem sono. E me deu vontade de ouvir Mozart. Pus o CD no aparelho de som, e o Zoltán começou a tocar o concerto pra piano. Na cozinha, me servi de uma dose de uísque. Voltei a pensar na Anica, nos seus olhos muito abertos, que talvez registrassem o pavor da morte, na carapinha suja de barro, nos pulsos cortados pelo arame, nas patas de elefante enlameadas. Mergulhei minha angústia no uísque com gelo e esperei que ela se afogasse no copo, me deixando em paz. Mas nem isso era possível – aquele drama estava apenas começando. Como nas primeiras páginas de um romance policial, com os ingredientes de uma sórdida história de crime, ambição e desejo. E eu ali, no meio daquilo, me sentindo impotente que nem um velhote que paga uma nota só pra babar diante do corpo de uma puta. Bebi mais um gole. O que fazer? Dançar um tango argentino, conforme a sugestão de um poeta que havia lido nos tempos do colégio? Nem parceira pra isso tinha – estava sozinho, fodido e mal pago. E o sono que não vinha! Logo, logo, era dia, e eu voltava à minha estúpida rotina.

Acordei deitado nas corcovas do sofá, com o corpo dolorido. Fui no banheiro e pensei se não valia a pena tirar as ataduras e tomar um banho que valesse. Foi o que fiz, arrancando aquela porra que tanto me incomodava. De repente, a porta do banheiro se abriu.

– Ai, seu Douglas! – era a Bete que entrava e gritava de susto, ao dar com a minha cabeça cheia de costuras e hematomas.

– O que foi, mulher? – disse com mau humor, jogando no lixo os restos das ataduras manchados de sangue.

– Desculpa falar, mas o senhor tá parecendo um bicho.

– Não estou parecendo um bicho. *Sou* um bicho.

– Porra, meu! O senhor levou umas porradas e tanto. Tá do jeito daquele monstro do cinema, o... o... – como é mesmo o nome dele?

– O Frankenstein, por acaso?

– Esse mesmo, o Frankenstein. Que que foi que aconteceu? Os bandidos de novo?

Como de costume, a neguinha me pegava pelado no banheiro. Por que eu não mandava consertar a merda da fechadura?

– Você quer me dar licença? – disse, sem responder à pergunta dela e me cobrindo com a toalha, já que a neguinha não tirava os olhos de mim.

– Tá bom, tá bom, vou arrumar o quarto.

Tomei um café reforçado no Trás-os-Montes e fui apanhar o carro na garagem. Mas quem disse que a merda pegava? Chamei o socorro. Como demorassem pra vir, resolvi dar um pulo em casa pra pegar uns boletos bancários já vencidos. Deixei um recado com o porteiro pra que me avisasse quando chegassem pra atender à ocorrência e subi até o apartamento. Foi abrir a porta, e a Bete saltou do sofá, dando um grito:

– Ai, seu Douglas, assim o senhor me mata do coração!

– Você não devia estar arrumando o quarto em vez de ficar vendo televisão?

– Devia, seu Douglas, mas tocou o telefone, vim atender e me deu uma canseira... Também sou filha de Deus, né?

Fingi que esquecia quem era o pai dela e que alguns minutos de trabalho podiam deixar alguém cansado e perguntei singelamente:

– Quem telefonou?

Me imitando, deu de ombros e, sem virar a cara, pois estava entretida com um programa, resmungou:

– Um homem...

– Um homem? Que homem? Não disse o nome?

– Um homem, ora...

Será que não aprendia que exigir esse mínimo da Bete era impossível? Apesar da caderneta com uma caneta que havia ao lado do telefone, nunca registrava os chamados. Mas era melhor assim, porque, quando se lembrava de anotar alguma coisa, anotava errado, trocando nomes e números. Sem contar que eu nunca entendia os garranchos que ela fazia.

– Tenho culpa se não estudei? – costumava responder, quando reclamava dos recados.

O telefone tocou. A Bete pulou do sofá, mas fui mais rápido no gatilho e peguei o aparelho. Sem me cumprimentar e sem me dizer quem era, uma voz desconhecida me disse:

– Quem avisa amigo é. Daquela vez você escapou numa boa, cara, mas, da próxima, a gente lhe pega de jeito. Estamos de olho em ti, seu corno!

Não disse nada, porque não adiantava dizer. E o filho da puta desligou.

– Quem era? – perguntou a Bete, curiosa como sempre.

– Engano.

Estava com o saco cheio daquelas mensagens que tinham sempre o mesmo teor. Já tinha até pensado em mudar o número do telefone, mas, por preguiça ou por esquecimento, ia protelando. E tocava aguentar encheção de saco. O velho Morganti continuava atravessado no meu caminho, na minha vida. Parecia até que a gente era como vasos comunicantes – um não existia sem o outro. Mas isso por culpa exclusiva dele, que tinha um ódio irracional por mim. Seu sonho era acabar comigo, saciar a raiva, a frustração. Por isso, não saía da minha cola, primeiro, mandando aqueles recados por telefone, depois, tentando me matar naquela tocaia ridícula. Sabia que precisava ficar esperto: mais dia, menos dia, me aprontava outra. Mas, pensando bem, não queria ficar esperto, queria ficar na minha, sem me preocupar se estava sendo seguido, se ele ia enviar outro pau-mandado pra me apagar. Se tivesse que ficar esperto, acabava me tornando refém da loucura dele. Essa era a minha diferença com o Morganti. Tinha por mim um ódio doentio, mas eu não sentia ódio do pulha, não sentia nada por ele. O Morganti não tirava meu sono; era pra mim apenas a página virada de uma história policial vagabunda.

Fui pro quarto e peguei *Seara vermelha* pra ler um pouco, mas o barulho da televisão, junto com o ruído do aspirador de pó, era infernal. Ainda que eu estivesse com a porta fechada. Saí do quarto: a Bete, vestida com um short, passava o aspirador de pó na sala. E de olho grudado na tevê. Deixei os cinquenta reais de costume sobre a mesa do telefone, peguei os boletos bancários que tinha que pagar e desci. Foi sair do elevador e dei com o homem do socorro que chegava. Fomos até o carro. Ele tentou, em vão, dar a partida. Levantou o capô, examinou daqui, examinou dali e diagnosticou:

– Motor de partida. Acho que pifou a bobina.

– Dá pro senhor consertar?

– Infelizmente, não. É preciso trocar. Um autoelétrico faz isso rapidinho.

Fui até o um autoelétrico perto de casa, onde o pessoal me conhecia de vários carros fodidos. Deixei a chave e o endereço com o mecânico, dando autorização pra arrumar a minha jabirosca, fosse por que preço fosse. Depois, fui até o centro resolver meus rolos. Tinha que renegociar o cheque especial, novamente no vermelho, e tentar, se possível, pagar os títulos já vencidos. E eu que contava com o dinheiro que ia ganhar de dona Elizabeth... Porque a grana ganha com a recuperação do broche já era. Tinha gastado tudo com as putas, com a cachaça e o uísque. Agora tocava conversar outra vez com a gerente e ouvir outras daquelas propostas de merda. Feito um menino obediente, me sentei diante da mulher, que, numa voz rascante, como a de uma unha riscando uma placa de zinco, me deu o maior sermão. Prometi, embora soubesse que não ia cumprir nada do que dizia, que ia obedecer ao plano de pagamento da minha dívida.

– Do contrário, seu nome pode ficar sujo, doutor Medeiros. Um instante...

Atendeu o telefone e ficou uma meia hora papagueando. E eu ali, com cara de bunda. Bunda boa pra levar um cacete. E sem vaselina. Saí do banco com a cabeça cheia de números e uma planilha, que a dona tinha feito pra mim no computador, registrando minha dívida, os juros e o escambau. Joguei aquilo na primeira lata de lixo que encontrei e fui procurar um boteco pra comer. A conversa tinha me despertado o apetite. Entrei no Guanabara, ali na rua São Bento, pedi um bife à parmegiana, uma cachaça e uma cerveja e procurei esquecer daquilo. Rolar com a barriga, esse era o segredo.

Tinha ainda muito tempo pela frente, meu plantão começava apenas às seis da tarde. Depois de almoçar, podia ainda dar uma boa caminhada pelo centro. Voltava pra casa, tomava outro banho e ia finalmente trabalhar. Só esperava que não me enchessem o saco com outro rolo qualquer. Mas tinha minhas dúvidas – rolos não faltavam, me procurando sempre, como se eu fosse um pote de mel atraindo formigas.

* * *

Eram quase oito da noite e eu estava entrando no estacionamento do DP quando novamente a moto preta com dois motoqueiros passou por mim bem devagar e parou mais adiante na rua. Como da outra vez, os motoqueiros viraram a cabeça na minha direção e ficaram me encarando. Que merda era aquela? Não podia ser uma coisa casual, já que o mesmo fato se repetia num curto espaço de tempo. Como desta vez estava armado, resolvi partir pras cabeças. Peguei o Colt na cintura, desci do carro e fui na direção dos putos. O motoqueiro que dirigia acelerou a moto e foi até a esquina, onde voltou a parar. Apontei o revólver pra eles. Foi o sinal pros motoqueiros virarem a esquina e desaparecerem na noite. Muito bem: agora, tinha certeza de que estava sendo vigiado. E por quem? Por qual motivo? Pelos participantes do sequestro, que tentavam me intimidar? Pelo porra do Morganti. Sei lá – o importante era que ficasse esperto, de olhos bem abertos, mesmo que isso me incomodasse. A ameaça parecia real: não podia sair por aí numa boa, como se nada estivesse acontecendo.

Começou a chover. Entrei no DP com o humor parecido com o de um urso obrigado pelo tratador a sentar num banquinho, com a ameaça do chicote e a promessa de um torrão de açúcar. No meu caso, nem podia contar com o torrão de açúcar. Procurei o Bellochio e a Swellen, mas fiquei sabendo que estavam atendendo uma ocorrência no Grajaú. Fui pra minha mesa. Começava a acomodar a bunda na cadeira quando o Cebolinha me chamou.

– Pol favor, Medeilos – disse o delegado, mal entrei na sala dele. – Selá que podia atender uma ocolência? Lecebemos um aviso que tem um bêbado almado fazendo confusão.

– Onde?

– No Jaldim do Éden...

Na puta que o pariu, queria dizer.

– Mas leceio que tenha que ir sozinho. O lesto do pessoal foi plo Glajaú.

– Não tem problema.

– Você conhece o Jaldim do Éden, não?

Claro que conhecia aquela merda. Mas não podia reclamar, porque a coisa era fácil de resolver. Era só dar uns cascudos no bêbado e, dependendo do caso, botar ele em cana até que a bebedeira passasse. O que me enchia o saco era me meter numas barrocas numa noite de chuva por causa de um bebum. Mas quem tinha mandado chegar atrasado no DP?

Peguei o carro e segui na direção da Interlagos. Mais adiante, vinha a estrada da Servidão e, em seguida, a estrada do Ó. Deixava de vez a civilização pra trás e entrava no cu arrombado do mundo. Era isso o Jardim do Éden, um lugar que Deus tinha esquecido e dado pro capeta administrar com a eficiência de sempre. Lá, homicídio, latrocínio, estupro, putaria eram o usual. Uns quarenta minutos depois, estava na estrada do Ó, cheia de curvas, subidas, descidas, morros, porções de mata. De repente, o espelho retrovisor foi iluminado pelo farol de uma moto que, apesar dos buracos e lombadas, se aproximava rapidamente. Puxei o carro o máximo pra direita pra facilitar a ultrapassagem. Estava escuro, a chuva caía fininha. Quando a moto quase emparelhou comigo, tive um sobressalto, porque deu pra ver que era preta e carregava duas pessoas. Podia ser apenas uma coincidência, mas, na dúvida, acelerei mais o carro e, com a mão direita, saquei o Colt que deixei entre as pernas. Pra confirmar minha suspeita, a moto também acelerou. Pisei fundo no acelerador, desviei de uma cratera e ocupei o meio da pista, pra dificultar a ultrapassagem. Ouvi um disparo, que arrebentou o vidro de trás. Puta merda! Pisei mais fundo ainda no acelerador e comecei a correr ziguezagueando. Ouvi outros disparos e resolvi mudar de tática. Como era uma subida, desacelerei, e a moto foi se aproximando. Quando quase emparelhou comigo, de súbito, brequei e estercei a direção pra esquerda, provocando um cavalo de pau. A manobra surtiu efeito, porque o bico do carro pegou na moto, que derrapou e se enfiou no mato. Quase me fodi também: com o asfalto molhado e cheio de buracos, por pouco não meti o Vectra num barranco. Cantando os pneus, consegui me estabilizar, acelerei e voltei pra estrada. Não era besta a ponto de querer saber como estavam os motoqueiros.

Logo adiante, quando descia, outra surpresa me estava reservada. Dois carros com o farol alto me defrontaram no início da subida. Não tinha saída porque a estrada era bem estreita e havia barrancos dos dois lados. Pensei, de imediato, numa manobra radical: em vez de parar ou tentar desviar, acelerei o carro ao máximo e parti pra cima deles. Era loucura. Sabia que ia me foder, mas, pelo menos, levava aqueles porras junto comigo. Por sorte, os caras não eram tão doidos como eu porque esterçaram, um pra direita, outro pra esquerda, se espremendo contra o barranco, e pude passar entre eles, mesmo raspando e esfolando as laterais e perdendo os dois retrovisores. Continuei em frente, a toda velocidade, mas, de repente, ouvi um estouro e quase perdi a direção. Era um dos pneus da frente. Puta merda! Que hora pra furar um pneu! Continuei mesmo assim, ouvindo a roda de metal raspando no asfalto, o carro corcoveando feito doido. Foi quando vi uma picada no meio da mata, à minha esquerda.

Em desespero, tive a ideia de me enfiar por ali, com a esperança de me esconder dos meus perseguidores.

Depois de alguns metros pelo caminho estreito, entrei numa clareira que terminava num rochedo. Procurei brecar, mas a manobra foi infeliz, porque derrapei, bati com a roda numa pedra e o carro capotou. Mas o Vectra, em vez de virar de ponta-cabeça, rodopiou e acabou ficando de lado, apoiado no rochedo. Com o impacto, fiquei meio atordoado, mas logo me recuperei. Me apalpei e vi que, fora alguns hematomas, não tinha nada quebrado. Saí pela janela do Vectra e fui me esconder entre a rocha e o carro. Se tivesse a sorte de meus perseguidores passarem direto pela estrada, sem dar pela picada... Mas aquele não era o meu dia de sorte. Tanto era assim que enfiei a mão no bolso pra pegar o celular e pedir socorro, e cadê o celular? Tinha esquecido a porra em casa! Pra me foder de vez, um carro com os faróis altos veio lentamente pelo caminho lamacento e estacionou na clareira, seguido de outro, que parou a seu lado.

– Será que o fiadaputa ainda tá vivo, Morganti? – escutei alguém gritar.

Ah, era mesmo o Morganti! O merda que não saía da minha cola!

– Não custa nada checar, né? – respondeu e atirou.

Foi a senha pra uma saraivada de armas de grosso calibre vir na minha direção. Eu estava numa posição privilegiada, tendo à frente o chassi do carro e, de lado, a rocha. Só por causa disso é que não fui ferido, mas escutei os vidros sendo quebrados e a lataria perfurada. Não podia e nem devia responder ao fogo: só contava com meu Colt, enquanto meus perseguidores estavam bem armados.

– E aí, acha que pegamos o cara, Morganti? – a mesma voz tornou a perguntar.

– É o caso da gente ver. Lombriga! – gritou. – Vai até lá checar, que a gente te dá cobertura.

– É pra já!

Enfiei a cabeça numa abertura entre a rocha e o lado do carro. Apesar dos faróis altos contra a minha cara, pude ver um homem que se aproximava, carregando uma .12. Protegendo os olhos da luz, mirei na barriga dele e atirei. Ouvi um berro, e o homem caiu. Em desespero, ele atirou a esmo, enquanto guinchava feito um macaco. Aquele já era.

– O fiadaputa acertou o Lombriga, caraio! – alguém gritou.

Em resposta ao meu disparo a artilharia voltou a funcionar. Me encolhi, nem podendo espiar pelo buraco. Se fossem mais espertos, já deviam ter corrido ao encontro do Vectra, protegidos pelos tiros, mas pareciam cegos de raiva, atirando de qualquer jeito, berrando e me xingando. Até que escutei a voz do Morganti mandando cessar o fogo.

– Medeiros, meu querido! – gritou. – Você ainda está inteiro?

– Pois é – respondi. – Inteiro e esperando por você.

– Não tem problema. Logo, logo, vou até aí pra te pegar.

– Com essa perninha manca, duvido. Você está chegando, e eu já estou indo.

Era uma bravata estúpida como todas as bravatas, mas queria com isso deixar o imbecil irritado. O Morganti mancava de uma perna, devido a um tiro que eu tinha lhe dado. E a lembrança desse fato devia deixá-lo mordido.

– Estou manco da perna, mas você, já, já, vai virar presunto! – gritou com raiva.

– Antes, acabo com teu outro joelho – disse, dando uma risada espalhafatosa.

Idiota como era, o Morganti ficava prolongando a conversa, o que era melhor pra mim. Tinha tempo de raciocinar e procurar uma saída. Enquanto isso, pensava no porquê daquela emboscada. Sabia que ele tinha motivos de sobra pra querer acabar comigo. E a coisa estava tomando uma proporção absurda. Uma suspeita foi se formando em minha cabeça. Como nos últimos tempos as ameaças vinham crescendo, a ponto dele ter posto aqueles motoqueiros na minha cola, será que não estava envolvido no sequestro de dona Elizabeth? Se estivesse envolvido, talvez quisesse acabar comigo, antes que eu descobrisse alguma pista. Assim, matava dois coelhos com uma só porretada. Mas como podia estar envolvido num sequestro tão longe assim de sua área de atuação?

Deixei de refletir sobre aquilo, porque o vagabundo em que eu tinha atirado gemeu:

– Porra, Morganti, me tira daqui. Tá doendo pra caraio!

– Tampinha, vai lá pegar o Lombriga. A gente te dá cobertura.

– Tu tá louco, cara?! O Lombriga tá fodido de vez. Eu é que não vou lá. O cara é bom de tiro.

E o Lombriga não parava de gemer. Aproveitei pra provocar os vagabundos:

– Vocês são uns merdas mesmo, hein? Ninguém tem peito de salvar o companheiro?

– Merda é você!

– Seu corno, fiadaputa!

Outra saraivada de tiros se seguiu aos xingamentos. Foi então que me veio a ideia de fugir pelo mato atrás de mim. Não sabia onde ia dar aquilo, mas era melhor do que ficar ali, esperando a morte certa. Antes de sair, enfiei a mão pelo buraco e atirei a esmo. Veio outra saraivada de tiros. Dei um berro, como se tivesse sido atingido, e os idiotas entraram na história.

– Pegamos o corno! Pegamos o corno! – alguém gritou, excitado.

– E aí, seu puto? Não quer se render? A gente promete que não vai te maltratar – disse o Morganti. – Só vai te cortar os bagos.

Dei um falso gemido e disse:

– Vem me pegar, que não vou sozinho! Levo uns três comigo.

Uma rajada de metralhadora, tiros de uma .12, dos revólveres e pistolas acertaram outra vez o carro. Aproveitei a confusão e comecei a recuar. A intervalos atirava. Por fim, só me restavam duas balas, que precisava economizar. Escalei o rochedo e me meti no meio das árvores. Da elevação, pude ver que eles avançavam, formando um semicírculo, tentando me cercar. Tinha fugido na hora certa, um pouco mais e me pegavam. Mas meus problemas não haviam terminado – à frente, me esperava a boca de uma barroca, no meio de uma floresta cerrada. Não dava pra distinguir nada na escuridão, e eu hesitava antes de entrar no buraco. Mas os gritos dos pilantras me tiraram da hesitação. Não podia mais perder tempo. Me agarrando em raízes, em troncos, me apoiando em pedras, fui descendo. Tinha parado de chover, mas o barranco estava escorregadio. De vez em quando, perdia o equilíbrio e me esfolava, e nada de chegar no fundo. De repente, me apoiei num galho, que cedeu e me despenhei de uns quatro, cinco metros de altura. Pra sorte, caí sobre umas touceiras e rolei pra dentro de uma espécie de cova, onde fiquei deitado de costas. Bem acima de mim, ouvi alguém gritando:

– Aqui, Morganti, foi por aqui que o fiadaputa escapou!

Uma saraivada de metralhadora varreu o mato à minha frente.

– Onde será que o puto se escondeu?

– Se ele foi atingido, não vai longe.

O Morganti ordenou:

– Ô Maguila, pega aquele galão de gasolina no meu carro. Vamos fazer churrasquinho do corno.

Me arrastei o máximo que pude pro fundo da grota e procurei ocultar o corpo atrás de umas pedras. Escutei o ruído do combustível sendo derramado. Logo em seguida, a mecha caiu, incendiando o mato. Foi o sinal pra eles atirarem feito loucos. Mas não tinham como me atingir, porque, onde estava, ficava fora do alcance deles.

– Como é? A gente desce lá pra ver se o corno tá morto? – disse um dos vagabundos.

– Se você quer descer, o problema é teu. Eu é que não desço nessa pirambeira – resmungou um outro.

– Se ele ainda não morreu, morre logo – escutei a voz do Morganti. – Foi ferido de bala e queimado. Deixa aí, que as onças acabam com ele.

Por via das dúvidas, descarregaram as armas na barroca. Ainda ouvi alguém perguntar:

– Como é, Morganti, tacamos fogo no carro dele?

– É isso aí, cara... Fode com a propriedade do presunto.

Ouvi uma explosão. Lá se ia meu Vectra. Logo depois, ouvi o ruído dos carros saindo da clareira. Mesmo assim, fiquei dentro da cova durante uma meia hora. Só depois disso me arrastei pra fora e atravessei um pedaço de vegetação calcinada. Mais adiante, começava a mata cerrada que me dificultou a passagem, já que tinha só as mãos para afastar os galhos, os cipós. Me arranhei, me cortei, mas fui em frente. Estava com sede, com fome e cansado. Mas não queria passar a noite naquele buraco. Depois de muito esforço, dei com a outra beirada da barroca. Escalando as pedras, me segurando nos galhos, fui subindo pela encosta do morro. Suava por todos os poros e, de vez em quando, tinha que descansar. Até que, me esforçando um pouco mais, cheguei numa rocha, que escalei. Encarapitado nela, meus olhos foram atraídos por pontinhos luminosos ao longe. Pareciam diamantes num colar, expostos no veludo da noite. Entre as luzes e a mata cerrada, de vez em quando, luzinhas serpenteavam entre as árvores. Era, com certeza, a estrada do

Ó. Bom, já sabia a direção da cidade. O negócio era encontrar forças pra descer o morro, atravessar a mata e chegar na estrada. De preferência, num ponto onde não desse novamente com os vagabundos. Lá, quem sabe, se tivesse sorte, conseguia uma carona.

18

Quando sentei diante do Cebolinha, ele se encolheu, que nem lesma em cima de uma pedra quente. Meu estado era deplorável. Imundo de barro, cheio de cortes e hematomas, as roupas em tiras, tinha feito questão de me apresentar ao delegado sem ao menos tomar um banho. Queria mostrar pra ele que era um fodido e que, por causa disso, merecia um pouco mais de consideração.

– Medeilos! O que lhe aconteceu? – perguntou, espantado.
– Fui tocaiado por uns elementos.
– No Jaldim do Éden? Pensei que...
– Não, não foi no Jardim do Éden. Foi no caminho pra lá.

Arregalou os olhos, bateu o cachimbo no cinzeiro e disse:
– E você sabe por quem?

Resumi toda a história. O Cebolinha balançou a cabeça e comentou:
– Então, quem o tocaiou foi aquele lenegado, o Molganti...
– Ele mesmo.
– Já ouvi falar bastante desse indivíduo. Temos tido ploblemas demais com ele pol aqui. Mas nunca pensei que chegasse a ponto de tocaiar um policial.
– O Morganti é capaz de tudo.
– Pelo que me contalam, o senhor foi o lesponsável dileto por sua plisão.
– Isso mesmo. Mas o Morganti não me odeia só por isso. Sempre existiu uma grande diferença entre nós aqui no DP.

– Que tipo de difelença?

– Ah, não gosto de ficar revolvendo essas coisas, mas o Morganti, quando era investigador, vivia se metendo com gente que não prestava. Sempre foi prepotente e...

– Você acabou por desmascalá-lo, não é? – o Cebolinha me cortou. – No caso daquele deputado.

Fiz que sim com a cabeça. Não gostava de remexer naquela velha história. Preferia considerar o Morganti como uma página virada. Mas o Cebolinha era persistente:

– Depois, você tornou a encontlá-lo no escondelijo daquele tlaficante, o Nenzinho...

– Sim, ele fugiu de um presídio de segurança máxima e foi se esconder no mocó do bandido e, quando este foi morto, tornou-se dono absoluto do ponto.

O Cebolinha, dando suas cachimbadas, refletiu algum tempo sobre o que lhe tinha dito e acabou perguntando:

– E o senhor acha que agola ele tem um motivo especial pla lhe fazel uma tocaia? Havelia alguma outla motivação além de difelenças pessoais?

Fiquei pensando se valia a pena contar ao Cebolinha da suspeita que eu tinha do envolvimento do Morganti no sequestro de dona Elizabeth. Como eu não tinha provas, achei melhor não falar nada e deixar que ele ficasse pensando que tudo se devia a uma questão pessoal.

– Pelo que eu saiba, é apenas uma diferença entre nós – disse. – O Morganti me odeia e quer se vingar de mim a qualquer custo. Nada mais que isto.

O doutor Buari me olhou fixo por alguns segundos e disse, balançando a cabeça:

– Enfim, lamento pelo que lhe aconteceu. Quanto a mim, vou tomar minhas plovidências. Já está na hola de dal um basta nas ações desse homem.

As palavras do Cebolinha, mal ou bem, me serviram de

conforto. Esperava que fossem sinceras, e não apenas um discurso vazio como os do merda do Ledesma.

– Mas, pol enquanto, talvez seja melhor você descansar. Tile uns dois dias de folga.

Bom, chegava à conclusão de que efetivamente ele tinha consideração por mim. Me levantei e disse:

– Acho que não é preciso tanto – e completei: – Afinal, venho de umas longas férias, não é, doutor Buari?

Voltei pra casa, cansado e morto de fome. Tomei um banho e fui visitar a geladeira. Como suspeitava, estava tão vazia quanto minha conta no banco. Pensei em dar uma descidinha no Trás-os-Montes, mas, sem ânimo de sair de casa, desisti. Fucei nos armários da cozinha até encontrar um pacote de sopa com o prazo de validade vencido. Esquentei e comi com umas torradas velhas. A fome era tanta que aquela coisa aguada sem sabor pareceu um quitute. Isso porque, felizmente, vinha acompanhada de uma dose de Johnny Walker. Os milagres que um uísque de primeira pode fazer. Voltei pra sala e reparei que havia recados na secretária eletrônica. Pra variar, um da minha mãe, me chamando de filho ingrato etc., um da Bete avisando que ia faltar no dia seguinte, porque tinha que ir ver o médico e, pra minha surpresa, dois do Zé Roberto. Num, me dizia, cheio de dedos:

– Doutor Medeiros... Será que a gente pode conversar? Por favor, me ligue.

O jeito dele falar, educado como uma atendente de telemarketing, me deixou com um pé atrás. No outro, já nervosinho, reclamava:

– O senhor não recebeu meu recado? Me liga, que tenho urgência em falar com o senhor...

Ué, o que o fuinha queria comigo? Fiquei até tentado em ligar pra ele, mas era tarde, e eu não estava com saco pra conversar com ninguém. Sobretudo com aquele babaca. O melhor seria ligar no outro dia, quando estivesse mais descansado e com mais capacidade de raciocinar. Fui dormir com o estômago roncando, porque a merda da sopa não tinha servido pra nada. No dia seguinte, pela manhã, o telefone tocou, mas não atendi. Queria dormir um pouco mais. Os toques incessantes me irritaram, mesmo assim não levantei. Mas a mensagem ficou na secretária: era do Zé Roberto, insistindo que queria falar comigo. Dormi até as dez, quando me levantei. Fui tomar meu banho e estranhei que a Bete não invadisse o banheiro, me pegando pelado. Só então me lembrei do recado dela. Depois do acidente, pra colocar o apartamento em ordem, tinha combinado com a neguinha dela vir uns três ou quatro dias seguidos. Mas, se não podia vir, paciência. Economizava os cinquenta reais, tomava meu banho sossegado, e ela perdia a oportunidade de me ver pelado ou de fingir que trabalhava, enquanto via os programas de tevê. Desci pra tomar café no Trás-os-Montes. Depois de comer dois ovos, acompanhados de fatias de bacon, pão com manteiga e café preto, comecei a me sentir como gente. Voltei pro apartamento e só aí, de estômago satisfeito, é que liguei pro Zé Roberto.

– Doutor Medeiros – disse de um modo tenso, ao atender. – O senhor não recebeu meus recados? Pensei que fosse logo dar o retorno e...

– Tive uma série de problemas. Só fui pegar seus recados ontem de madrugada – me dignei a lhe dar uma satisfação.

– Telefonei também agora cedo.

– Não estava em condições de atender.

– Precisava conversar com o senhor urgente. – E completou, parecendo constrangido: – É sobre o sequestro de mamãe...

Aquele não era um assunto *exclusivo* de família? Pensei nisso, mas não disse. Dona Elizabeth estava acima daquela merda.

– Estou ouvindo.

– Preferia conversar pessoalmente.

– Pessoalmente? – fiz uma pausa e depois perguntei: – Quando?

– Quanto mais cedo a gente se falar, melhor. É urgente. Se o senhor puder fazer a gentileza de dar um pulinho até aqui...

Quanta amabilidade...

– Um instante... – eu disse, pra refletir sobre a situação.

O que será que o Zé Roberto queria comigo? Será que devia dar a colher de chá de ir até a casa dele? Talvez não devesse, mas, como sempre, voltava a pensar em dona Elizabeth e, assim, me decidi. Olhei no relógio: eram quase onze horas.

– Depois do almoço, lá pelas duas. Está bem assim? – disse.

– Fico então lhe aguardando.

Desliguei. Fiquei com a pulga atrás da orelha com uma coisa. Porra, onde é que o Zé Roberto tinha achado meu telefone, que, por acaso, nem estava na lista? Será que o Luís Carlos tinha dado pro imbecil? Não, ele não faria uma coisa dessas. Sabia da profunda aversão que eu tinha ao fuinha. Fiquei com aquilo ruminando na cabeça, porque não queria aquele merda na minha cola.

Fiz questão de chegar na casa da rua Cuba atrasado. Se o fuinha queria falar comigo, tinha que esperar. O mordomo nem bem abriu a porta, ele veio logo em seguida e disse, nervoso:

– Pensei que a gente tinha combinado às duas.

Não lhe dei confiança e fui direto ao assunto:

– Você queria conversar comigo? Sobre?

Me fitou com raiva. Como sempre, suas pupilas estavam dilatadas e seus olhos não paravam de piscar. Mordeu o lábio, mas acabou se controlando e resmungou:

– Está bem, vamos conversar.

Entrei, fomos até o hall. Mal sentamos, o Zé Roberto acendeu um cigarro e tirou umas baforadas. Me olhava de um jeito arrogante, como se eu tivesse sido contratado por ele e não por dona Elizabeth:

– Pra começar, queria que o senhor prometesse que tudo que a gente falar aqui ficará em absoluto sigilo.

– Não sei se vou poder prometer isso.

– Como assim? – disse, se ouriçando todo, a pele dele se cobrindo de pequenas manchas vermelhas.

– Você não pode se esquecer que dona Elizabeth ainda é minha cliente – respondi. – Dependendo do que me contar, posso ser forçado a procurar a polícia pra que sejam tomadas as providências necessárias.

Ficou em silêncio, ora me medindo com aquele olhar alucinado, ora levando o cigarro à boca.

– Que se dane! – acabou dizendo. – O senhor que faça o que quiser com o que vou dizer. Fodido por um...

Deu uma tragada, segurou a fumaça o máximo que pôde. Começou a tossir sem parar. Pegando uma bombinha, aspirou fundo. Só depois disso é que conseguiu controlar a tosse. Ainda arfando, a cara cheia daquelas placas vermelhas, pôs-se a explicar:

– Chamei-lhe aqui pelo seguinte: o senhor por acaso já sabe que os sequestradores entraram em contato com a gente, não?

– Sim.

Fechou a cara e resmungou:

– Na certa, foi aquele fofoqueiro de merda...

Deixei passar batido o comentário e apenas disse:

– Mas não sei os detalhes da conversa que tiveram.

– Não interessam os detalhes – disse de novo daquele jeito agressivo. – O importante é que entraram em contato.

– E o que eles exigiram?

– Vinte milhões de dólares em dinheiro e joias.

– E você pagou?

– A gente não tem essa grana. Ofereci as joias, mas...
– Mas...?

Hesitou um pouco antes de prosseguir. Por fim, como se fizesse um grande esforço, disse:

– O que acontece é que eles querem uma joia especial.

Me fiz de inocente:

– Como assim "uma joia especial"?

Aquilo pareceu enfurecer o fuinha, tanto é assim que ergueu o tom de voz:

– O senhor não se faça de ingênuo! Não pensa que sou trouxa! Como advogado da minha tia, devia saber que ela tem uma joia especial.

Sorri e falei:

– Pode ser que soubesse. Mas me diga qual é a joia especial a que está se referindo pra ver se bate com a ideia de joia especial que eu tenho.

– O senhor sabe bem qual é! – rosnou, numa explosão de raiva. – Mas, pra gente acabar logo com essa palhaçada, posso ser mais explícito: a porra do diamante Espoir.

– Ah, o diamante Espoir... – disse de um modo indiferente, como se ele estivesse me falando de uma das cadeiras da sala. – Me diga uma coisa: o que o Espoir tem a ver com o caso?

– É o que eles querem pra soltar minha mãe e o Souza – me respondeu, demonstrando impaciência e irritação.

Fiquei quieto por alguns segundos só olhando pro fuinha. Até que perguntei:

– E você pretende entregar o Espoir pra eles?

– O que o senhor acha? – disse. – É a vida da minha mãe que está em jogo!

Dei de ombros, como se não tivesse nada a ver com aquilo.

– Entrega pra eles, ué. O que está esperando?

– O problema é que não sei onde está o diamante.

Começava a desconfiar do que vinha a seguir.

– E eu com isso?

Arregalou bem os olhos, começou a tremer e disse:

– O senhor era o advogado da minha mãe. Deve estar a par dos negócios dela.

– De alguns, não de todos – corrigi.

O Zé Roberto olhou bem pra mim, como se não acreditasse em nada do que eu dizia. Parecia que ia explodir, mas, em vez disso, acalmou-se e disse como se fosse um garoto bem-comportado:

– Procurei nos aposentos dela em tudo quanto é lugar, fui no banco pra ver se tinha um cofre especial. E nada.

– Insisto: o que eu tenho que ver com isso?

– É a vida da minha mãe que está em jogo! – voltou a falar, naquele tom de voz desagradável.

– Sei disso, mas não posso fazer nada. Nem cheguei a ver o tal do diamante.

– O senhor quer dizer que não pode me ajudar?

Suspirei fundo.

– Se estivesse dentro de minhas possibilidades, teria gosto em ajudar. Mas repito: nada sei do diamante, nunca cheguei sequer a ver a pedra – disse, mas, depois, me lembrando de algo, perguntei, mesmo sabendo a resposta: – Escuta uma coisa: como é que os sequestradores podiam saber da existência do Espoir?

Resmungou:

– Descobri que tinha gente da casa envolvida no sequestro e que deu o serviço pros sequestradores.

– Você está se referindo ao Ceará, não é?

Não pareceu surpreso com o que eu disse, abanou a cabeça, confirmando:

– Sim, o Ceará. Acho mesmo que foi ele. Não sei se sabe, mas o pilantra sumiu daqui, faz mais de uma semana que não dá as caras. Deve ter ouvido falar das joias de mamãe, do diamante Espoir, e passou essas informações pra diante. Não duvido que tenha até participado do sequestro – respirou fundo, pra depois prosseguir: – Mas, deixando de lado o Ceará, agora temos uma coisa mais urgente pra decidir. Os sequestradores fizeram sérias ameaças. Não querem as outras joias, querem somente o Espoir, do contrário, prometem matar minha mãe e o Souza. E eu... eu já não sei mais o que fazer...

Como se fosse dominado por uma grande emoção, parou de falar e virou a cara de lado. Fiquei na minha, porque achava aquilo, no mínimo, constrangedor. Mas mãe é mãe. Apesar da chantagem que fazia com dona Elizabeth, devia ter, lá no fundo, um pouco de amor por ela.

– Voltando à vaca fria... – Disse ele, de um modo brusco, retomando a mesma expressão desdenhosa. – Como disse ao senhor, se foi o Ceará ou não, tanto faz. O importante é que os sequestradores estão com minha mãe e meu cunhado em poder deles e querem o maldito diamante em troca!

Deixando de ser o são Medeiros, pus um fim a meus pensamentos piedosos e disse:

– Acho que você está enganado. Saber que foi o Ceará é uma boa pista. Se a polícia localizar o pilantra, ele poderá entregar a quadrilha.

– O senhor não está entendendo – tornou o Zé Roberto, cheio de impaciência. – Mamãe está correndo risco de morte!

Já estava de saco cheio daquela conversa. Comecei a me levantar, ele me fez um gesto com a mão aberta, dizendo:

– Um momento! Quero perguntar pela última vez: o senhor tem certeza que não sabe nada mesmo do paradeiro da pedra?

O sangue me subiu à cabeça. O que aquele idiota estava pensando? Que eu estava sonegando essa informação por um motivo torpe? Como parecesse inútil continuar naquele jogo, me levantei de vez e disse, balançando a cabeça:

– Uma coisa que sua mãe tem de sobra e que lhe falta é o bom-senso. Mas não só isso: você também não sabe como tratar as pessoas. Pensa que elas estão aí pra satisfazer os seus caprichos.

Franziu os lábios, que ficaram enrugados como uma ameixa seca, e disse, com a voz carregada de rancor:

– É duro tratar com advogado de porta de cadeia. Mas isso não vai ficar assim. No momento oportuno, vou tomar minhas providências! Ainda mais se eu descobrir que está a par do que estou falando.

Senti vontade mandá-lo à merda. Mas não fiz isso e deixei passar batido o insulto. Apenas lhe dei as costas e saí o mais depressa dali.

***

O outro recado dos sequestradores chegou uns dias depois, sob a forma macabra de uma prova de vida. Fiquei sabendo da notícia por um telefonema que recebi do Luís Carlos, como da outra vez, de madrugada. Sem ao menos me cumprimentar ou se desculpar pelo horário, disse, descontrolado:

– Medeiros! Os sequestradores entraram de novo em contato! – Parou um instante pra respirar e depois continuou, cheio de desespero: – E agora mandaram um pedaço de orelha da minha tia!

– Como?! – perguntei, atarantado, eu que nem tinha ainda acordado direito.

– Um pedaço de orelha da titia! – gritou, soluçando. – Os filhos da puta não têm medida.

– Espera um pouco.

Fui no banheiro, dei uma mijada, lavei a cara. Voltei ao telefone e disse, já desperto de vez:

– Quando é que eles entraram em contato?

– Segundo o meu primo, no início da noite.

– E quando é que ele te avisou?

– Uns minutos antes de te telefonar.

Olhei no relógio – eram três horas. Fiz rapidinho as contas.

– Bem estranho isso. O Zé Roberto esperou seis ou sete horas pra te avisar do recado dos sequestradores?

– Também achei estranho, mas ele me disse que ficou perdido, que não sabia o que fazer ou a quem recorrer.

– E aí? O que vocês pretendem fazer?

O Luís Carlos demorou a responder. Quando respondeu, fez isso cheio de dedos:

– Tem um problema... É que meu primo estava bastante alterado e acabou me acusando de umas coisas doidas. Não bastasse isso, também fez pesadas acusações a você.

– A mim?! Porra, o que eu tenho com isso?

– Meu primo insiste que você tem muito a ver com o caso.

Comecei a desconfiar do que era: o merda continuava pensando que eu sabia onde estava o Espoir. Foi o que contei ao Luís Carlos, que me disse, logo em seguida:

– Você acertou na mosca. É isso mesmo! Primeiro, achou que *eu* sabia onde está a pedra. Me deu uma prensa, pedindo pra eu devolver de imediato o diamante ou pra revelar onde a titia o escondeu. Foi um custo convencê-lo que não sei de nada, que nunca vi a pedra. Depois, começou a dizer que, se eu não sabia, você, como advogado dela, sabia... – O Luís Carlos parou de falar um instante, para, em seguida, me fazer uma pergunta: – Escuta uma coisa: você se fazia passar por advogado da minha tia?

– Não, nunca me fiz passar por advogado de dona Elizabeth. Foi tua tia que achou isso conveniente. Quis que eu passasse por advogado dela, pra ameaçar a família com a questão do testamento.

– Um belo truque. Aquela gente não vale o feijão que come e bem que merecia levar um susto desse tipo. Mas, voltando ao que lhe dizia: meu primo teima que você sabe onde está a pedra e não quer dizer, comprometendo com isso as negociações e a vida da titia e do cunhado dele. A orelha...

– Tem certeza de que é mesmo a orelha de tua tia?

– Meu primo disse que é um lóbulo com um brinco, que, com certeza, é da titia. Ao receber esse recado, ficou enlouquecido, disse que quer porque quer achar o diamante e negociar com os sequestradores.

A coisa estava fedendo mais que merda em privada entupida. Mas eu ia continuar naquilo, mesmo que tivesse que ficar com o nariz tapado durante o tempo da investigação.

– O imbecil continua achando que sei onde está o diamante...

– Como o Zé Roberto disse isso com tanta veemência, pensei que... – Ele não chegou a completar a frase, ficando em silêncio.

Quando percebi onde o Luís Carlos queria chegar, o sangue me subiu na cabeça. Fui direto nele, como se fosse lhe dar um *upper* no fígado:

– Escuta uma coisa: se você está me telefonando com a ideia de que sei onde está a merda do Espoir, pode ir já pra puta que te pariu! Caralho! Porra! Isso partindo daquele escroto, posso entender, mas, partindo de você!

Estava fumegando feito uma locomotiva a vapor.

– Medeiros... – A voz dele veio pastosa que nem manteiga.

Fiquei quieto, remoendo a raiva.

– Desculpa, cara. Não quis te ofender. Só pensei que talvez a titia tivesse contado do diamante e feito você prometer sigilo absoluto por causa da ganância daquela gente. Eu...

— E você acha que, se soubesse da bosta do diamante, ia arriscar a vida da tua tia? Mesmo que tivesse prometido sigilo absoluto! Eu já teria entregado essa coisa maldita, Luís Carlos! Porra, depois de tanto tempo, será que você não me conhece?

Meio sem jeito, lamuriou umas desculpas. Tinha feito uma cagada das grandes e não sabia como limpar. Mas, afinal, por que eu estava tão nervoso, a ponto de lhe passar uma espinafrada daquelas? Era como se de novo viesse à tona a raiva daquela gente cheia da grana, que pensava em fazer gato e sapato dos outros. E eu era o gato e o sapato preferidos. Era a privada de uma putaria, onde a merda vinha cair, trazendo, como complemento, papel higiênico usado, camisinhas e Modess manchado de sangue.

— Desculpa, Medeiros — murmurou —, também fiquei perdido quando recebi a notícia. Sobretudo, depois do aperto que ele me deu. Parecia tão desesperado, falou até em se matar. Perdão se te ofendi.

E ele se esquecia das chantagens do Zé Roberto...

— E pensou que, ligando pro Medeiros, o investigador de bosta, ia conseguir, num passe de mágica, a chave da libertação da tua tia!

Ficou mudo. Também fiquei em silêncio por alguns segundos, pra dizer depois:

— Vamos contar com essa hipótese estúpida de que eu soubesse ou estivesse de posse do Espoir. Você e teu primo pensam mesmo que o simples fato de entregar a pedra aos sequestradores será garantia da devolução de dona Elizabeth?

— Sei lá... Mas, se a gente não entregar, certamente eles...

— Pois devia refletir um pouco sobre isso e tratar de pôr tua cabeça no lugar, se é que você ainda tem cabeça pra pôr no lugar. Os sequestradores são filhos da puta impiedosos – quando disse isso, não sei por que, mas a imagem do Morganti se desenhou diante dos meus olhos. Talvez porque impiedade fosse com ele. Continuei a falar: – Mataram a Anica num piscar de olhos, com requintes de crueldade, cortaram a orelha da tua tia. E tem um agravante nisso: o Ceará está entre eles. E se dona Elizabeth, por desgraça, o reconheceu? Nesse caso, posso te garantir que ela está mesmo condenada!

O Luís Carlos me perguntou com a voz trêmula:

– O que me aconselha a fazer?

– Forçar o teu primo a entregar de vez o caso pra polícia. Por acaso, já telefonou pro doutor Vasconcelos?

– Ainda não.

– Então trate de telefonar e procure convencer teu primo. Outra coisa: aconselho a vasculharem a casa de novo em busca do diamante...

– Meu primo disse que já revirou a casa de alto a baixo, umas duas, três vezes, que foi ao banco pra ver se havia alguma espécie de cofre. E não encontrou nada. Por isso que veio pra cima de você e de mim.

Parei um pouco pra refletir e ponderei, em seguida:

– A coisa está mesmo complicada porque não há mais pistas do que as que já temos. É preciso descobrir, o mais depressa possível, o paradeiro do Ceará, do diamante, mas o mais importante mesmo é entregar o caso nas mãos da polícia.

– Além disso, o que falo pro meu primo?

Fui duro com ele:

– Que você não é moleque de recado.

O Luís Carlos ficou em silêncio por um instante, pra mais adiante murmurar:

– Esta doeu...

– Estamos empatados. Agora, me deixa dormir, que estou morto de sono. Amanhã a gente volta a conversar.

Mas não consegui dormir, fiquei revirando na cama. A raiva tinha passado. O que me deixava inquieto era aquele caso sem pistas, sem solução à vista. Dona Elizabeth devia ter escondido o diamante tão bem, a ponto do fuinha, que vivia com ela, não ter localizado. E ele tinha revirado toda a casa. Mas uma casa é mais que uma casa, é um mundo. Sobretudo aquela mansão que tinha vários cômodos, muitos deles não ocupados, cheios de armários, cômodas, guarda-roupas, grandes extensões de forro, de assoalho, sem contar o sótão, os porões, o terreno com mais de 2 mil metros quadrados. Quem dizia que ela não tinha enterrado a pedra num lugar qualquer do jardim e plantado em cima um tipo específico de flor, um arbusto? Pra uma mulher atilada como ela, esconder o Espoir onde ninguém pudesse encontrar não era nada difícil. Podia ter pedido pra eu guardar, já que tinha grande confiança em mim. Podia até ter pedido pra uma das amigas guardarem. Com toda certeza, fariam esse favor com gosto. Será que o Zé Roberto, desconfiando disso, já não tinha telefonado às velhotas e apertado elas, como havia feito comigo e com o Luís Carlos? Se estivessem com o diamante, tenho certeza que, pra resgatar a amiga das mãos dos sequestradores, teriam entregado a joia no ato pro fuinha. Não, as velhotas não deviam estar com o Espoir; do contrário, ele não teria vindo me encher o saco.

Nesse caso, com quem estaria? Refletindo um pouco, cheguei à conclusão de que talvez dona Elizabeth quisesse se transformar na única guardiã daquele tesouro, que deveria ir pra cova com ela, como quem sabe acontecesse, mesmo em condições normais: uma espécie de vingança contra aquela gente escrota que a atazanava o tempo inteiro. O sequestro era um detalhe, uma coincidência fatal. Dona Elizabeth, como já sabia, era dura na queda: não havia contado onde estava a pedra, mesmo tendo a orelha cortada. E quanto à Anica? Se os sequestradores a ameaçassem com o assassinato da empregada e amiga, tenho certeza de que teria capitulado. Mas, como os vagabundos fossem estúpidos, imaginei que haviam jogado fora aquele trunfo muito cedo. Pelo que conhecia de dona Elizabeth, ela não hesitaria em sacrificar a própria vida por aquilo que julgava sagrado, mas não sacrificaria a vida de alguém que amava de coração. De modo algum sacrificaria a Anica, por querer manter a merda de um diamante, mas a Anica agora era um cadáver. A constatação disso me deixou angustiado, porque começou a crescer dentro de mim a certeza de que dona Elizabeth não ia sair com vida do sequestro.

Quando já estava quase amanhecendo, uma ideia meio maluca foi se desenhando na minha cabeça. Começou com alguns traços imprecisos, um borrão sem forma e sem cor definida, mas, depois, tomou um contorno mais nítido. Quando veio à tona, toda colorida, feito uma bola de uma criança, me deixou assustado. Não, eu não queria acreditar naquilo que estava pensando! O princípio daquela ideia tinha sido motivado pelo telefonema do Luís Carlos e pela insinuação dele de que o diamante estivesse comigo. Como meu amigo, não tinha o direito de suspeitar de mim. Talvez o desespero com a situação da tia o levasse a ter um pensamento tão absurdo a ponto de fazer comigo o mesmo que o fuinha tinha feito a ele. Mas e se...? Não, não podia ser – eu não queria formular o que estava claro em minha cabeça e nítido diante de meus olhos como uma bola colorida. Não o Luís Carlos! Procurei afastar a ideia, chutando a bola para longe, mas a bola rebateu na parede e, teimosa, voltou até onde me encontrava.

– E se o Luís Carlos estiver envolvido com o sequestro? – De repente, ouvi meus lábios formularem a frase que eu não queria formular.

Mas ele que amava tanto a tia, que havia me apresentado a ela... E se tudo não passasse de um sórdido álibi? Achava que conhecia bastante bem o Luís Carlos, a ponto de acreditar que ele não faria uma coisa dessas, mas nunca se sabe até onde vai a cobiça humana. Podia ser que estivesse precisando de dinheiro. Mas ele que era tão rico, dono de tantas empresas... Ao pensar na palavra "empresa", uma luz se acendeu dentro de mim. Foi aí que lembrei que, numa de nossas conversas, o Luís Carlos tinha se queixado de que andava meio estressado por causa de problemas de fluxo de caixa, o que o havia levado a contrair empréstimos em banco, mesmo com os juros na estratosfera. Também havia a questão do divórcio entre ele e Marina, com certeza, litigioso. Conhecia de sobra a avidez, o apetite por grana da piranha. Essas coisas podiam ter causado uma evasão de dinheiro difícil de controlar. Será que isso não o teria levado à infâmia de forjar o sequestro da tia, com a ajuda do pessoal do submundo que talvez conhecesse? Formulei esse raciocínio com asco. Cheguei mesmo a sentir uma dor na base do estômago. Mas não queria acreditar nisso – talvez fosse efeito da noite maldormida, do choque com a notícia que o Luís Carlos tinha me passado. Mas as peças pareciam se encaixar como num jogo de lego. Afinal, quem como ele conhecia tão bem as posses de dona Elizabeth, a ponto de, de vez em quando, lhe dar palpites sobre investimentos? Mas talvez acontecesse que só o diamante, a verdadeira joia da coroa, com seu valor astronômico, é que o ajudasse a resolver seus problemas. Como não sabia onde se encontrava a joia, com a desculpa de que o Zé Roberto o tinha encostado na parede, vinha me sondar. Contava com o fato de que, se eu estivesse de posse do diamante, como um bom amigo, condoído com a sorte de dona Elizabeth, na certa o entregaria a ele.

Suspirei fundo, abanei a mão diante da cara, como se tentasse afastar da minha frente a mariposa do mau augúrio. Não, eu não podia estar pensando naquilo, não tinha o direito de duvidar da honradez do meu amigo. O Luís Carlos jamais faria uma coisa daquelas. Quando o sol penetrou pela sala de vez, fui, afinal, tomar meu banho. Começava um novo dia – eu tinha somente algumas poucas pistas e uma suspeita pesada que, volta e meia, vinha me azucrinar. Nada pior pra iniciar a manhã, pensei já de mau humor.

19

Como ainda estava de folga no DP, aproveitei pra dar um pulo até o centro pra investigar mais umas coisas na internet. Numa *lan house*, entrei no *site* da Junta Comercial do Estado de São Paulo e consultei o cadastro das empresas do Luís Carlos. Pra confirmar minhas suspeitas, vi que uma delas ia mesmo mal das pernas, com a concordata já decretada. Fui até um café, pedi um expresso, um pão de queijo e, enquanto comia, fiquei matutando sobre aquelas coisas. Estava mais perdido que barata em poça d'água, sobretudo porque não queria acreditar naquilo que minha intuição ditava e os fatos, de certa maneira, confirmavam. Talvez tivesse em mãos uma bomba que, dentro em breve, podia explodir, espalhando, em vez de fragmentos, merda pra todos os lados. Se uma das empresas do Luís Carlos ia mal, será que isso era motivo pra ele se meter numa coisa tão infame? Sequestrar a madrinha, a quem dizia amar, pra levantar dinheiro? E por que não? Porra, eu precisava deixar de pensar como uma freira carmelita. Já não conhecia o bastante da raça humana pra saber que a gente não pode e nem deve colocar a mão no fogo por ninguém? Afinal, no frigir dos ovos, quem é que não se vende? Quem é que, pra salvar o pescoço, não é capaz de sacrificar a própria mãe? Havia exceções, é claro: o Bellochio, a Swellen, a minha velha, dona Elizabeth... Quem mais? Dava pra contar nos dedos da mão boa de um maneta...

Resolvi procurar o Bellochio. Conversar com meu parceiro talvez ajudasse a tornar as ideias um pouco mais claras. Marcamos um almoço. Depois que eu o pus a par dos últimos fatos e das minhas suspeitas, pensou um pouco e disse:

– Então, depois que sequestraram a coroa, passaram a exigir o diamante em troca... – disse ele, se servindo de uma boa porção de lasanha quatro queijos. – Me fale um pouco dessa pedra.

– Herança de família. É um diamante raro que vale milhões de dólares...

O Bellochio deu um assobio de espanto:

– Uau, milhões de dólares por um pedaço de vidro. Você já viu ele?

– Não, não vi. Dona Elizabeth não mostra pra ninguém. Fiquei sabendo sobre o diamante pelo Luís Carlos, que me contou toda a história.

– E, pelo que você disse, ninguém sabe onde está a pedra?

– Acredito que, fora dona Elizabeth, ninguém sabe dele. O canalha do filho dela veio pra cima de mim, pensando que a pedra estivesse comigo.

– Em cima de você por quê?

– Não sei se lhe contei, mas dona Elizabeth quis que eu passasse por advogado dela pra assustar a família. Sendo assim, o Zé Roberto está achando que ela me deu a pedra pra guardar.

– Quem é malandro pensa que todo mundo é malandro... Mas onde estaria o diamante?

– Acho que dona Elizabeth escondeu mesmo a pedra. E, pelo visto, bem escondida, tanto que, até agora, ninguém descobriu onde está.

– Talvez no cofre de um banco.

– Pode ser, mas pode ser também que tenha escondido em algum lugar da casa. É uma mansão enorme. Tem lugar de sobra pra esconder uma joia, a ponto de ninguém achar.

O Bellochio depôs o garfo no prato e ficou pensativo por alguns segundos e, depois, me perguntou:

– Mas isso não tem importância agora. O mais importante é descobrir quem está envolvido nesse rolo todo. Nessa altura do campeonato, você já tem alguns suspeitos, não é?

– Sim, tenho, mas nada está ainda bastante claro pra mim.

– Me explica esse negócio direito, parceiro – disse ele, avançando sobre um pedaço do filé-mignon que eu havia deixado sobre a travessa.

– Na verdade, pensei em três hipóteses sobre o sequestro de dona Elizabeth. No começo, achei que foi realizado por um pessoal que não conheço, com exceção do tal do Ceará; depois, quando fui tocaiado pelo Morganti, passei a acreditar que ele estivesse envolvido no caso...

– O Morganti?! – O Bellochio levantou a cabeça do prato. – Mas por que está desconfiando dele?

– E não é pra desconfiar? Ficar assim em cima de mim? Me tocaiar?

– É verdade. O filho da puta tem a maior bronca de você.

– Pois bem, e se ele estivesse envolvido com o sequestro e tentasse me tirar do caminho?

O Bellochio voltou a ficar pensativo. Em seguida, disse, brandindo o garfo:

– Medeiros, você não acha que é muita coincidência? O Morganti, que age basicamente na zona sul da cidade, vir se meter com esse caso aqui no centro?

– Hoje em dia a bandidagem não costuma manter reserva de mercado. Eles vivem trocando informações entre si. Pode até ser que ele tenha representantes do Comando Negro por aqui...

– Nisso você tem razão. Mesmo assim, acho que deve também procurar outras pistas. Não gosto de trabalhar com um caso em que haja assim tanta coincidência.

– Bem, tem a terceira hipótese...

E, meio que envergonhado, contei das suspeitas sobre o Luís Carlos. Ele não pareceu ficar surpreso com aquela revelação, pois apenas disse:

– O Luís Carlos... Então, as empresas dele estão indo pro buraco...

– Não é que estejam todas indo pro buraco. Uma delas foi à concordata e parece que ele pediu um grande empréstimo num banco. Embora não tenha elementos pra avaliar a verdadeira situação dos negócios dele, acredito que esteja um tanto enrolado. Assim...

O Bellochio abanou a cabeça.

– O Luís Carlos é gente fina, mas a gente nunca sabe o que dinheiro pode fazer com as pessoas. É uma pista respeitável, mas acho que você deve ir devagar com isso. Dá do cara não ter nada com a coisa...

– É o que pensei. Tanto que, fora você, não contei isso pra mais ninguém. E, se quer saber a verdade, se tiver que ir por esse caminho, vou fazer isso a contragosto.

Nisso, o celular tocou. Era a Nete, que disse, apressada:

– Douglas, precisava falar com você.

– Tudo bem, vai em frente.

– Não queria conversar no telefone. Dá pra você vim aqui em casa?

– É urgente?

– Muito urgente!

Meu coração bateu acelerado. Devia ser alguma coisa a respeito do Ceará. Se fosse, uma luz ia começar a se acender no fim do túnel. Mas por que ela não me passava a informação pelo telefone mesmo? Foi o que disse, dando a entender que estava ocupado.

– Preferia conversar aqui em casa – insistiu.

– Está bem. Me espera aí que estou indo.

Desliguei o celular. O rosto do Bellochio se iluminou:
– Quem era? Alguma comida?
– Mais ou menos.
– Como mais ou menos? Não me diga que anda comendo mocreia?
– Não, não é mocreia, mas agora não estou combinando uma transa. Talvez seja uma dica boa pra este caso.
– Uma dica, é? – perguntou o Bellochio, curioso.
– Tão boa que vou atrás dela – disse, me levantando. – Até mais ver, parceiro.

* * *

Quando a Nete me abriu a porta, já foi dizendo toda impaciente:
– Poxa, você demorou, hein?
– O que você queria falar pra mim?
– Espera um pouquinho que vou até lá em cima pegar uma coisa pra te mostrar.
Sentei, ela começou a subir a escada, quando parou a meio do caminho e perguntou:
– Você toma um uísque?
– Pode ser.
A Nete desceu a escada, pegou uma garrafa de Passport na estante e foi pra cozinha. O que estava acontecendo com ela? Não havia dado um só sorriso e nem mesmo me beijado, como de costume. Quando veio com o copo de uísque, peguei-a pelo braço e perguntei:
– Escuta, aconteceu alguma coisa com você?
Fechou a cara e resmungou:
– Nada, uns rolos aí. Ando meia nervosa...
Tomei um gole de uísque e perguntei:
– Algo que eu possa ajudar?

– Nada, não.

– Tem certeza?

– Certeza – disse de má vontade, puxando o braço. – Vai bebendo o uísque que vou no meu quarto e já volto.

– Você não vai me dizer logo o que queria me contar? – insisti, curioso.

– Espera um instantinho...

Subiu a escada correndo. Tomei outro gole do uísque. Recostei o corpo no sofá. De repente, me pareceu ouvir alguém sussurrando no andar de cima. Me concentrei, mas não escutei mais nada. Talvez fosse impressão minha. Bebi mais um pouco. Voltei a ouvir o sussurro. Desta vez, de uma maneira bem mais nítida. Não havia dúvida: tinha alguém junto com ela. E se subisse a escada, pra dar uma checada...? Foi tentar me levantar e senti uma súbita tontura. Efeito da bebida? Que besteira, precisava bem mais daquilo pra começar a ficar tonto. Mas o fato é que sentia as pálpebras pesadas, uma secura na boca e começava a não distinguir as coisas direito. E se...? Desconfiado, cheirei o copo de uísque. Não percebi nada de anormal, mas, quando tentei novamente me levantar do sofá, fui tomado outra vez pela tontura, só que agora tão intensa que não conseguia me aprumar. Nisso, os sussurros ficaram mais audíveis ainda, como se duas pessoas discutissem entre si. E até me pareceu que diziam meu nome. Com grande esforço, consegui me erguer um pouco. A sala girou, girou diante de mim. Não conseguindo me manter de pé, caí de joelhos. Porra, tinha mesmo alguma coisa no maldito uísque. A filha da puta da Nete! E o trouxa aqui caindo no velho golpe do "Boa noite, Cinderela". Uma névoa se formou diante dos meus olhos. Percebi que ia perder os sentidos. Antes que isso acontecesse, com as mãos tremendo, peguei o celular e fiz uma ligação. Quando atenderam, ouvi o Bellochio, mas como se ele estivesse muito longe. Com uma voz de bêbado, que parecia não ser a minha, apenas murmurei:

– É o Medeiros... acho... acho... que estou sendo sequestrado...

O celular escapou da minha mão. Num supremo esforço, quis me aprumar pra pegar o aparelho, mas, sem poder controlar mais o corpo, caí, batendo a testa na mesinha. Minha consciência se esvaiu como um punhado de pó numa rajada de vento, enquanto entrava num buraco que parecia não ter fim.

20

Recuperei, afinal, a consciência, mas estava escuro, como se eu não tivesse saído ainda do buraco em que tinha mergulhado. Me sentia enjoado, com ânsia de vômito e minha testa latejava de dor. Fazia calor, e o suor escorria pelo meu corpo feito um regato, me empapando a camisa. Tentei me mexer, mas percebi que minhas mãos e os pés estavam amarrados. Só podia mover a cabeça e parte do tronco. Me sentia como um lombo de porco pronto pra ir ao forno. Respirei fundo e lambi os lábios. Me deu uma puta vontade de mijar, mas me segurei. Fiquei naquela posição incômoda por um tempo que deve ter durado uma meia hora mais ou menos, até que ouvi uma porta se abrindo e notei que uma luz se acendia. Não pude ver nada devido à venda em meus olhos.

– Será que o cara acordou? – alguém disse.

– Se não acordou, vai acordar – disse outra pessoa, com sotaque nordestino.

Um jato d'água me acertou em cheio no corpo, na cabeça, o que me fez sentir bem melhor.

– É, parece que agora a Bela Adormecida despertou... – o primeiro homem disse com uma voz rouca.

Escutei o ruído de uma cadeira sendo arrastada pra perto de mim.

– Vamos ver se o canário começa a cantar – observou o do sotaque.

Ficaram em silêncio por alguns minutos, até que o primeiro dos homens me perguntou:

– Você sabe por que tá aqui, né?

– Pra um tratamento de dentes? – murmurei.

Tive uma pronta resposta pela gracinha: um soco me acertou com força, quase me derrubando junto com a cadeira. Senti uma dor aguda nos lábios, e o sangue me encheu a boca.

– Tratamento de dente é o que vai ter se não dar o serviço. Vamos arrancar a tua dentadura e te deixar banguela se não começar a cantar!

– *Hi, hi, hi* – riu o outro. – O cara vai ficar bonitinho. Que nem quando aquele cara, o Biluca, acertou uma paulada na minha cara...

– Ele te acertou, é? E ficou por isso mesmo?

– Perdi os dentes, e o cara perdeu os bagos. Cortei com a peixeira – disse o homem com a voz cantada. – E o cara, sabe o que ele...?

– Depois você conta essa história – disse, impaciente, o homem que me interrogava. – Primeiro, vamos fazer o canário cantar.

Outro jato d'água me acertou a cara em cheio, quase me sufocando.

– Onde tá a joia?

Era isso... A filha da puta da Nete tinha me aplicado o golpe, talvez a mando do Ceará...

– Que joia? – dei uma de joão sem braço.

– O diamante – tornou a falar o homem.

– E eu sei do diamante? Não tenho nada com isso.

Um soco me acertou em cheio o nariz.

– Claro que tem, seu puto! O carinha disse que você sabe onde tá a pedra.

Ah, o porra do Zé Roberto tinha me entregado...

– Que carinha?

— O filho da veia. Disse que só você sabe onde tá a pedra, mas que não tá nem aí que a gente continua a cortar os pedaços da mãe dele.

— Ele está enganado. Juro que não sei onde está a pedra — disse com dificuldade, porque minha boca doía pra caralho, além de não conseguir respirar direito devido ao nariz amassado.

Uma mão pesada me agarrou pelos colarinhos e me balançou como se eu fosse um pano de pó.

— Pois é bom você saber, porque senão a gente vai te cortar, em vez de cortar a madame. As orelhas, o nariz, os bagos!

— Você vai me cortar à toa — protestei. — O Zé Roberto...

Outro soco, desta vez, me acertou num olho. Minha cabeça balançou e vi estrelas, astros, cometas, a Lua e toda a Via Láctea.

— Tô com sede — disse o homem, irritado. — Enquanto vou procurar uma breja, vai dando um trato nele.

Ouvi o ruído de passos, da porta se abrindo e de uma cadeira se aproximando de mim.

— Ô folgado fiadaputa, vê se dá o serviço logo, que a gente tamos cansado.

— Você é o Ceará, não? — disse, em resposta.

O homem ficou em silêncio por algum tempo, pra depois perguntar:

— E se fosse?

— Poxa, a dona Elizabeth foi tão legal com você, e você dá uma de traíra?

— Traíra, o caralho! — gritou. Em seguida, senti uma agulhada no peito. — Eu vou é te furar inteiro, seu porra!

Segurei um gemido e disse:

— Então, você é mesmo o Ceará... A polícia já sabe que você está metido no rolo. Uma hora te pegam e você é que vai pagar o pato.

A ponta do punhal me rasgou a camisa e o peito. Dessa vez, não pude deixar de dar um grito.

– Seu filho da puta! Pensando que podia ficar comendo a mulher dos outros? Vou te fazer em pedacinho – gritou o Ceará.

– Pode fazer, mas o azar é seu, que não vou poder falar nada – gemi.

– Vai falar, cara! Vai falar! – ameaçou.

Uma das mãos dele me agarrou pelo cabelo.

– Primeiro, vou te furar um olho.

Repentinamente, suspendeu a venda e pude ver a ponta do punhal bem próxima da pupila. Retesei o corpo, tentando libertar os braços e recuar a cabeça.

– Nem adianta se mexer! Você tá mais amarrado que pacote de presente.

Quem estava diante de mim era um nanico, usando um capuz, que acabou tirando.

– Não tenho medo de você, nem da polícia! Sou o Ceará, e daí?

Reparei que estava num cômodo de teto baixo, todo cheio de poeira, com uns poucos móveis arrebentados. As janelas tinham uma portinhola de madeira, provida de tranca, que assim não deixava passar a luz. A iluminação vinha de uma lâmpada de quarenta velas, dependurada de um fio todo sujo de pó, onde pousavam moscas.

A porta do cômodo se abriu e um homem encapuzado, cuja cabeça quase batia no teto, entrou.

– Ô cara, ele disse onde tá o diamante?

– Durão, o cara... Acho que vou furar um olho dele... – disse o Ceará, se aproximando de novo de mim.

Sabia que ele não estava brincando.

– Está bem, eu falo – fingi entrar na dele.

– Desembucha logo.

Procurei esticar a conversa pra inventar uma história que convencesse os dois.

– Se eu contar, o que vão fazer comigo?

O grandalhão sentou diante de mim e rosnou:

– Se a gente pegar a pedra, pode até ser que te solta por aí...

Devia ter cara de trouxa pra ele pensar que me enrolava com aquela história de carochinha. Eu já era um presunto programado. Se soubesse onde estava o diamante e dissesse a eles, adeus, se não soubesse, como não podia mesmo saber, era torturado e morto. Ainda mais depois que o Ceará tinha se revelado pra mim.

– Sabe, tenho família, vocês não podem... – Disse, fingindo que choramingava e como se estivesse me borrando de medo.

– Desembucha logo, que a gente tamos com pressa.

– Vocês prometem que me soltam se... – Voltei a falar com uma voz de cagão.

O grandalhão me deu um tabefe na cara.

– Já disse que a gente vai te soltar, porra! Mas antes começa a cantar e fala onde tá o diamante.

– Tem um porém. Posso dizer agora onde está o diamante, mas não vai dar pra vocês pegarem.

– Como assim? – disse o grandão, irritado, e também tirando o capuz.

Era um homem cujo rosto parecia ter sido esculpido em pedra. Prognata, tinha a testa estreitíssima, o cabelo raspado, as sobrancelhas que nem duas taturanas, as orelhas de abano. Seus olhos eram frios. Parecia ter apenas duas expressões faciais: uma dura, outra mais dura ainda. Devia ser o tipo do sujeito que, mesmo vendo uma velhinha ser atropelada, não movia um só músculo da cara. E era capaz de bater até na própria mãe por causa de uns trocados.

Respirei fundo e disse, já pensando num estratagema:

— A joia está guardada no cofre do escritório que divido com meu sócio.

O prognata, como se lhe doesse pensar, franziu a cara e ficou alguns minutos em silêncio.

— Ô cara, a gente... — começou a falar o Ceará.

O grandalhão fez um gesto com a mãozorra e resmungou:

— Cala a boca e deixa eu pensar.

Por fim, acabou dizendo:

— Você telefona pro teu sócio, falando que quer a pedra, e um de nós vai pegar com ele.

— Desculpa, mas não dá.

— Por que que não dá? — rosnou o prognata.

— Porque meu sócio e eu temos um trato de não entregar a pedra pra ninguém.

— Como assim?

Balancei a cabeça e falei bem devagar, porque meus lábios doíam demais:

— Vou contar a história desde o começo. Quando dona Elizabeth me contratou como advogado, pediu que guardasse o diamante comigo, porque tinha medo de ser roubada. Não sei se você sabe, mas, uns tempos atrás, o Zé Roberto, o filho da velha, ajudado pelo Ceará, roubou dela um colar de safira...

O Ceará me fitou com raiva. O grandalhão se voltou pra ele e disse, fechando a cara:

— Ô Ceará, dessa eu não sabia.

— Porra, foi ideia do seu Zé Roberto. Não tenho nada com isso.

— Será mesmo? — perguntou, desconfiado, o prognata.

— Não roubei nada! — protestou o Ceará. — Só falei pro seu Zé Roberto onde era a loja do Pepe.

— Ah, bom, porque se fico sabendo que você andou me passando pra trás... — O grandalhão arreganhou os dentes de buldogue e mostrou os punhos que eram que nem patas de elefante.

— Porra, tu sabe que sou teu chapa. Nunca ia te passar pra trás.

— Tá bom, tá bom. Agora, deixa ele falar — o prognata resmungou, impaciente.

Fui adiante com a história:

— Como dona Elizabeth ficou assustada com isso, me deu o diamante pra guardar... Aí, achei que era um desperdício uma joia daquelas, que vale milhões, ficar na mão de uma velha que daqui a pouco bate as botas e deixa como herança pro idiota do filho. Combinei com meu sócio, que é um cara esperto, da gente tentar passar o diamante pra frente e pegar a grana.

Suspirei e terminei a história, esperando que acreditassem nela:

— Mas aí aconteceu esse troço do sequestro, a gente resolveu dar um tempo e passar a pedra adiante depois da coisa esfriar. Mas o trato foi de só fazer negócio com os dois juntos. O seguro morreu de velho, né?

— E se a gente falar pro teu sócio que tá com você? Que, se ele não entregar a pedra, a gente te apaga? — o prognata perguntou.

Suspirei de novo.

— Aí, tô fodido, meu chapa, porque ele não entrega a pedra nem que vocês estivessem com a mãe dele. Meu sócio é foda... duro na queda. E, depois, foi o que combinamos, porque podia mesmo acontecer uma coisa dessas.

O grandalhão voltou a franzir a testa. Devia estar espremendo o cérebro como um limão, pra ver se saía dali alguma ideia que prestasse. Finalmente, fazendo uma cara de tristeza, porque talvez odiasse ter que pensar, resmungou:

— Acho melhor falar com o chefe.

Meu coração bateu acelerado. Ah, tinha mesmo um cabeça atrás daquilo. Com certeza, porque aqueles patetas pareciam incapazes de planejar qualquer coisa. Eram bons só pra ameaçar, pra bater, pra matar, mas pensar não era com eles. E quem seria o chefe? O Morganti? Mas, se fosse o Morganti, por que ele não estava aqui me torturando? Não ia perder uma ocasião dessas por nada deste mundo. E se fosse o Luís Carlos?, refleti com pesar. Ele, mesmo que tivesse se metido nessa merda, não ia sujar as mãos com isso. Que se fodesse. Não importava quem fosse. O importante agora era eu arranjar um jeito de escapar daquela. De preferência, de pé e respirando.

O grandalhão saiu e voltei a ficar sozinho com o Ceará.

– Quando pegarem a joia, o que vocês vão fazer com ela? – perguntei.

– O que você acha? Passar pra frente.

– Na loja do Pepe?

– Tu tá ficando curioso, e cara curioso fica com a boca cheia de formiga.

– E se te passarem pra trás?

O Ceará arreganhou os dentes.

– Como assim?

– Bem, eles podem querer ficar com a grana e te foder.

– Que que tu tá pensando? Meus companheiros têm proceder! – gritou.

– Proceder? Vagabundo não tem proceder, cara.

O nanico, fingindo de gente grande, levantou da cadeira e se aproximou de mim com o punhal. Quanto mais nervoso ficasse, melhor.

– Cala a boca, senão te furo, seu porra!

– Se me furar, aí que fico sem poder falar, e aí que eles te fodem.

A porta abriu, e o grandalhão entrou com um celular e um viva-voz.

— E aí? O que o chefe disse? — perguntou o Ceará, ansioso.

— Pro mala telefonar e pedir pro sócio dele trazer a pedra pra gente.

— Trazer aqui? — perguntei.

— Aqui, não. A gente combinamos um lugar. E vê se fala pro teu sócio pra não pôr polícia no meio, senão...

— E você acha que ele vai pôr polícia no meio? Não esquece que a gente pegou a joia da velha.

— E o que você vai falar pro teu sócio? — rosnou o grandalhão.

Sem responder à pergunta, dei um sorriso de malandro e disse:

— E se a gente fizesse um trato?

— Trato? Que trato? — Os olhos raiados de vermelho se fixaram em mim, desconfiados.

— Bem, meu sócio e eu estamos com o diamante... Aí a gente podia vender, rachar a grana entre nós quatro, dar o pinote e todo mundo fica numa boa...

O Ceará começou a rir:

— Porra, tu não vê que tá por baixo, cara?! Que mané rachar o quê! Vocês entregam o diamante, e tu fica contente que a gente te solta.

Dei de ombros.

— Não custava nada tentar...

O grandalhão, parecendo irritado com a conversa, armou a mão e ameaçou me dar um soco. Se me acertasse, tenho certeza que me arrancava a cabeça. Me encolhi o quanto podia e gemi:

— Tá bom, tá bom. O que você queria mesmo saber?

— Vamos! O que você vai falar pro teu sócio, caralho?!

Pensei um pouco e disse:

— Vou falar que achei um negociante de joias que quer comprar o diamante. Está bem assim?

O grandalhão perguntou:
— O número do telefone dele?
— Que horas são? — Fechado naquele quarto escuro, não podia saber se o Bellochio estava no trabalho ou em casa.
— Por que tá querendo saber as horas? — perguntou o grandalhão, com uma expressão tão inteligente quanto a do fundo de uma caixa de sapatos.
— Porra, parece que vocês não têm cabeça! Dependendo da hora, não dá pra ligar no escritório.
O Ceará consultou o relógio e resmungou:
— Oito da noite.
Dei o número da casa do Bellochio, o grandalhão discou, não sem deixar de me advertir, sacudindo a mãozorra:
— Nada de treta. É só tentar me enrolar, que te arrebento.
O telefone tocou uma, duas vezes e, pra meu alívio, quem atendeu foi o meu parceiro.
— Bellochio...
— Medeiros! Você... — exclamou, assustado.
— Presta atenção! — disse, interrompendo-o e procurando falar da maneira mais clara possível, apesar dos ferimentos na boca. — Encontrei compradores pro diamante. Estão dispostos a pagar quinhentos mil dólares no ato.
O Bellochio não era nada trouxa e entrou logo no jogo:
— Quinhentos mil dólares...?
Com a testa franzida, o grandalhão e o Ceará seguiam atentos a conversa.
— Você está de acordo? — continuei.
O Bellochio ficou quieto por alguns segundos e, depois, me contestou:
— Não acha pouco, velho? A gente podia...
— Concordo que é pouco, o diamante vale bem mais que isso. Mas os caras pagam no ato. Me mostraram até as verdinhas. A gente vende logo a joia e resolve nosso problema.

Não esquece que a polícia está em cima.

– O.k. E como a gente faz o negócio?

– Você passa no escritório, pega o diamante e vem se encontrar com a gente.

– Encontrar onde?

– Um momento – disse, me voltando pro grandalhão, que tapou o bocal do telefone com a mãozorra. – Meu sócio quer saber onde que a gente vai se encontrar.

– Pode ser lá pros lados do Embu – sugeriu o Ceará, depois de refletir por alguns segundos.

– Não, local ermo não dá – protestei. – Meu sócio vai pensar que é assalto. Tem que ser aqui na cidade mesmo.

– Na cidade? – ponderou o grandalhão. – Onde?

Pensei rapidamente e cheguei à conclusão de que o melhor lugar seria no estacionamento de um supermercado daqueles bem grandes, em que os vagabundos se sentissem em relativa segurança.

– No Wal Mart da marginal Pinheiros. Funciona vinte e quatro horas e a gente pode se encontrar lá.

O Ceará balançou a cabeça.

– Não gosto disso. Pode tá cheio de gente.

– E se a gente for perto da meia-noite? – perguntei.

Não queria só me certificar que, nesse horário tardio, o local estivesse quase vazio; queria também dar tempo ao Bellochio de se preparar.

– É, meia-noite tá bom – o grandalhão acabou concordando.

Continuei a explicar:

– Estacionamos numa das extremidades do estacionamento, onde não deve ter ninguém. Meu sócio traz o diamante, vocês entregam uma mala qualquer, cheia de alguma coisa, pra fingir que é grana. Enrolo ele até vocês se mandarem.

O grandalhão cravou em mim os olhos raiados de vermelho, cujas pestanas começaram a piscar como asas de mariposa. Sabia o que queria dizer aquele olhar: que seus dois neurônios estavam desconectados e que, por isso, não conseguia chegar a nenhuma decisão. Resmungou uma coisa que não entendi e ameaçou se levantar da cadeira. Na certa, queria consultar o cabeça.

– Porra, até pra isso precisa falar com o chefe? Será que vocês não têm iniciativa? – perguntei, desafiando.

Pareceu ficar tocado com minha observação. Franziu a cara, deu outro daqueles grunhidos de urso esfomeado, voltou a se sentar e destapou o bocal do celular.

– Tá bom, pode combinar.

– Alô, Bellochio, está me ouvindo?

– Fala, meu caro.

– O encontro vai ser no Wal Mart da marginal Pinheiros. Sabe onde é, né?

– Na frente do Centro Empresarial?

– Lá mesmo. A gente pode se encontrar perto da meia-noite, no canto mais afastado do estacionamento. Um instante...

Me virei pros patetas.

– Que carro vamos usar?

– Um Golf – respondeu o prognata.

– De que cor?

– Preto.

Voltei a falar com o Bellochio.

– Vamos estar num Golf preto. Você entra no estacionamento, dá três sinais com o farol e damos três sinais em resposta. Tá legal?

– Acha que devo levar os seguranças? Você sabe, né, o diamante tem muito valor...

– Nada de segurança. Os caras aqui são de confiança. Se levar os seguranças, vão pensar que a gente tá de treta.

O Bellochio fez uma longa pausa e depois disse:

– Tá bem, mas tem um problema.

– Problema? Que problema?

– Não sei se sabe, mas sofri um acidente.

– Acidente?

– Fui atropelado por uma moto. Quase que me fodi. Quebrei o braço e torci o pé. Impossível dirigir.

Comecei a entender onde ele queria chegar. Grande Bellochio! Mesmo assim, dei uma de inocente:

– Pega um táxi.

– Posso pegar, mas quase não consigo andar direito.

– Bem, pede pra nossa secretária vir com você. A garota é forte, você pode se apoiar nela.

– E vou incomodar a Swellen de noite?

– Porra, Bellochio, deixa de onda! Liga pra ela e fala que é negócio urgente, que depois a gente paga hora extra! Estamos falando de milhares de dólares, cara!

– Tá bom, tá bom. Perto da meia-noite, Wal Mart da marginal.

– Te esperamos lá.

– Um instante. Você conferiu a grana?

– Conferi, pacote por pacote. Quinhentos mil dólares! Em notas de cem. Até mais ver...

Desliguei o telefone. Eles se levantaram pra sair, e eu disse:

– Tenho uma última pergunta.

O prognata franziu a testa.

– Pergunta? Que pergunta?

– E a minha cliente? O que vão fazer com ela? – disse isso com a esperança de obter algum indício sobre o paradeiro de dona Elizabeth.

– Isso não é problema teu, cara – respondeu com impaciência. – Você tem é que entregar o diamante e ficar na tua. Deixa que a gente cuida da velha.

21

Sem falar nada, o brutamontes e o Ceará deixaram o cômodo. Deviam ter ido consultar o chefe sobre os últimos detalhes. Não aguentando mais segurar, mijei na calça mesmo e senti um grande alívio. Pelo menos quanto a isso, porque a boca, os olhos, o nariz atingidos pelos socos doíam demais. Sem contar os cortes de punhal no peito e os pulsos e tornozelos que estavam dormentes devido ao aperto das cordas.

Poucos minutos mais tarde, voltaram, o Ceará me vendou e amordaçou com fita isolante e me desamarrou da cadeira. Fui jogado no chão, e minhas mãos puxadas pra trás e amarradas juntamente com as pernas. Em seguida, me carregaram. Ouvi portas se abrindo, até que pude sentir uma brisa e o cheiro de vegetação. Compreendi que estava fora da casa. Um cão feroz começou a latir por perto e, de repente, me pareceu ouvir, vindo de longe, o ganido de outro cachorro – huuuuuuuu. Deixei de sentir o cheiro das flores e de distinguir com nitidez os ruídos quando me ergueram e me jogaram num lugar que desconfiei ser o porta-malas de um carro. Pouco depois, escutei o barulho de um motor sendo ligado e comecei a chacoalhar.

Saímos numa rua, viramos logo à esquerda, seguimos em linha reta por uma meia hora mais ou menos, depois viramos de novo e, uns quinze minutos mais ou menos, o carro estacionou. Puxa vida, o local do sequestro não devia ser longe. Disso podia ter certeza – do contrário, a viagem teria demorado bem mais. Esta era uma pista valiosa. Deixei de pensar nisso quando abriram o porta-malas. O prognata – só podia ser ele – me puxou de dentro do carro e me jogou no chão. Em seguida, o Ceará tirou a minha venda, a mordaça e me desamarrou. As luzes brancas do pátio do estacionamento me cegaram.

– De pé! – gritou o grandalhão.

Mas as dores eram tão fortes que eu não conseguia me erguer. Ele me agarrou pelas axilas, me levantou, como se eu fosse um saco de batatas, e me jogou no assento de frente do carro. O Ceará, que estava armado com uma .12, sentou atrás de mim, e o prognata foi se sentar ao volante.

– Presta atenção, cara – disse, me mostrando uma .45, que parecia uma arma de brinquedo em sua pata de elefante. – O Ceará tá com a .12 encostada na costa do teu banco, eu tô aqui com a minha quadrada apontada pra tua barriga. Se tu fazer uma graça, se teu sócio também fazer graça, te arregaçamos.

– Pode ficar tranquilo, que não sou besta. – E não era mesmo besta a ponto de dar uma de herói naquela situação.

Ficamos na espera. Eu suava frio. O Bellochio e a Swellen não podiam bobear, que aqueles putos atirariam em mim. Ainda mais porque pareciam nervosos. Pouco tempo depois, a Blazer de meu parceiro entrou no estacionamento e, quando deu com o Golf, piscou três vezes o farol. Em resposta, o brutamontes fez o mesmo.

– Vocês trouxeram a mala? – perguntei pra quebrar a tensão.

– Tá aqui atrás – resmungou o Ceará.

A Blazer veio em nossa direção e parou a poucos metros do Golf. A porta do motorista se abriu, e a Swellen desceu. Estava elegante: trazia os cabelos presos num coque, usava um tailleur, sapatos de salto alto e carregava uma bolsa de tamanho médio. Deu a volta no carro, abriu a porta do passageiro e ajudou o Bellochio a sair. Meu parceiro estava com um pé enfaixado e o braço direito engessado numa tipoia. Devido a isso, vieram caminhando devagar, o Bellochio com o braço bom apoiado no ombro da Swellen e arrastando a perna. A garota, que é canhota, estava com a mão esquerda atrás da bolsa, que trazia apertada contra o peito.

– *Quiá-quiá-quiá!* – grasnou a besta do Ceará. – *Zi-toc, zi-toc, zi-toc*. O mala tá parecendo um besouro manco.

O grandalhão abaixou os vidros do carro do meu lado. Em seguida, me pressionou o baço com a boca da pistola, enquanto o Ceará me cutucava as costas com a ponta da .12 através do encosto do banco. Um calafrio me correu a espinha. Era desconfiarem de alguma coisa e não hesitariam em disparar. Mais do que nunca, meus parceiros não podiam errar. O que será que tinham combinado pra tentar me resgatar?

Quando chegou junto do Golf, do lado em que me encontrava, o Bellochio se inclinou e disse:

– Boa noite.

Sem diminuir a pressão da pistola sobre meu baço, o grandalhão avançou o torso e respondeu:

– Boa noite.

– Como tinha combinado com meu sócio, trouxe a pedra. Vamos acertar o negócio? – tornou a falar meu parceiro.

O grandalhão virou pra trás e disse:

– Ceará, pega a maleta com a grana.

O Ceará desencostou a ponta da .12 das costas do meu banco. Foi o sinal pra que o braço enfaixado do Bellochio se movesse rapidamente. Ouvi um estampido, seguido de imediato de outro, que pareceu sair de dentro da bolsa da Swellen. Quase surdo pelo ruído dos tiros, virei a cabeça ainda a tempo de ver o grandalhão esparramar-se no banco, mexendo convulsivamente as pernas e os braços que nem uma galinha degolada. No vidro da porta do motorista escorriam placas de sangue misturadas a pedaços de cérebro.

As portas se abriram, o Bellochio me pegou pelo colarinho e me puxou pra fora do carro, enquanto a Swellen se inclinava sobre o banco de trás. Deitado no asfalto escutei meu parceiro gritar:

– E aí, garota, acertou o outro?

– Em cheio, Belo.

O Bellochio me cutucou com a ponta do pé.

– Levanta daí, molenga.

– Não consigo – gemi.

Ajudado pela Swellen, o Bellochio me ergueu. Fiquei de pé, o corpo tremendo e suando frio. Voltei a cabeça na direção do Golf.

– Queria dar uma olhada.

A Swellen pegou uma lanterna na Blazer e iluminou o banco traseiro do Golf. Caído de lado, o Ceará dormia seu último sono, com um buraco na altura da orelha. Fazia companhia ao grandalhão, cuja testa tinha sido arrebentada pela bala do Bellochio. Os parceiros haviam feito um serviço de primeira. Mas pena que não tivessem deixado um deles vivo, pra que desse o serviço sobre o sequestro. Foi o que comentei. O Bellochio se voltou pra Swellen, pôs uma das mãos na cintura, balançou a cabeça e observou:

– Você está vendo a ingratidão, querida? A gente salva a vida do mala e ele ainda vem exigir uma coisa dessas. Vai fritar um ovo podre, cara!

Eles me ajudaram a entrar na Blazer, onde comecei a friccionar as pernas e os braços. Enquanto a Swellen telefonava pra Divisão Antissequestro, o Bellochio tirava a atadura do braço até revelar na mão direita um Taurus .38, cano curto.

– Parabéns, parceiro! – disse, com entusiasmo. – Você foi mesmo brilhante.

– Agradece também pra parceira. A ideia da bolsa foi dela.

Com um sorriso, a Swellen me mostrou a bolsa: um dos

lados havia sido arrancado, pra que ela pudesse segurar a pistola .380 com que tinha acertado o Ceará.

Uma meia hora mais tarde chegava o pessoal da DAS, seguido de um carro de defunto e outro do IML. O doutor Vasconcelos veio até mim, me cumprimentou e observou:

– Eles te machucaram feio, hein!

Apesar da boca ferida, comecei a rir:

– Mas garanto que estou em situação melhor que eles.

Ali mesmo, sentado na Blazer, resumi a história, desde que tinha apagado, depois de beber o uísque da Nete, até o momento que havia acordado num cômodo escuro e interrogado pelos sequestradores.

– Pelo que você me diz, o grupo, ao que parece, conta com três elementos.

– *Contava*...

Ele se corrigiu:

– Perfeito: *eram* três, agora, pelo visto, é só um que resta. Você, por acaso, chegou a vê-lo ou, pelo menos, desconfia de quem seja?

Pensei se valia a pena falar de minhas suspeitas sobre o Morganti ou mesmo sobre o Luís Carlos. Mas, como não tinha dados mais sólidos, achei melhor não.

– Não, não desconfio, mas acho que é alguém com mais cabeça que os presuntos, o que não é muito difícil. Esses dois aí tinham cérebro de minhoca.

– Outra coisa: você pode me dar o endereço da garota que te aplicou o golpe?

Passei o endereço da Nete, não sem antes lembrar que era provável que ela não estivesse mais no sobrado.

– Com certeza, mas não custa nada investigar. E quanto ao local do teu sequestro?

– Não tenho a mínima ideia. A única coisa que sei é que parece ser perto daqui. Eles devem ter levado um pouco mais de meia hora pra chegar ao encontro. Também ouvi o ruído de trânsito normal, o que me faz suspeitar que estavam no perímetro urbano mesmo.

– Talvez numa dessas favelas aí da marginal...
– Pode ser. E quanto ao carro? – perguntei.
– Já mandamos checar. É roubado.

O doutor Vasconcelos consultou os dados que havia anotado e disse, dando um suspiro:

– Foi uma pena que pelo menos um dos sequestradores não tivesse ficado com vida... Tornaria as coisas mais fáceis. Mas, pelo visto, você corria risco de morte, e seus parceiros agiram corretamente.

Sem conseguir me segurar, bocejei.

– Acho que você deve estar cansado. Passou por uma situação complicada. Vá pra casa dormir. Depois, voltamos a conversar – ele disse.

Era o que precisava, tanto que me recusei a ir a um pronto-socorro. Não bastasse o sono, ainda estava sujo, mijado. Dormi na Blazer, enquanto o Bellochio e a Swellen me levavam pra casa. Me despedi deles, prometendo pagar um churrasco pra comemorar o meu resgate, entrei no prédio como um sonâmbulo e nem dei confiança ao porteiro da noite, que tentou me dizer alguma coisa.

– Amanhã, a gente conversa – disse, fazendo um gesto com a mão, pra me livrar do importuno.

Estava louco por um banho e um bom copo de uísque. Tive que adiar esse meu desejo: pra mal dos meus pecados, ao chegar no apartamento, percebi que tinha sido arrombado. Porra! Ainda mais essa! Entrei: meu sofá de corcovas, todo estripado, estava com os intestinos à mostra, o fundo da tevê e do aparelho de som tinha sido aberto. Fui no quarto, onde me aguardava a mesma desolação: o colchão cortado dos dois lados por um estilete, o guarda-roupa revirado, as roupas espalhadas por tudo quanto é canto. Na cozinha, as panelas, as louças estavam jogadas sobre a pia, a mesa e o chão. Os vidros de café e de açúcar haviam sido esvaziados, e a geladeira ronronava completamente escancarada. Tinham fuçado até no congelador. Procurei, no meio da bagunça, uma garrafa de Johnny Walker. Enchi meio copo e fui sentar no sofá estripado, me acomodando o melhor possível. Bebi um gole. Os meus sequestradores – só podiam ser eles –, enquanto eu estava preso e sem sentidos, haviam estado ali, revistando cada centímetro do apartamento, com certeza, em busca do diamante. Era um mistério pra mim como haviam descoberto meu endereço. Se fosse mesmo o Morganti que estivesse por detrás disso, até entendia, já que ele sabia onde eu morava. E, como tinham conseguido subir, se havia dado ordens expressas aos porteiros pra que não permitissem isso? Talvez fosse o que o porteiro da noite quisesse me comunicar com tanta insistência. Pensei em dar uma descida e conversar com ele. Mas o cansaço era demais. No presente momento, não estava em condições de investigar nada. Queria um banho, uma cama, mesmo com um colchão todo fodido. No banheiro, olhei no espelho do armário revirado: minha cara estava um espetáculo. Meu nariz era uma batata recheada e os lábios, duas salsichas alemãs. Em pouco espaço de tempo, era a segunda vez que me socavam a valer. Se continuasse assim, não ia conseguir mais me reconhecer. Melhor – convivia com uma pessoa diferente. Tomei a ducha fria de costume, emborquei outra dose de uísque e fui dormir.

Acordei pela manhã com dores nos punhos, nos tornozelos, na cara. Tomei um banho e desci pro meu café no Trás-os-Montes, mas, antes, parei na mesa do Demerval. O porteiro me olhou, arregalando os olhos vermelhos.

– Doutor, que que aconteceu?

Fui direto ao ponto:

– Quem subiu no meu apartamento na minha ausência?

– A polícia – respondeu, assustado.
– Polícia? Que polícia?
– Vieram dois caras aqui. Um grande e outro pequeno. Falaram que eram da polícia.

Já sabia quem eram – os dois patetas.

– Eles disseram que eram da polícia, e você foi deixando que entrassem? E nem foi olhar quando arrombaram a porta? – perguntei com vontade de dar uma nas trombas dele.

– O que eu podia fazer, doutor? Eles mostraram até o distintivo.

Distintivo... Na certa, uma estrela de plástico daquelas do brinquedo "Detetive Fantástico". Apoiei as mãos sobre a tampa da mesa do infeliz.

– Não eram da polícia porra nenhuma, seu energúmeno! Quem é da polícia sou eu! Não disse a você e aos outros retardados da portaria que era pra não deixar subir ninguém sem minha autorização?

– O senhor disse, mas eles falaram que, se eu não deixasse eles subir, ia preso num camburão.

Puta merda! Puta merda! Puta merda! A merda estava feita, agora tocava comprar outro sofá, um colchão novo, talvez um aparelho de som, se os filhos da puta não tivessem estragado meu velho Sony. E esperar que a Bete, que vinha no dia seguinte, conseguisse pôr ordem na bagunça.

– Já que você fez a cagada – disse, me dirigindo ao estafermo –, você sobe agora até meu apartamento e vai dar um jeito de sumir com o sofá e com o colchão que eles estragaram.

– Não posso deixar a portaria, doutor. O síndico disse...

– Quero que o síndico se foda! Vou sair e, quando voltar, quero aquelas merdas fora do meu apartamento!

Com aquela desordem em casa, tive que dormir num HO, um muquifo cheio de pulgas, nas imediações. Mais essa pra foder ainda mais a minha vida.

22

No dia seguinte, depois de comprar um sofá e um colchão, saí atrás da Nete. Mas só pude confirmar o que já sabia: a garota não estava mais no sobradinho em Santo Amaro. Os vizinhos disseram que tinha sido vista saindo de casa com a filha e as malas. Será que havia voltado pra Fortaleza? Fui até o Fleur de Lys e dei com a espelunca fechada. Também, com um dos donos em mãos dos sequestradores, não podia esperar outra coisa.

Na hora do almoço, recebi um telefonema do Luís Carlos:
– Falei com o doutor Vasconcelos, que me contou que você passou por maus bocados.
– Pra variar...
– Lamento. Você ficou machucado?
Dei de ombros.
– O de sempre... Já estou acostumado...
– Essa gente não tem medidas... – disse, desolado.
Mesmo que desconfiasse dele, não pude deixar de perguntar:
– Falando nisso, você reforçou tua segurança?
– Tomei minhas providências. Contratei mais gente e não deixo a Claudinha sair sozinha em hipótese alguma.
– Fez bem. Você não pode esquecer que está na linha de tiro. Além de mim, é também suspeito de esconder o diamante... Falando nisso, sabia que, enquanto estive no cativeiro, reviraram meu apartamento?

– Ah, é, mas que puta atrevimento. E como sabiam do teu endereço?

– Sei lá.

– Quando te apertaram, você não disse nada?

– Não. Eles revistaram o apartamento antes de me apertarem.

– Como sabe disso?

– Ah, é uma longa história, depois te conto tudo.

Se esperava que ele se traísse e me desse alguma pista com aquela conversa sobre meu endereço, não foi o que aconteceu, porque logo depois mudou de assunto, dizendo:

– E, pelo visto, você não tem mais pistas...

– Tenho algumas... – disse isso, embora não tivesse pista alguma. Apenas jogava verde pra colher maduro.

– Que pistas?

– Acho que sei quem é o mentor do sequestro.

– Ah, é?! – exclamou. – Pode me dizer quem é?

– Ainda não, pois são apenas especulações.

– Está bem, se você não pode me dizer... Mas tem outra coisa que gostaria de te falar. A Vilma me ligou preocupada, dizendo que faz dois dias que meu primo sumiu de casa e não dá as caras.

Meu coração bateu acelerado. Será que o mala também tinha sido sequestrado?

– Quando aconteceu isso?

– Ela me telefonou ontem à noite. Disse que anteontem o Zé Roberto saiu pra ir no banco, mas não voltou pra casa e nem deu notícia.

– Os sequestradores?

– Também não entraram mais em contato. Puta merda, estou preocupado. Temo que, não encontrando o diamante, façam alguma coisa mais violenta contra a titia. E, se pegaram agora o Zé Roberto, talvez pensem que tenham mais poder pra negociar.

– Será? Não acha que a dona Elizabeth já é um trunfo suficiente pra isso?

– Se não é isso, tem uma ideia do que aconteceu com meu primo?

– Sei lá. Preciso pensar.

O Luís Carlos desligou. Olhei pro prato quase cheio. A conversa tinha acabado com meu apetite. Enquanto bebia um café, fiquei raciocinando um pouco sobre aquela merda. Será que o Luís Carlos estava mesmo metido no rolo? E quanto ao fuinha? Sumir assim sem deixar traço... Quanto a isso, tinha uma coisa que me preocupava: onde estava o pessoal da Divisão Antissequestro, que deixava o cara desaparecer, sem mais nem essa? E, com o sumiço dele, as coisas ficavam ainda mais complicadas. Pensei se não valia a pena dar um pulo até a rua Cuba e tentar falar com a Vilma. Telefonei antes pra marcar o encontro. Quando disse que queria conversar com ela, protestou:

– Já disse tudo que sabia pra polícia.

– Mas será que a gente não podia conversar assim mesmo?

– Desculpe, não estou em condições de conversar com ninguém.

Insisti, ela ficou calada por algum tempo, pra depois dizer, como que resignada:

– Está bem, desde que o senhor seja breve.

Tomei um táxi e fui pra rua Cuba. Esperei diante da casa, até que uma empregada que não conhecia veio abrir o portão. Era uma mulher baixinha que, ao contrário dos outros empregados da mansão, não usava uniforme. Parecia mais uma faxineira comum do que uma doméstica contratada numa agência especializada. Segui a mulher pelo caminho de pedra e reparei que o jardim estava bastante maltratado: a grama, amarelada, parecia não receber água já havia um bom tempo, o mato tomava conta dos canteiros, na água das fontes boiavam galhos e folhas. Subi a escadaria, entrei no saguão, e a mulher disse num tom humilde:

– O senhor espera um pouco que a dona Vilma já vem.

Achei o hall meio bagunçado, os móveis cobertos de pó, as plantas dos vasos e cachepôs sem viço. E se desse uma olhada na sala de jantar? Antes que fizesse isso, porém, uma porta se abriu e a Vilma apareceu. Vinha com um vestido preto e justo. Usava sandálias, não trazia pintura na cara, nem mesmo batom. Os cabelos estavam presos num coque. Mas, mesmo com esse aspecto de desleixo, sua aparência ainda era bem desejável.

– Faça o favor de sentar – disse numa voz baixa e sem olhar pra mim.

Sentei.

– O que o senhor queria saber?

– As circunstâncias do desaparecimento do seu marido.

Levantou o rosto, deu um suspiro fundo e apertou as mãos.

– Antes de ontem... o Beto saiu pra ir no banco.

– A senhora pode me dizer o que ele foi fazer no banco?

– O senhor me desculpe, mas nunca fico a par dos negócios do meu marido. Ele não costuma me falar disso, mas desconfio que queria fazer um empréstimo.

– Fazer um empréstimo? O Beto, por acaso...

Um ganido do Charles veio me interromper. Ela sorriu sem graça:

– O cachorro. Era muito apegado à dona Zazá...

Voltou ao assunto de nossa conversa:

– Mas o senhor queria saber por que o Beto foi fazer um empréstimo... É que, com essa confusão, a gente tem passado certas dificuldades. Temos contas pra pagar e...

– Foi por isso que dispensaram os empregados?

Hesitou um pouco, mas acabou balançando a cabeça.

– Sim. Estava caro demais manter a casa com o mordomo, a copeira. Agora só estamos com a faxineira, que faz a limpeza e atende à porta.

– E quanto aos sequestradores? Não entraram mais em contato?

Espremeu as mãos e me fitou com uma expressão de angústia.

– Depois daquele negócio da orelha... eles... eles...

Sem conseguir completar a frase, começou a chorar sacudindo os peitos, que saltavam como duas bolas de borracha. Fiquei na minha, esperando que a explosão de choro passasse. Por fim, ela se limpou com um lencinho e disse:

– Pois bem, eu dizia que, depois daquela barbaridade, não entraram mais em contato, mas agora estou preocupada com o Beto.

– A senhora chegou a avisar a polícia?

Ela me respondeu com outra pergunta:

– O senhor acredita que podem também ter sequestrado ele?

– Pode ser, mas, no caso, não vejo utilidade alguma pra isso. Já têm dona Elizabeth e o teu irmão.

– Sei lá. Pra forçar ainda mais a gente.

– E correr um risco à toa? A senhora não pode esquecer que manter duas pessoas num cativeiro é complicado, três nem se fala. – E completei com dureza: – E, se quer saber, a moeda de troca é mesmo a dona Elizabeth.

Esse raciocínio que formulava naquele momento me levou a outro mais ousado: e se o pilantra do Zé Roberto tivesse descoberto onde estava o diamante e sumisse de propósito, pra não ter que negociar com os sequestradores?

– A senhora não notou nada de estranho nas atitudes do seu marido nos últimos dias?

– Como assim?

– Ah, alguma agitação, telefonemas...

Ela refletiu um pouco.

– Ele andava nervoso com a situação, como era de se esperar, é claro...

– O passaporte dele?

– Passaporte? Por quê?

– Não sei, estou apenas perguntando.

Uma chispa de indignação brilhou nos olhos dela.

– O que o senhor está insinuando? O Beto seria incapaz...

– Não estou insinuando nada. Apenas estou examinando a coisa de vários ângulos. O marido da senhora não pode desaparecer assim, sem mais nem essa. Por acaso, verificou em qual banco ele ia quando sumiu?

– Acho que no HSBC...

– Agência?

A Vilma começou a torcer as mãos como se fossem uma toalha molhada.

– Não sei qual a agência. Como disse ao senhor, nunca estou a par dos negócios do meu marido.

– Mas a senhora não tem aí um talão de cheques onde a gente pode verificar...?

Minha suspeita é que o fuinha, depois de achar o diamante, havia passado no banco a fim de levantar dinheiro pra poder fugir pro exterior.

– O senhor está indo longe demais! – Ela se levantou como que impelida por uma mola.

– Só por perguntar sobre a agência?

– Não gostei nada, nada da insinuação que fez sobre meu marido! Acho melhor o senhor se retirar.

Dei de ombros, me levantei e fui me dirigindo na direção da saída. De repente, escutei o Charles arfando do outro lado da porta. Parei de andar e disse:

– Um instante.

Pareceu surpresa e me fitou, cruzando os braços.

— A senhora deixa eu dar uma olhada no cachorro?
— Como assim "dar uma olhada no cachorro"?!
— Queria ver se ele está bem.
— Mas claro que ele está bem! — rebateu, indignada.
— Mesmo assim...
— Olha, o senhor se ponha daqui pra fora! — Os olhos dela fuzilaram, e as faíscas que vieram em minha direção quase me chamuscaram as sobrancelhas.

Recuei um passo. Quanta braveza! E isso só a tornava mais apetecível. Uma mulher daquelas na mão de um fuinha que só sabia se drogar e frequentar as putas... Que desperdício!

— Se a senhora souber de alguma novidade... E não...

Ia acrescentar "não esqueça de avisar a polícia sobre o desaparecimento do teu marido", mas, sem me responder, a Vilma bateu a porta com força na minha cara. Tive então certeza de que, mesmo se os sequestradores mandassem o saco do marido como prova de vida, ela nada me diria.

À noite, saí com o Bellochio e a Swellen. Promessa era dívida, e eu tinha uma dívida grande com meus parceiros. Fomos ao Fogo de Chão comer um churrasco. Não foi uma noite divertida — comemos, bebemos, mas sem alegria. Acho que por minha culpa. Estava distraído, quase não prestando atenção na conversa dos parceiros. É que, dentro de mim, os últimos fatos corriam de um lado pro outro feito um bando de camundongos: o arrombamento do meu apartamento, o sumiço da Nete, do fuinha, o silêncio dos sequestradores, a quase absoluta falta de pistas. Estava num mato sem cachorro. É bem verdade que podia me livrar daquilo, porque oficialmente estava fora do caso, que era de responsabilidade exclusiva da DAS. Mas, só de lembrar do sorriso de dona Elizabeth, do jeitão da Anica e de como tinha fracassado em minha missão, me batia o remorso e tomava consciência de que tinha tudo a ver com o caso.

– Afinal, você vai ou não vai? – o Bellochio me perguntava.
– Desculpe. O que você estava dizendo?
– Comer em casa no domingo, porra! – disse, irritado.
– Claro que vou...

A Swellen pôs a mão sobre a minha.

– O que está te preocupando, querido?

Fiz sinal ao garçom, pedindo mais um chope. O oitavo ou nono, tinha perdido a conta.

– É essa merda em que me meti. Não faço outra coisa senão me afundar cada vez mais – acabei dizendo.
– Porra, deixa pro pessoal da Divisão Antissequestro. Eles que se virem, caralho! – me disse o Bellochio.
– Tenho uma dívida com a dona Elizabeth. Falhei quando não podia falhar.
– O que você podia fazer? Enfrentar os vagabundos desarmado? Deixa de querer bancar o herói, Medeiros! Isso é pro Bruce Willis!
– E não pra um tira de merda como eu...
– Você é quem disse. Eu não te acho um tira de merda. Só acho que a gente é o que é, e deve fazer só aquilo que pode fazer – filosofou o Bellochio.

Balancei a cabeça, desanimado. Ao mesmo tempo, refleti que não tinha direito de ser o desmancha-prazeres. Havia convidado os amigos pra celebrar, mas, em vez disso, estava só chateando eles. Pedi outro chope.

– Você tem razão. Ando numa pior, mas as coisas não podem ficar como estão. A vida tem que continuar...

Peguei na mão da Swellen e disse, forçando um sorriso:

– Mudando de assunto, já te disse que estava um tesão no dia que foi me resgatar? Há quanto tempo você não põe aquele vestido e usa salto alto?

23

Voltei pra casa bêbado e trançando as pernas. Cheguei no apartamento, caí na cama e dormi de imediato. Mas não foi um sono calmo – tive um pesadelo. Nele, era chamado pra reconhecer o corpo de dona Elizabeth numas quebradas pros lados do Embu. Usando o colar de diamante no peito, a cara cheia de vermes, abria os olhos e dizia com severidade: "O senhor é um incompetente! Onde se viu deixar que os bandidos me sequestrassem?". E era substituída pela Anica, que sambava ao som da música de Mozart, as ancas bamboleando como as de uma elefanta grávida. As mulheres desapareciam, e o grandalhão vinha do nada pra me sacudir várias vezes, enquanto gritava "a pedra, onde tá a pedra, seu fiadaputa?". Ao longe, um cachorro gania – huuuuuuuu. Com o ganido soando na cabeça, acordei, dando um salto. Ainda sonado, sentei na cama e, sem saber por quê, gritei:
– O Charles!
O pesadelo tinha me feito lembrar que, no instante em que os sequestradores me carregavam até o porta-malas do carro, um cão ali por perto havia rosnado e outro, de longe, havia ganido. E o que havia ganido era o Charles, só podia ser o Charles! E me veio à cabeça a ideia maluca de que o local do meu cativeiro talvez fosse o porão da casa da rua Cuba! Será que não estava delirando? Devia mesmo estar delirando, como resultado da noite maldormida. Porque isso

era impossível – os sequestradores não seriam tão idiotas assim. Porra, o que eu estava pensando só podia partir do desespero de uma mente ensandecida. Refleti mais um pouco, acariciando a ideia que tinha me assaltado: seria mesmo idiotice usar o porão da casa da rua Cuba como cativeiro ou um lance de esperteza? Fugia a toda a lógica e não parecia nada verossímil, mas tinha seu aspecto positivo, pelo menos pros vagabundos: desviava a atenção da polícia, que devia estar procurando pelo cativeiro em favelas e em sítios longe dali. Acreditando nessa hipótese, quem seria o cabeça do sequestro? Só podia ser o Zé Roberto. Mas era demais pra um imbecil como aquele planejar uma coisa desse tipo, sem contar que precisava ter peito pra sequestrar a mãe, o cunhado e, depois, correr o risco de me prender no porão da própria casa. E peito era o que ele não tinha. Ia amarelar na primeira ocasião. Não, a hipótese sobre a qual refletia não era mesmo nada verossímil. Mas era o que eu tinha nas mãos, baseado apenas e tão somente no ganido do Charles. Voltei a deitar, sem dormir. Fiquei pensando naquilo, até que sentei de novo na cama, convencido de que a ideia maluca podia ter fundamento. Afinal, a solução da maioria dos meus casos não havia tido como ponto de partida *insights* assim meio fora de propósito? E se fosse até a rua Cuba dar uma checada? Se não encontrasse nada, pelo menos não continuava naquela agonia.

Olhei no relógio: eram duas da manhã. Um bom horário pra investigar. Levantei, me vesti. No armário da área de serviço, peguei uma chave de fenda, um formão, uma lanterna e um pedaço de corda, que pus numa mochila. Mas ainda faltavam algumas coisas que talvez pudesse encontrar no Trás-os-Montes. Enfiei o Colt na cintura, deixei o apartamento, atravessei a rua e fui até o boteco. Cheguei no rapaz que estava substituindo o Baianinho:

– Ô Pereira, vocês têm ainda aquele pé de cabra?

Havia me lembrado que, um dia, o seu Felício tinha me mostrado a ferramenta, dizendo que era pra assustar os arruaceiros que quisessem aprontar com ele:

– É um gajo vir bancar o engraçadinho que leva isso nos cornos, sim, senhor!

O pé de cabra ia ser útil, se tivesse que arrombar alguma coisa, o que era bem provável.

– Tá aqui comigo, doutor – disse, franzindo a testa. – Pra que que vai precisar da ferramenta?

– Um negócio aí que tenho que resolver. Me arruma também uns pedaços de carne.

– Pedaços de carne?! – me perguntou, mais intrigado ainda. – Contrafilé? Filé-mignon?

– Pode ser carne de segunda mesmo.

Ele me olhou intrigado:

– Carne de segunda? O que o senhor...

– Porra, Pereira! Me quebra esse galho e não faz mais perguntas! – disse, já impaciente.

De posse do pé de cabra, dos pedaços de carne, peguei um táxi. Ouvi um trovão e gotas de chuva começaram a cair. Melhor pra mim, que podia agir com mais tranquilidade. A rua Cuba estava deserta naquela hora da noite, o que ia simplificar as coisas. Desci do táxi na frente da mansão. Esperei alguns minutos até que o guarda-noturno virasse a esquina, me aproximei do portão e bati de leve numa das barras de ferro com o pé de cabra. Não deu outra: um rotweiller veio galopando a meu encontro e se pôs a latir, furioso. A primeira peça do jogo se encaixava: lá estava o cão que havia rosnado no meu sequestro. Na certa, o fuinha havia comprado o animal para proteger a casa – provavelmente transformada em cativeiro – e, com isso, afastar os curiosos. Mas como não havia visto o bicho quando da conversa com a Vilma?

Vai ver que estava escondido no porão ou nos fundos da casa. Enfiei a mão no bolso e premiei a fera com um pedaço de carne. Improvisei um laço com a corda e joguei mais pedaços de carne junto do portão. Quando o cão avançou sobre os outros pedaços, enfiei o braço por entre as grades e, num gesto rápido, envolvi o pescoço dele com o laço. O animal rosnou, grunhiu, deu um salto, tentando se libertar, mas puxei a corda até que ficasse com a cara encostada no portão. Amarrei a ponta da corda numa das barras de ferro. O rotweiller, garroteado, corcoveava feito louco e já estava até espumando. Por via das dúvidas, dei uma cacetada na cabeça do bichão, que, com um ganido, caiu desacordado.

Pelo menos do cão de guarda estava livre; agora tinha que escalar o muro que era alto e contava, como proteção, com farpas de ferro. Reparei que, na calçada, havia uma árvore que chegava a avançar pra dentro do jardim. Subi na árvore, segui por um dos galhos, que tremeu sob meu peso. Dei um impulso e caí no jardim sobre uns tufos de vegetação que amorteceram a queda. Como achasse temerário acender a lanterna, comecei a andar no escuro mesmo, orientado apenas pelo clarão das lâmpadas da rua. A chuva caía cada vez mais forte, trovões se sucediam a trovões e raios cortavam o céu.

Todo encharcado, cheguei diante da casa. Observei as janelas do porão, que tinham uma tripla proteção: grades de ferro, uma vidraça de vidro corrugado e uma portinhola de madeira. Fui até o limite da mansão, virei à esquerda e continuei andando até encontrar uma porta de ferro, protegida por fechaduras e um cadeado. Podia quebrar o cadeado com o pé de cabra, mas não sei se conseguiria mexer naquelas fechaduras, sem contar que o arrombamento provocaria barulho. Continuei em frente. Virei na outra esquina da casa e fui testando as grades das janelas, até que me pareceu que uma delas estava um pouco frouxa. Enfiei o pé de cabra entre o suporte e a parede, forcei, e ela cedeu um pouco. Respirei fundo e, retesando os músculos, forcei mais ainda com o pé de cabra, e a grade, por fim, se deslocou o bastante pra me dar passagem. Ainda tinha a janela de vidro, que quebrei com o formão envolto no lenço. Fiquei um instante em silêncio, os ouvidos atentos, com a esperança de que o ruído tivesse sido abafado pelos trovões, pela chuva. Faltava a janela de madeira que era grossa e, talvez, contasse com uma tranca por dentro. Mais um trabalho pro pé de cabra. Enfiando a ferramenta entre as duas portadas, forcei o quanto pude, com pouco resultado. Tentei junto das dobradiças, pondo a ponta do formão numa brecha. A madeira começou a ceder até que, com um estalido, abriu um rombo, que aumentou ainda mais com o auxílio do pé de cabra. Iluminei o buraco com a lanterna e pude ver que havia uma tranca. Com uma das mãos, continuei segurando o pé de cabra; com a outra, suspendi a tranca, e a portinhola se escancarou de vez.

Entrei num cômodo de teto baixo. Bem semelhante ao que tinha ocupado, o que me deu certeza de que minha intuição estava correta. Acendi a lanterna. Móveis velhos – cadeiras de palhinha quebradas, mesas, guarda-roupas cobertos de pó – se amontoavam ali. Senti vontade de dar um espirro, que procurei segurar. Não era só o cheiro de pó que me incomodava; outro cheiro, melhor dizendo, uma catinga meio indefinida vinha de algum lugar. Enfiei o formão e a chave de fenda no bolso, peguei o pé de cabra e fui investigar os outros cômodos. Abri a porta, saí num corredor. Reparei que só havia cômodos num dos lados da casa. O outro lado se apoiava numa elevação do terreno. O porão não ocupava toda a extensão da casa, o que era bom, porque me economizava o trabalho de investigação. Continuei caminhando, abri mais uma porta, outra, encontrando as mesmas coisas: badulaques amontoados e cobertos de pó. Num deles, cheguei a encontrar uma escada que, com certeza, devia levar ao andar de cima. Subi por ela, fui dar num alçapão que não consegui abrir. Deixei o cômodo e voltei a investigar o porão. A catinga, à medida que caminhava, aumentava e ficou insuportável diante de um dos cômodos. Girei a maçaneta, mas a porta não abriu. Recorri ao auxílio do pé de cabra, e a madeira foi cedendo, cedendo, até que arrebentou, deixando um buraco do tamanho suficiente pra eu poder entrar de gatinhas. A catinga era tanta que me dava ânsia de vômito. À luz da lanterna, reparei que no cômodo havia pilhas de ladrilho, montes de terra, sacos de cimento, de cal virgem, areia, baldes, pás e picaretas. Na frente de um dos montes de terra, vi uma coisa que me deixou arrepiado: um buraco, de mais ou menos um metro e meio por dois, e, junto dele, um cimentado do mesmo tamanho, com uma pilha de ladrilhos do lado. Com certeza, não haviam terminado o serviço.

Afinei os ouvidos: não ouvindo barulho, acendi a luz do cômodo e resolvi dar uma espiada no que havia sob o cimentado. Apoiei a ponta do pé de cabra numa reentrância, forcei o bastante até que a placa de cimento, ainda não de todo seca, rachou. O cheiro que exalou da cova me forçou a pegar o lenço e tapar o nariz. Voltei a forçar o cimentado e, quando já tinha arrebentado um grande pedaço, comecei a cavar e extrair a terra com a pá. Não demorou e senti algo mais sólido. Cavei com cuidado e, de repente, dei com um pano branco que parecia envolver alguma coisa, que já desconfiava o que era. Estava suando em bicas e respirando com dificuldade, devido ao trabalho de cavar e à catinga que me asfixiava e dava náuseas. Com a ponta da picareta, rasguei parte do pano e encontrei um braço. Cortei mais acima e vi o rosto inchado, coberto de borbulhas. Era do Zé Roberto. A testa estava esmigalhada, e pedaços de miolo, com sangue coagulado, empastavam os cabelos. Trabalho do brutamontes? Muito provável. Eu não havia errado. O fuinha tinha mesmo viajado, mas, pra essa viagem, não ia precisar de dinheiro e nem passaporte.

Deixei o buraco. Não aguentando mais segurar a ânsia, vomitei. Saí, fechei a porta e andei um pouco pelo corredor. Sentei pra descansar, encostado numa das paredes. Suava e tremia como se tivesse febre. Se o fuinha havia sido assassinado, quem estava por trás daquela trama toda? O Luís Carlos? E pra quem seria a outra cova? Pra dona Elizabeth? E o Souza? Já teria sido morto? Essas questões me atormentavam e me deixavam desorientado. Me levantei e fui investigar os outros cômodos. Um deles me pareceu ser o do meu cativeiro. De fato, lá estava a cadeira de braços onde tinham me amarrado. Voltei a andar pelo corredor. Passei na frente da porta de ferro, que tinha visto por fora. Confirmei que era mesmo bem reforçada por dentro. Dobrei numa esquina e cheguei diante de um outro cômodo com uma porta de melhor qualidade. Girei a maçaneta em vão. Trabalhei de novo com o pé de cabra, mas, com redobrado esforço, porque a porta era mais sólida que as outras. Por fim, a madeira cedeu com um estalido. Acendi a luz do cômodo e vi, ao fundo, uma cama de solteiro com uma pessoa deitada. Me aproximei e vi que era dona Elizabeth. Como tinha emagrecido! Era só pele e osso. Estava com os braços amarrados à guarda da cama. Vestia uma camisola e meias de lã. Os cabelos, sem tintura, estavam despenteados e sujos. Num dos lados da cabeça havia um curativo, empastado de sangue. Tinha os olhos fechados, mas notei que respirava, mesmo que de uma forma bem tênue. Ao lado da cama, sobre um criado-mudo, havia um copo com água, um prato, uma seringa e vidros de medicamentos. Examinei os braços dela e percebi que estavam com picadas, algumas delas bem inchadas. A pobre vinha sendo sedada pra permanecer naquele estupor, sem reagir a nada.

– Filhos da puta! – murmurei.

– Muito bem, Sherlock! – uma voz irônica soou às minhas costas.

Assustado, me virei. Lá estava o Souza me apontando uma pistola. Havia chegado tão silenciosamente que nem tinha percebido.

– Você?! – disse, surpreso.

– Quem mais podia ser? – rebateu, se aproximando.

Movi a mão na direção da cintura.

– Nem tente fazer isso! – rosnou.

Quando chegou a um metro e pouco de distância de mim, ordenou:

– Bem devagar, pega teu cano e deixa cair no chão.

Analisei a situação, pensando se valia a pena reagir. Não, não valia a pena – ele estava a poucos metros, com a pistola apontada pra minha barriga. Antes que tentasse alguma coisa, me acertava. Eu não teria a mínima chance. Sem alternativa, obedeci.

– Agora, chuta o cano pra cá.

Chutei o Colt na direção dele. Nesse movimento, procurei ficar com o corpo meio de lado. Continuando a conversa, disfarçadamente, enfiei a mão no bolso e agarrei o formão.

– Então, foi você que planejou o sequestro... E eu pensando que você também tinha sido sequestrado.

– Tem que concordar que foi mesmo um golpe de mestre... Caiu como um patinho, né?

O Souza estava certo: eu era mesmo um pato. Como não tinha desconfiado dele em nenhum momento?

– Aquela encenação toda, sugerindo que eu pegasse a Votuverava, o pedido de carona...

Deu um sorriso de superioridade:

– Planejei tudo muito bem, a ponto de desviar a sua atenção e a da polícia pra outras pessoas. Com isso, acabei passando por vítima e, assim, ninguém desconfiou de mim. Pena que ainda não tenha encontrado o diamante.

– Comigo é que não está – rebati no ato.

– Quanto a isso, tenho as minhas dúvidas. Com quem mais poderia estar? O Zé Roberto e eu vasculhamos praticamente toda a casa, e nada. Por outro lado, a velhota gostava do senhor, a ponto de lhe confiar até os termos do testamento...

Fiquei na minha – era melhor que acreditasse mesmo nesta versão dos fatos. Apenas lhe perguntei:

– Dona Elizabeth revelou alguma coisa a esse respeito?

Deu um suspiro.

– A velhota é teimosa, não quer falar, apesar de...

– Bem, o fato de ser advogado dela não implica que eu esteja de posse do diamante – disse, lhe cortando a fala. – Podia ser outra pessoa, por exemplo, o Luís Carlos...

– O Luís Carlos? Não, não acredito. A velha só tinha confiança no senhor, desde que resolveu aquele caso do broche de safira. Tenho quase certeza absoluta que a joia está com o senhor mesmo. É bem verdade que os meus comparsas revistaram teu apartamento e não encontraram nada...

– Me diga uma coisa: como é que descobriram meu endereço?

– Pelo Zé Roberto. Pegou no cartão que o senhor deu pra dona Elizabeth.

– Como vocês puderam ver, não estava comigo...

– Isso não quer dizer nada. O senhor, se estivesse de posse do diamante, como acredito que está, não deixaria num lugar assim tão exposto. Pelo contrário, procuraria um banco. Foi por isso que acreditei naquela história do sócio, do cofre da empresa. Tinha sua lógica. Pena que aqueles panacas fossem tão imbecis e se deixassem pegar como dois patinhos.

O Souza suspirou e continuou a explicar:

– Mas, pensando bem, até que foi bom que isso tivesse acontecido. Uma hora eu ia ter que me livrar deles mesmo... – E concluiu com ironia: – Sendo assim, só tenho que lhe agradecer por ter apagado os otários com a ajuda dos teus amigos. Mas esse fato só me faz reforçar a ideia de que o diamante está na posse do senhor. Andar com guarda-costas assim tão profissionais é, no mínimo, estranho.

Fiquei calado por alguns segundos, fingindo refletir e, em seguida, perguntei:

– Supondo que o diamante esteja comigo, o que pensa fazer?

A arma ainda apontada pra mim, foi a vez dele ficar em silêncio. Aproveitei pra ir puxando bem devagar o formão do meu bolso, até que ficou todo pra fora, apenas oculto pela minha perna.

– Sabe que não sei... – acabou dizendo com um sorriso. – Quem sabe, a gente não podia entrar num acordo?

– Como o que você fez com o Zé Roberto?

Empalideceu, mas logo se recuperou e disse com desprezo:

– O mala! Teve um fim merecido, o cagão.

– Posso saber por que mataram o Zé Roberto?

– Bem, porque o cara não aguentou o tranco. Na verdade, eu não queria apagar o mala. Queria só dar um susto, porque começou a me ameaçar. Ficava falando o tempo inteiro que a polícia já sabia de tudo, que, logo, logo, iam descobrir onde era o cativeiro. Chegou até a falar que era melhor a gente se entregar, que a pena ia ser menor...

O Souza deu um sorriso de malandro:

– Veja só, doutor, depois de tanto trabalho, e o carinha vem com essa da gente se entregar. Sem grana, sem o diamante e pronto pra gramar uma cana brava. Mandei o Ceará e o Trombada levarem o Zé Roberto pra um quartinho e darem um aperto nele. De leve, só pro mala ficar quieto e parar de pensar em fazer besteira.

Balançou a cabeça e continuou a história:

– Mas o senhor conheceu o Trombada, aquele grandalhão que te deu umas porradas, né? O cara não sabia controlar a força. Não tinha cérebro, só músculo. Só sei que, depois que eles foram pro quartinho, uma hora, o Ceará veio correndo e disse pra mim: "Vai lá, seu Souza, que o Trombada acaba matando o seu Zé Roberto!". Quando cheguei no quartinho, o Trombada estava dando com a cabeça do Zé Roberto na parede. Que nem se ele fosse um Judas de Sábado de Aleluia. Puta merda, o cara era mesmo uma fera... O negócio então foi enterrar o carinha. Mas foi melhor assim. Dava do carinha amarelar de vez e querer entregar a gente. Eu não podia arriscar com tanta grana em jogo.

Respirou fundo e concluiu:

– Mas o senhor é diferente, né? Além de não amarelar, parece não ter lá muitos escrúpulos, a ponto de enganar a trouxa da velhota... Me fala, o que acha do negócio?

Dei de ombros.

– Nada mau, desde que você não tente me apagar também...

Começou a rir.

– Se eu te apagar, fico sem o diamante. Sem contar que eu é que devo tomar cuidado. Depois do que aprontou com os meus comparsas, preciso ficar esperto.

Fingi refletir e acabei balançando a cabeça, como se concordasse:

– Está bem, acho que podemos fazer negócio. E o que vai acontecer com dona Elizabeth?

– A velha não pode ficar viva, né? Me conhece, conhece o senhor, e aí...

– Acho que tem razão...

– A cova já tá pronta... – Apontou com a pistola na direção da cama, balançou-a, num gesto negligente, e de novo completou com desprezo: – É só apertar um pouco aquele pescocinho de galinha e o problema tá resolvido.

Percebendo que o Souza parecia relaxado, num gesto rápido, joguei o formão na cara dele. Atordoado com o golpe, bambeou o corpo e atirou a esmo. Dei um salto em sua direção, derrubando-o, ao mesmo tempo que lhe agarrava o braço. Mesmo assim, conseguiu dar mais dois tiros que foram se cravar na parede. Torci-lhe o pulso até ouvir estalar as articulações. Com um gemido, deixou cair a arma. Em desespero, esticou a mão esquerda e enfiou as unhas na minha cara, quase me atingindo um olho. Berrei de dor e lhe dei um murro no queixo. Gemeu fundo, mas continuou tentando sair de debaixo de mim. Só quando lhe acertei uma cabeçada no nariz é que afrouxou. Mas eu ainda não estava contente: cheio de fúria, comecei a socá-lo e só parei no instante em que a cara dele se transformou numa pasta de sangue. Meus dedos doíam nas juntas, meu rosto sangrava das unhadas. Me ergui e ainda dei uns pontapés no corpo inerte. Estava exausto e mal conseguia respirar.

Catei as armas, enfiei-as na cintura e fui até a dona Elizabeth. Desamarrei-lhe os braços. Peguei o celular e, quando ia fazer uma ligação, escutei um ruído atrás de mim. Voltei-me, rápido, com o revólver na mão, e dei com a Vilma parada no limiar da porta. Toda trêmula, parecia um fantasma. Vestia um robe cor-de-rosa transparente, sob o qual podia ver o bico dos peitos e, mais abaixo, a calcinha. Calçava chinelas de pompom da mesma cor. A Barbie, em sua versão de puta.

– Enfim, você descobriu... – murmurou.

Não disse nada. Fiquei ali parado, esperando que ela continuasse a falar.

– O que você pretende fazer? – acabou por perguntar.

– O que acha?

Entrou no cômodo. Deu um suspiro, abriu um sorriso sem graça e disse:

– Telefonar pra polícia, eu acho...

Passou por cima do corpo do Souza, chegou a alguns passos de mim e abriu outro tipo de sorriso.

– Antes que tome uma iniciativa tão precipitada, não acha que a gente devia conversar?

Engraçado: agora era ela que queria conversa...

– Sobre...? – afetei interesse.

– Ah... – disse, fazendo um gesto vago com a mão esquerda, enquanto mantinha a mão direita nas costas. – A gente pode se acertar...

– Por exemplo?

– Meu marido está morto. Se ela sair do nosso caminho – disse, movendo a cabeça na direção de dona Elizabeth –, como serei viúva e única herdeira, fico com toda a fortuna...

– E o teu irmão? Não vai criar problema?

Voltou a cabeça na direção do Souza.

– Bem, essa é uma coisa que você vai ter que resolver.

– Eu? – disse, sorrindo e levando a mão no peito. – Por que eu faria uma coisa dessas?

A Vilma se aproximou um pouco mais, a ponto de quase encostar o bico dos seios no meu peito.

– Quer que eu seja mais clara?

– Vamos lá.

– Da noite pro dia, posso ficar uma viúva rica – sussurrou com aquela voz de mulher fatal de um filme *noir* de segunda categoria. – E posso também casar outra vez e dar pro meu novo marido o que ele quiser: bastante dinheiro... amor...

– Você se casaria comigo? – perguntei na lata.

Os cílios dela tremelicaram como borboletas no cio.

– E por que não? – Pôs a mão no meu peito, depois a enfiou por debaixo da camisa e me fez uma carícia. Seus dedos se pareciam com ratinhos espertos, me provocando cócegas.

Deu de novo o sorriso de número dois, exclusivo para sedução, e disse:

– Desde que conheci você, sempre lhe achei atraente, sabia?

– Verdade? Mas nunca demonstrou isso.

– Não podia dar bandeira, né? Mas o que acha da ideia...?

– Mas você não vai me culpar depois por ter apagado teu irmão? – perguntei, usando do tom mais melado do meu repertório de artista.

A Vilma sorriu desdenhosa.

– Culpar do quê? Afinal, a gente tem é que pensar no futuro. E, se quer saber, meu irmão não é flor que se cheire.

– E a polícia?

– A polícia... – começou a dizer.

Fez uma pausa, como se tentasse conectar os neurônios. Devia também ser curta de raciocínio. Mas, de repente, seu olhar se iluminou, e ela continuou a falar de um modo apressado, quase sem respirar:

– ...Bem, a gente apaga os dois, você telefona pra polícia, a polícia vem e aí você fala que veio dar uma olhada na casa, a meu pedido, porque eu estava escutando uns barulhos esquisitos no porão. Quando a gente desceu, encontramos meu marido enterrado, e a dona Elizabeth sendo enterrada na outra cova. Meu irmão, que tinha planejado tudo, tentou matar nós dois, e você, pra se defender, não teve outro jeito senão atirar nele.

Era mesmo um enredo de um filme *noir* de segunda categoria. E facílimo de deslindar. Se eu fosse um sacana, e trouxa o bastante pra entrar naquele jogo, estava é fodido. Bastava uma investigação sumária, um pouco de aperto, e a polícia derrubava aquele plano de araque, me pegando com a boca na botija. Porque a ratazana, com certeza, ia me usar como boi de piranha. Só pra tirar o dela da reta. Comecei a rir, pensando na idiotice que a putana vinha me propor.

– Do que você está rindo? – disse, fechando a cara.
– Não acho que você esteja falando sério.
– Não acha, é?

Num movimento súbito, grudou o corpo no meu. Senti o mesmo que sentiria se tivesse me encostado a um quarto de boi congelado. Ela se ergueu na ponta dos pés, pôs a mão esquerda no meu ombro e forçou a língua entre meus lábios. E a mão direita dela? Procurei e a encontrei atrás do corpo, segurando alguma coisa. Torci-lhe o pulso. Deixou cair uma arma. Empurrei a putana pra longe de mim. Abaixei e catei a pistolinha .22 prateada, com cabo de madrepérola. Uma arma típica de vagabunda, mas que, à queima-roupa, podia me mandar dessa pra pior.

– Pistoleira... – murmurei.

Enfurecida, tentou me esbofetear.

– Seu filho da puta!

Desviei o rosto e lhe acertei um soco na boca do estômago. Gemeu e dobrou o corpo. Dei-lhe outro soco, só que no queixo. Não com a força que usaria pra derrubar um homem, mas com força suficiente pra deixar desacordada uma rampeira como ela.

Fui até a cama de dona Elizabeth, peguei os pedaços de cordas com que a haviam prendido e usei pra amarrar os braços e as pernas dos dois irmãos. Saí pelo corredor e, no cômodo onde havia a escada, como suspeitava, encontrei o alçapão aberto. Com certeza, a Vilma devia ter passado por ali. Subi os degraus e fui ter no quarto do casal. Um expediente que facilitava as coisas, sem que os empregados da casa, enquanto ainda trabalhavam por lá, dessem pela tramoia. Acendi as luzes. O Charles ganiu de algum lugar, provavelmente da cozinha.

– Calma – disse. – Logo vou cuidar de você...

Liguei pro doutor Vasconcelos, que demorou a atender.

— Alô, alô — disse, com a voz rouca de quem tinha saído da cama.

— Doutor, aqui é o investigador Medeiros. Desculpe acordar o senhor a esta hora, mas acontece que encontrei o cativeiro de dona Elizabeth.

— Como?! Onde?

— Na rua Cuba. E, por favor, chame o IML e providencie um carro de defunto.

— A dona Elizabeth... — começou a dizer.

— Não, não é pra dona Elizabeth, é pro filho dela. Venha logo, pra se inteirar das coisas.

Desliguei o telefone e liguei pro Luís Carlos.

— Aqui é o Medeiros. Encontrei tua tia.

— O quê?! E como ela está? — disse ele, acordando de vez.

— Encontrei dona Elizabeth — repeti. — E viva. Providencie urgente uma ambulância e venha logo pra rua Cuba.

— É pra já. Onde achou ela?

— Aqui mesmo.

— Aqui mesmo onde?

— Na rua Cuba, ué.

— Você está brincando!

— Porra, deixa de conversa mole e venha rápido — disse com impaciência. — Tua tia está mal e precisa urgente de cuidados médicos.

Antes que a polícia chegasse, dei uma vistoria na casa. Fui até o andar de cima e entrei nos aposentos de dona Elizabeth. Estava na maior bagunça: os tapetes enrolados num canto, tábuas do assoalho arrancadas, os armários, cômodas, guarda-roupas escancarados, o colchão, os sofás, os estofos das cadeiras estripados, os quadros jogados no chão.

24

O balanço daquilo tudo: dona Elizabeth, em estado gravíssimo, foi levada às pressas pro hospital Albert Einstein, o fuinha foi pro IML, e os irmãos, pra Casa de Detenção. Ah, ainda tinha o Charles, que encontrei faminto, amarrado por uma corda na área de serviço, em meio à merda e à urina. Quando me viu, pra minha surpresa, não rosnou – pelo contrário, abanou o rabo. Fiz-lhe umas festas, me lambeu a mão. Peguei um pedaço de carne no bolso e dei pra ele. O Charles devorou numa fração de segundos. Pobre cachorro – estava osso e pele. Depois que a polícia chegou e prestei meu depoimento, não tive outro remédio senão levá-lo pro meu apartamento, onde lhe dei um banho e uns restos de pizza. Enquanto comia sofregamente, fiquei só olhando aquele bicho e pensando que tinha mais um problema pra resolver. O que fazer com ele? Dona Elizabeth estava mal. Se morresse, herdava o cachorro, justo eu que nunca fui fã de animais. Porra, ainda mais essa! E o pior que o cão tinha suas artimanhas. Naquela noite, exausto dos acontecimentos, deitei e acomodei o bicho num tapete na área de serviço. Adormeci e, numa certa hora, me senti sufocado, mal conseguindo respirar. Abri os olhos e deparei com o maldito cão deitado em cima do meu peito!

– Saia já daí! – protestei.

Deu um daqueles seus uivos de lobo de filme de vampiro, me lambeu a cara e voltou a se acomodar pra dormir. No meu peito, não! Empurrei-o pro lado, e ele ganiu, parecendo ficar satisfeito por não ter sido jogado no chão. Que remédio! Já que não tinha mulher, dormia com um cachorro...

Voltei pra rotina do meu DP, onde fui recebido com deferência pelo Cebolinha. Apesar de ter feito uma censura velada pelo fato de eu ter me metido no que não era da minha conta, não deixou de me cumprimentar pelo sucesso da operação. Depois do expediente, saí pra beber com o Bellochio e a Swellen. Contei a eles, em detalhes, toda a operação: como havia descoberto o local do sequestro, o encontro do cadáver do Zé Roberto, do lugar onde dona Elizabeth se encontrava sedada, como tinha dado um cacete no Souza e na Vilma.

– Você bateu mesmo nela? – me perguntou o Bellochio, gozando. – Em mulher, não se bate nem...

– ... com uma flor – completei. – Mas, se quer saber, aquilo não era mulher, era um lixo.

A Swellen caiu na gargalhada, para, em seguida, perguntar com malícia:

– Me diga uma coisa, querido, depois que completou sua investigação, descobrindo os verdadeiros culpados, não ficou com remorso de enfiar o velho Morganti nesse rolo?

– Ficar com remorso? Você deve estar brincando. Apesar de ter errado em minha intuição, o difícil seria acreditar que ele não tivesse nada a ver com a coisa.

O Bellochio entrou na conversa:

– Medeiros, deixa de querer bancar o durão. Desta vez você errou feio. Puxa vida, cara. O quartel-general do Morganti fica pros lados de Parelheiros! Achar que ele viesse atuar num sequestro aqui no centro...

– Pode ser... Errei meio feio mesmo, mas o que podia fazer? Você sabe que, numa investigação, a gente não pode deixar nada de fora.

– Mas continuo achando que desconfiar do Morganti foi uma bola fora – teimou o Bellochio.

– Comecei a desconfiar dele porque não saía da minha cola... Tentou me pegar em meu apartamento, depois, mandou uns motoqueiros me tocaiar, pelo menos umas duas vezes. E, como eu estava num mato sem cachorro, acabei entrando nessa.

– O importante – interveio a Swellen, em meu socorro – é que você acabou resolvendo o caso. O resto é conversa.

O Bellochio ficou pensativo por alguns segundos e depois disse:

– Porra, quando é que essa merda entre vocês vai se resolver?

– Só quando um de nós dois aparecer numa barroca com a boca cheia de formiga...

– É, parece que o Morganti virou a tua sombra... – comentou a Swellen.

– A minha sombra, o meu Moriarty – acrescentei.

O Bellochio franziu o cenho.

– Moriarty? Quem é o cara?

– O "Napoleão do Crime", segundo o Conan Doyle. O inimigo mortal do Sherlock Holmes. Se bem que a besta do Morganti, perto do criminoso inglês, não passaria de um "Anão do Crime".

O Bellochio caiu na risada:

– "Anão do Crime!" Essa é boa...

– Anão? Será? O cara dominou todo o tráfico de drogas na zona sul da cidade! – contestou a Swellen.

– Mas, na base da violência, da porrada, da intimidação. O Morganti nunca teve lá uma grande cabeça.

– Isso é verdade. Se tivesse, aí é que a gente estava mesmo ferrado – disse o Bellochio.

Voltei pra casa, pensando que havia falhado em minha intuição por duas vezes: com o Morganti e, pior ainda, com o Luís Carlos. No primeiro caso, não sobrava nenhum remorso, porque se o vagabundo não tinha aprontado daquela vez, ia aprontar em outra. Mas, quanto ao Luís Carlos, a coisa era diferente... Por isso, não deixava de me sentir envergonhado pelas suspeitas que tive sobre meu amigo. Mas o que podia fazer se estava desesperado, sem saber que rumo tomar na investigação?

* * *

E, falando em Luís Carlos, uma noite a gente acabou se encontrando num restaurante dos Jardins. As notícias que me passou a respeito da saúde de dona Elizabeth não eram nada animadoras:

– Ela não está nada bem, os médicos estão céticos quanto a sua recuperação. Foi uma coisa terrível o que fizeram com a titia – lamentou-se, pra depois acrescentar com a voz carregada de rancor: – Parece que passou a pão e água durante os dias de cativeiro, que foi drogada e seviciada. Fora o lóbulo da orelha que cortaram, ainda lhe queimaram os braços com pontas de cigarro! Que barbaridade! Onde se viu um filho fazer isso com a própria mãe?!

– Se serve de consolo, o imbecil está agora apodrecendo numa cova, e aqueles dois vão gramar uma cana.

– E tudo por causa de um diamante! Até onde vai a ganância humana...

Bebeu um gole de vinho.

– Superstição ou não, bem que as pessoas falam na maldição que o diamante traz a seu possuidor. Você veja: esses safados sequestraram a titia, brigaram entre si, se mataram, tentaram matar você... Sempre achei que o Souza era um pilantrinha, um vagabundo de marca maior, mas nunca pude imaginar que fosse ser o mentor de uma coisa dessas, que fosse chegar a ponto de tramar a morte da titia, que fosse matar meu primo.

Ele me perguntou, intrigado:

– Falando no Souza, escuta uma coisa, Medeiros. Você se lembra quando conversou comigo uns dias atrás?

– Sim, claro que me lembro.

– Você me disse uma coisa que me deixou encucado.

– Qual coisa?

– Que desconfiava de alguém como mentor do sequestro... Naquele momento, já sabia que era o Souza?

– Não, não sabia que era o Souza. Pelo contrário, acreditava que o pilantra também tivesse sido vítima do sequestro – disse, já temendo o que sabia que estava por vir.

– E de quem desconfiava?

Contava ou não contava de minha suspeita? Resolvi contar, mesmo que fosse penoso.

– De você – disse na lata e cheio de vergonha.

O Luís Carlos ficou branco, depois sorriu e rebateu:

– Você está brincando!

– Não, não estou brincando. Durante algum tempo, mesmo a contragosto, pensei que fosse você. Naquela ocasião, quando disse que sabia quem era o mentor do sequestro, lancei verde pra colher maduro, pra ver se você entrava no meu jogo e me dava algum indício de sua participação.

– Eu?! – pôs a mão no peito, com a cara expressando o maior pesar. – Mas por que eu?

– Porque achei que devia haver alguém com cabeça por detrás do sequestro. E, como você, além de inteligente, estava a par dos negócios da tua tia...

– Porra, Medeiros! E você acha que eu seria tão canalha a ponto de fazer uma merda dessas? – perguntou com raiva.

Fiquei em silêncio. Eu tinha mesmo pisado na bola. E contar aquilo era uma forma de me penitenciar da cagada.

– Não acho você um canalha... Na verdade, fiz algumas suposições que, vendo agora de outra perspectiva, acho que eram bastante levianas e estúpidas – tentei remendar.

– Mas é como se achasse!

Balancei a cabeça, sem ousar olhar na cara dele.

– Tem razão, errei feio, e você não merecia uma coisa dessas. É bem verdade que podia ter ficado quieto e não revelar essa merda que me passou pela cabeça. Mas, como te respeito, achei que era uma questão de honra confessar meu erro. Em todo caso, me desculpo pelo juízo injusto que fiz de você.

E acrescentei:

– Você deve me dar um desconto. Acontece que estava perdido, sem rumo...

Ele bateu a mão sobre a mesa e disse de um modo exaltado, levantando a voz:

– Isso não se justifica. Você não tinha o direito de fazer esse juízo de mim! Caralho! Será que não me conhece o bastante pra saber que nunca me meteria numa coisa nojenta dessas?

Nunca tinha visto o Luís Carlos tão bravo. O que fazer? Dei de ombros e disse:

– Eu podia lembrar que você fez algo semelhante quando me acusou de manter o diamante comigo, apesar das ameaças de morte que fizeram pra tua tia... Mas uma coisa não justifica a outra. Quero que acredite que não fiz isso com você como retaliação. Foi erro de cálculo... enfim, uma cagada, e das grandes. Esse tipo de coisa acontece às vezes em nossa profissão...

Era penoso continuar explicando o que não podia mais ser explicado. Minha sorte é que ele pareceu se dar conta disso: depois de ficar de cabeça baixa, em silêncio, suspirou e disse meio sem graça:

– O que vou fazer? Também fui injusto com você...

– De minha parte, confesso que, ao ter essa ideia idiota, fiquei agoniado e em dúvida, tanto que nem levei as investigações adiante. Não queria de modo algum acreditar que fosse você, e senti um enorme alívio quando descobri que o culpado era o Souza.

– E não o mordomo, né? – disse, dando uma risada e esticando a mão por sobre a mesa: – Está desculpado, vamos fazer as pazes.

Continuamos a conversar, enxugando algumas garrafas de vinho. Fiquei então sabendo que a Claudinha tinha voltado pra França, pra continuar os estudos.

– Estudar o quê?

– Disse que vai fazer um curso de marketing. Insisti que fizesse por aqui mesmo, mas ela teimou em ir pra Paris. – E o Luís Carlos completou, usando de um tom mais confidencial: – Aqui pra nós, vou sentir falta dela, mas, se quer saber a verdade, não dava mais pra suportar a Claudinha trabalhando comigo. Geniosa como é, virou minhas empresas de pernas pro ar. Quase fiquei doido...

Caí na gargalhada. Imaginava a garota, com aquele gênio de oncinha brava, metendo o bedelho onde não era chamada.

– Talvez estudando crie juízo – comentei. – E, depois, tinha a ameaça dos sequestradores, não é? Foi bom ela ir pra Paris.

Disse isso com seriedade, mas, no fundo de mim, já sentia saudade daquele corpinho que tinha me deixado maluco. Claudinha, Claudinha...

25

Uns dias se passaram, e o Charles, cada vez mais, vinha se sentindo como o dono da casa. Ocupava meu lugar favorito no sofá e, todas as noites, teimava em abandonar a área de serviço e vir dormir comigo. Só faltava beber do meu uísque... E tinha feito amizade com a Bete, que deixava de cuidar da casa pra cuidar dele. Devido a isso, o bicho não só estava com a bela aparência de antes como também se sentia o dono do apartamento.

– Eta bichinho da porra! – a neguinha exclamava, fazendo festa no cão, enquanto lhe penteava o pelo com uma escova, em vez de esvaziar o cesto do banheiro, cheio de papel até a borda.

É bem verdade que os vizinhos começavam a reclamar dos latidos, dos ganidos do cachorro. O Charles tinha o hábito de dar seus uivos à meia-noite. Principalmente com a lua cheia. O síndico, como não poderia deixar de ser, veio falar comigo:

– A dona Brandilli, outro dia mesmo, se queixou que não consegue mais dormir à noite por causa do cão do senhor...

Me ameaçou de multa etc. e tal. Respondi que podia me multar, mas que o cachorro continuava comigo. E, assim, acabei me acostumando com o bicho. À noite, ou de madrugada, quando voltava pra casa, era só ouvir meus passos no corredor que começava a latir. Entrava, ele pulava em cima de mim, me lambia os braços, as mãos. Mas, se um estranho passasse por lá, rosnava, mostrando os caninos de vampiro. Bom, pelo menos, ninguém ia se meter a besta de tentar arrombar o apartamento de novo. Além disso, ganhava uma companhia. Era só pegar um uísque, um livro e sentar no sofá que ele vinha se deitar a meus pés. Quando me levantava, corria pra área de serviço e voltava com a coleira dependurada da boca. Ficava sabendo que *ele* queria sair. Tocava passear com o Charles, dando algumas voltas pelo quarteirão. Em alguns momentos, chegava a pensar que a gente formava uma estranha dupla, em que eu fazia o papel de cachorro, e ele, de meu dono, de tanto que lhe satisfazia as vontades...

Tinha já voltado de vez a minha rotina quando o Luís Carlos me ligou, dando a boa notícia de que dona Elizabeth, pra surpresa dos médicos, apesar dos ferimentos e das privações por que tinha passado, havia melhorado bastante.

– Um verdadeiro milagre! Os médicos não acreditam na rapidez da recuperação dela. Se continuar assim, dentro de uma semana ou duas, poderá deixar o hospital.

Fui lhe fazer uma visita. Comprei umas flores e me mandei pro Einstein, mas, chegando lá, me informaram que ela ainda não podia receber ninguém. Em compensação, encontrei suas companheiras de jogo. Ao darem comigo no saguão do hospital, me cercaram efusivas:

– Doutor Medeiros! Que alegria vê-lo! – dizia uma, me dando um beijo molhado de batom vermelho.

– O senhor foi mesmo um herói! Que maravilha ter desmascarado aqueles canalhas! – dizia outra, me apertando o braço.

Me fizeram contar como havia descoberto o local do sequestro, como havia encontrado o cadáver do "pobre Betinho", como havia lutado com o Souza. Abrindo bem os olhos, diziam "ohs!" de espanto e me cobriam de mais e mais elogios:

– Não se fazem mais homens corajosos como o senhor!

– Ai, fico arrepiada só de ouvir suas palavras! Que coragem, hein, doutor Medeiros?!

Me sentia como se estivesse dentro de um filme de terror. Era Ramsés, depois de não sei quantos séculos, saindo da tumba e sendo reverenciado pelo bando de múmias, que também tinham voltado à vida. Com a desculpa de pressa, me desvencilhava delas, não sem antes ser assediado pela Sardinha Rubi, que, às escondidas das outras, me murmurou com a boquinha em forma de coração:

– Apareça um dia em casa... Pra comer um bolo de chocolate e tomar um licorzinho de amêndoas...

Na semana seguinte, me certificando que dona Elizabeth já podia receber visitas, voltei ao hospital. Encontrei-a apoiada nos travesseiros e cercada pelas parceiras de bridge, que falavam sem parar.

– Doutor Medeiros! – exclamou, abrindo um sorriso ao me ver entrar.

Fui até o leito e, desta vez, ao contrário do que costumava fazer, em lugar da mão, me ofereceu a face pra beijar. Entreguei-lhe as flores.

– Ah, que flores mais lindas! – disse com um entusiasmo exagerado. Eram apenas umas rosas que havia comprado num farol. – Gladys, ponha no vaso pra mim, por favor...

– Como vai a senhora? – disse, me sentando numa cadeira ao lado da cama.

– Um pouco melhor a cada dia...

Com efeito, estava com uma aparência bem melhor. Não se parecia nada com o fantasma do porão da casa da rua Cuba. Havia recuperado as cores, tinha voltado a tingir os cabelos de cinza, pintado as unhas, usava joias e vestia uma camisola de seda azul-clara.

– A senhora me parece bem. Fico feliz em vê-la assim.

– Não foi o que eu disse?! – exclamou o Bacalhau da Noruega. – Que você estava mesmo um chuchu?

– Ora, não exagere – disse dona Elizabeth, fazendo um gesto com a mão.

E as amigas começaram a falar quase ao mesmo tempo. Parecendo incomodada com tamanha tagarelice, dona Elizabeth disse:

– Meninas, seria pedir demais que me deixassem um instante sozinha com o doutor Medeiros?

As múmias pararam de falar e olharam espantadas pra ela.

– A gente sabe quando está incomodando... – protestou a Sardinha Rubi. Empertigada, se levantou e completou, se dirigindo às amigas: – Vamos indo, meninas.

A porta fechou e ficamos em silêncio. Dona Elizabeth disse, revirando os olhos:

– Gosto delas, mas às vezes me cansam. Como falam, meu Deus!

Dei uma risada.

– Por favor, chegue um pouco mais perto, meu filho...

Aproximei a cadeira da cama.

– Ainda não tive oportunidade de lhe agradecer o que fez por mim.

– A senhora não tem que me agradecer nada. Era minha obrigação.

– E o Charles, como vai? Soube pelo Luís Carlos que é você quem está cuidando dele.

– O Charles? – disse, dando outra risada. – Já se sente o dono da casa.

Contei-lhe algumas das estripulias do cão. Riu, satisfeita.

– Eu sabia que ele gostava do senhor.

– Gostava de mim? Me recebia rosnando e, um dia, quase me rasgou a calça com uma mordida...

– Puro ciúme. Mas não é um ingrato, deve estar reconhecido pelo seu carinho. Ainda mais depois do que passou, pobrezinho. Fico feliz que o senhor tenha ficado com ele.

Dona Elizabeth me fez contar em minúcia meu processo de investigação até chegar a descobrir o local do sequestro e as peripécias do seu resgate. Quando terminei de falar, me parabenizou pelo sucesso da operação:

– O senhor foi brilhante! Não é à toa que meu sobrinho o tem em tão alta consideração.

Ficou um momento pensativa e depois disse com tristeza:

– Uma das coisas que mais lamento é que a Anica não esteja aqui conosco... Pobrezinha... Quanta crueldade...

– Como foi que a mataram?

Dona Elizabeth começou a chorar de mansinho. Me arrependi no ato de ter perguntado aquilo. Foi o que lhe disse. Limpou as lágrimas com o lenço:

– É bom, assim posso desabafar. Pobre Anica... Gostava dela como uma irmã que não tive. Nunca lhe contei, mas o Ângelo, meu marido, é que foi o responsável por eu conhecer a Anica. Numa das viagens dele, em Minas, para cuidar de um surto de febre amarela, a encontrou na maior privação. A família toda havia sido dizimada, e ela vivia numa tapera, sem ter o que comer. Condoído, o Ângelo a trouxe pra casa. Era bronca, analfabeta, e, quando chegou, estava tão magra que parecia um esqueleto. De início, a pusemos pra trabalhar como ajudante da cozinheira.

Deu um sorriso triste:

– Se o senhor visse... Embora se esforçasse, tinha a mão pesada. Não havia louça que ficasse intacta. E, quando começou a servir a mesa, foi pior. Não tinha dia que não deixasse uma travessa cair no chão! Sem contar que os pratos que se metia a fazer... Meu Deus! Mas tinha outras qualidades bem apreciáveis. Por exemplo: gostava de crianças. Cuidava do Beto como se fosse filho dela. E tinha um ciúme do menino! Tirei-a da cozinha e, como era mesmo dedicada, fiz com que se tornasse babá do Beto. Quando o menino cresceu, ficou como minha dama de companhia. Tinha aquele jeito casmurro, mas era um doce de pessoa...

Doce de pessoa, mas tinha um gênio... – refleti. Como que adivinhando meu pensamento, ela disse:

– Costumava ser desconfiada com as pessoas. Por exemplo, nunca gostou da Vilma e nem do Souza. Não me dizia nada, mas eu percebia que não os suportava, no que estava bastante certa. Quanto ao senhor, já estava começando a gostar de si.

Dona Elizabeth respirou fundo, reprimindo um soluço, e continuou:

– Bem, como a mataram? Da forma mais cruel possível! Por estupidez! Quando fomos sequestradas, os bandidos nos sedaram. Acordamos, tarde da noite, no cativeiro. Àquela altura, já desconfiava que queriam saber do diamante. Não havia outro motivo para tanta violência. E isso se confirmou quando aqueles dois homens – o grandão e o baixinho – começaram a me perguntar por ele.

Dona Elizabeth se assoou com o lenço e prosseguiu:

– Não tenho medo de cara feia e, nem que me matassem, não diria onde estava. Não só por pirraça, mas por princípio! Odeio quando me pressionam. Mas depois lembrei que a Anica estava comigo e que tinha que pensar, custasse o que custasse, na integridade dela. E eu já ia dizer que entregava a joia quando aconteceu uma desgraça. A Anica, que não era nada boba, ao descobrir que um dos sequestradores, mesmo que mascarado, era o Ceará, ficou possessa. Avançou sobre ele, dizendo que ele era um desgraçado, um ingrato, um homem sem moral. O Ceará quis enfrentar a Anica e levou um murro na cara! Pobre Anica! Com isso, assinou a sentença de morte. Foi o que o Ceará fez, dando um tiro na cabeça dela. E na minha frente!

Me lembrei do cadáver da Anica, com as mãos presas por um fio de arame e a mordaça na boca. Pura encenação, pra confundir ainda mais a polícia.

– Pobre Anica... – tornou a dizer a dona Elizabeth, soluçando. – Eu teria feito o que eles queriam só para salvá-la... Daria até minha própria vida em troca...

– Por que a Anica foi reagir? – lamentei. – Eles eram gente da pior espécie! Não tinham o menor respeito pela vida humana.

– Bem que o senhor tinha me alertado sobre o Ceará! Mas não quis acreditar. Não sei se sabe, mas sou a madrinha da filha dele. Mesmo assim, fez o que fez. Não pensei que um ser humano pudesse chegar a esse grau de tanta maldade. – E ela completou com a boca vincada: – Uns verdadeiros animais!

Madrinha da Dindinha... Puta merda, o Ceará era pior do que eu pensava. Merecia cada um dos sete palmos em que estava enterrado.

– E, entre esses animais, sou obrigada, infelizmente, a colocar meu filho...

Voltou a soluçar. Em seguida, disse com veemência:

– Meu próprio filho! Fazer o que fez comigo! Permitir que matassem a Anica, ela que sempre o papariou, o cobriu de mimos! Permitir que, à vista dele, me torturassem! Mas, se quer saber, a culpa foi minha. Não o eduquei como devia, fiz-lhe todas as vontades na época em que era ainda uma criança e, quando quis lhe botar um freio, era tarde. Cresceu como um homem egoísta, só pensando em satisfazer os apetites, os piores vícios! Tornou-se um desocupado, um sujeito incapaz de fazer alguma coisa de útil, de pensar um instante sequer no próximo. E, por causa de tanta estupidez, acabou uma presa fácil nas mãos daquela gente ordinária!

Voltou os olhos cheios de lágrimas pra mim:

– O senhor não sabe a minha mortificação quando ele me apresentou aquela moça, que foi buscar nem sei onde e que se tornou esposa dele. Dava para ver na cara que não era flor que se cheirasse. Ela e o irmão vagabundo! Só o Zé Roberto que não via isso.

Talvez visse, pensei, talvez o fuinha só gostasse mesmo de putas...

Dona Elizabeth se assoou com o lenço.

– Mesmo sendo o que era – um vagabundo, um inútil –, não posso deixar de lamentar o destino que teve. Assassinado por aquele lixo humano e enterrado como um indigente. E no porão da minha própria casa!

Continuou a chorar por mais algum tempo.

– Desculpe... – disse, se assoando outra vez. Em seguida, apertou minha mão com força, sorriu pra mim e completou com tristeza: – Se quer saber, gostaria é de ter tido um filho como o senhor...

Sorri de volta.

– A senhora não me conhece...

– O pouco que conheço dá para saber que é homem de caráter. Sem contar que também tem bom coração!

Será que ela estava mesmo falando de mim? Mais um pouco, eu ganhava uma auréola e, no futuro, uma vaga à mão direita do Pedrão.

– Seus pais ainda são vivos, doutor Medeiros? – perguntou, cortando minhas reflexões.

– Só minha mãe.

– Ela deve se orgulhar do senhor.

– Nem sempre. Acho que não sou o tipo de filho com que ela tinha sonhado.

– Não vejo por quê.

Procurando ser o mais sincero possível, abri meu currículo:

– Se a senhora quer saber, do ponto de vista de minha mãe, não tenho lá muito juízo. Ela diz que só lhe dou desgostos. Que sou um homem que não acertou no casamento e nem vai acertar. Concordo com ela. Gosto de viver sozinho, gosto da noite, da vida livre, sem amarras. E isso me fez rejeitar as pretendentes que minha mãe tentou me arrumar. Devo também confessar à senhora que, em minha profissão, nem sempre agi de acordo com os regulamentos... Fui suspenso algumas vezes, por desacato, por abuso de poder...

– Mas nunca por peculato ou prevaricação, não é?

– Não, nunca. Isso, pelo menos, não.

Antes que ela dissesse alguma coisa, acrescentei:

– E tem outra coisa: já perdi as contas dos vagabundos que espanquei ou matei por aí. E sem o menor remorso. Sendo assim, essa coisa de bom coração...

Ficou pensativa por um instante, pra depois dizer:

– Parece que já vi este retrato de homem em algum filme... O de um detetive solitário, corajoso, que, às vezes, recorre a expedientes não muito ortodoxos no trato com os bandidos, mas, em compensação, íntegro, honesto até o último fio de cabelo.

Olhou fixo pra mim e completou:

– Quer saber de uma coisa? Embora fisicamente o senhor não se pareça nada com o Humphrey Bogart, não sei por que, me faz lembrar dele.

– Sem o charme e aquela loira linda do lado – disse, dando uma risada.

– Qual loira linda, a Ingrid Bergman ou a esposa dele, a Lauren Bacall?

– Tanto faz, qualquer uma das duas...

Dona Elizabeth deu um sorrio malicioso.

– Não sei de loiras lindas a seu lado, mas, quanto a seu charme... Nunca lhe disseram que é um homem atraente, doutor Medeiros? Acho que nem preciso lhe dizer o quanto minhas amigas ficam loucas quando veem o senhor...

Caiu na gargalhada, me deu uns tapinhas na mão e disse:

– Não leve em conta. É brincadeira. Acontece que estou feliz em revê-lo. É como se tivesse ressuscitado, depois dos dias horríveis fechada naquela tumba.

Dona Elizabeth suspirou, pra depois falar:

– Ah, ia esquecendo uma coisa. Estou em dívida com o senhor.

– Como assim?

– O seu pagamento.

– A senhora não me deve nada. Como sabe, não consegui protegê-la como devia. Deixei que os sequestradores...

– Não vejo a coisa desse modo – interveio. – Se estivesse com um segurança, eles teriam me sequestrado do mesmo jeito. Devo-lhe cinco mil reais, porque, afinal, acabou me resgatando e solucionando o crime. Por favor, alcance a minha bolsa ali sobre a mesa.

Disse isso de uma maneira tão categórica que não tive o que fazer senão obedecer.

– Faço um cheque no valor que lhe devo e acrescento mais alguma coisa, por conta das despesas que está tendo com o Charles. A esse propósito, se não se incomodar, vou lhe explicar o que deve fazer pra cuidar melhor dele: os banhos, a tosa, as vacinas, o tipo de ração de que ele mais gosta etc.

Puta merda, estava fodido. Me via levando o cachorro num salão de beleza pra cães, correndo a cidade à procura de ração especial! Mas o que podia fazer? Sabia que não podia lhe dizer não. Dona Elizabeth preencheu o cheque e uma folha de papel com tantas recomendações que fiquei arrepiado. Tinha me transformado irremediavelmente em babá de cachorro.

– Tudo bem, dona Elizabeth, já vou indo... – disse, me levantando.

– Obrigada pela visita, meu filho – me ofereceu o rosto pro beijo de despedida.

Já ia saindo quando me chamou:

– Um instantinho. Será que podia vir de novo amanhã? Tenho um outro assunto que gostaria de conversar com o senhor.

* * *

No dia seguinte, voltava ao hospital. Dona Elizabeth tinha deixado a cama e estava sentada numa poltrona. Vestia um robe de seda sobre a camisola, usava joias e uma maquiagem bem leve – apenas um batom rosado nos lábios e uma sombra azul sob os olhos. Depois de beijá-la no rosto, como agora era o costume, me sentei.

– Tenho um pedido a lhe fazer – ela respirou fundo, fazendo uma pausa. – Não sei se o Luís Carlos lhe contou que pretendo me desfazer da casa da rua Cuba. Ela me traz lembranças boas do passado, mas, nos últimos tempos, lá só me aconteceram coisas horríveis. E, depois, estou velha demais para ficar sozinha naquele casarão. Se ainda tivesse a Anica como companhia...

Disse a última frase com tristeza, e seus olhos ficaram úmidos, mas ela logo se recuperou:

– Bem, em todo caso, o Luís Carlos está me vendo um apartamento nos Jardins, para onde pretendo me mudar com o Charles...

Não senti nenhuma alegria em especial quando disse que ia levar o cachorro com ela. Puta merda, será que estava me apegando ao bicho?

– Dei incumbência a meus empregados, o Moreira, a Dalvany, a Neide e o Correia, para irem empacotando as louças, as baixelas, as toalhas, os vasos etc. Essas companhias de mudança são meio descuidadas, não é mesmo?

Julgando que talvez me quisesse como uma espécie de supervisor daquele tipo de trabalho, ia rebater, quando ela voltou a falar:

– Mas o senhor não tem nada com isso, não? Na verdade, pedi que viesse aqui porque gostaria que me prestasse outro favor.

– Outro favor?

– Sim, um grande favor, aliás.

Fez um pouco de suspense e acabou dizendo:

– Quando tivesse um tempinho, queria que fosse até em casa e me trouxesse o Espoir...

– O Espoir?!

– Sim, o Espoir. Por que não?

Estremeci:

– O Espoir está na casa da senhora?!

– Exatamente. Onde sempre esteve – disse, dando um sorriso maroto.

– Dentro da casa ou em algum lugar do jardim?

– Dentro da casa, em meus aposentos.

– Como assim...? Mas... mas eles revistaram a casa inteira... Quando estive lá, vi que os aposentos da senhora estavam completamente revirados. Os armários, os guarda-roupas, as cômodas, os colchões... Parece que ainda escarafuncharam sob os tapetes, nas frinchas do assoalho, nos fundos dos espelhos, atrás dos quadros, nos forros das cadeiras e sofás...

Fez um gesto com a mão e disse com desprezo:

– Bah! Aqueles idiotas! Agiram como os tolos que pensam apenas como os tolos pensam.

– E como deveriam agir?

Olhou espantada pra mim:

– Pensei que o senhor soubesse, doutor Medeiros! Afinal, pelo que eu saiba, não é um tolo.

Fez uma pausa, pra depois perguntar:
— O senhor por acaso já leu o Edgar Allan Poe?
Edgar Allan Poe? O que o escritor tinha a ver com nossa conversa?
— Já, já li o Poe. Me lembro de ter lido algumas histórias de terror...
— Não me refiro às histórias de terror e, sim, aos contos policiais. Por exemplo, "A carta roubada"...
— Acho que esse conto não cheguei a ler.
— Pois deveria ler, doutor Medeiros. Se lesse, poderia entender melhor o que estou lhe dizendo.

Não estava a fim de discutir literatura, sem contar que não entendia aonde ela queria chegar. Preferia voltar à vaca fria:
— A senhora quer que eu pegue o diamante... Pode me dizer onde se encontra?

Dona Elizabeth deu outra vez um daqueles seus sorrisos maliciosos.
— Mas o senhor quer o caminho mais fácil... Que lhe dê de mão beijada o local onde se encontra o Espoir... Ora, o senhor não gosta de um bom desafio?
— Acho que já tive desafios demais nestes dias...
— Mas o desafio que lhe proponho é diferente. Digamos que seja algo superior, ou seja, um desafio lançado a sua inteligência.

Fui protestar, ela ergueu a mão e completou:
— Não quero dizer com isso que não acho o senhor inteligente. Pelo contrário, mas, às vezes, penso que o senhor se menospreza e não dá a si o valor que merece...

Só faltava agradecer a consulta grátis de psiquiatra amadora. Incomodado com aquilo e querendo abreviar a conversa, me levantei.
— O senhor não me disse se aceita a incumbência — queixou-se.

— Aceitar, aceito, só não sei se estou à altura do que a senhora quer — disse, com um pouco de mau humor. — Se simplesmente me dissesse onde está o diamante...

— Não se subestime, doutor Medeiros! — rebateu com um tom severo. — Tenho certeza absoluta de que está à altura do que lhe peço, tanto é assim que chamei o senhor, e não outra pessoa.

— Podia ter chamado o Luís Carlos. Gosta da senhora de coração e não recusaria um favor desses.

— Ah, o Luís Carlos não seria capaz de fazer isso... É dedicado, atilado, mas não como o senhor.

Balancei a cabeça, desanimado. Ela sorriu e falou:

— Por favor, sente-se.

Obedeci. Ela ficou olhando pra mim, agora sem sorrir. Já estava me sentindo mais embaraçado que um ninho de minhocas no cio, quando, afinal, ela pegou minha mão e disse:

— Doutor Medeiros, se o senhor possuísse... digamos... — refletiu por uns instantes, para depois dizer — ... uma pedra preciosa parecida com um grão de feijão...

— Como assim?! Uma pedra preciosa pare...

— Uma pedra preciosa parecida com um grão de feijão, inclusive, com a mesma tonalidade e tamanho — repetiu, me interrompendo. — Se possuísse uma pedra valiosa desse tipo e, desconfiando que alguém quisesse roubá-la, onde é que a esconderia?

Comecei a rir da pergunta estapafúrdia.

— Ora, dona Elizabeth! Tem tanto lugar onde eu poderia esconder uma pedra dessas... Ainda mais porque seria tão pequena... — E disse, depois de refletir um pouco: — Sei lá... Num buraco na parede, numa frincha do assoalho, no teto, no meio de roupas, no...

Ela voltou a me interromper:

– Ou seja: em locais que as pessoas, utilizando-se de senso comum, normalmente procurariam, não é? Com muito tempo pela frente e paciência, os larápios, com certeza, acabariam por encontrá-la. Por isso, lhe pergunto: não seria mais hábil ocultar a pedra num lugar diferenciado, mas que, ao mesmo tempo, fosse banal?

– Onde, por exemplo? – perguntei, encafifado com a charada.

– Por exemplo, num saco cheio de feijões... Uma pedra, com esse formato, esse tom, se confundiria com os feijões... E, desse modo, quem, em sã consciência, pensaria em procurá-la nesse lugar? Fugiria ao senso comum.

Será que dona Elizabeth estava se divertindo à minha custa? Não, ela não era esse tipo de pessoa.

– A senhora me desculpe, mas ainda não estou entendendo... – disse, desanimado.

– Pois leia o conto do Poe – me aconselhou, com um ar sério, dando a conversa por encerrada. – Tenho certeza de que, então, estará bem preparado pra localizar o Espoir.

* * *

Comprei uma edição dos contos de Poe. Voltando pra casa, me servi de um uísque, deitei no sofá e comecei a ler "A carta roubada". Era uma aventura de um investigador chamado Dupin. Ele relatava a um amigo como tinha conseguido recuperar uma carta confidencial, pertencente a um figurão da sociedade e furtada por um inimigo político. O figurão, sabendo que ia ser chantageado, entregava o caso ao prefeito da polícia de Paris. Os investigadores, aproveitando-se da ausência do criminoso em sua casa, esquadrinhavam cada cômodo com o auxílio de gazuas, verrumas, microscópios. Mas, no final de tanto trabalho, não encontravam a carta. Diante do fracasso das investigações, Dupin era chamado a intervir. Refletindo sobre a ação da polícia, chegou à conclusão de que esta não tinha sido eficaz, porque os policiais partiram do princípio de que um bandido, quando queria esconder algo, escolhia, de modo geral, o interior da perna de uma mesa ou de uma cadeira, as capas e lombadas de livros, gavetas e compartimentos secretos etc. Dupin conhecia o ladrão da carta e sabia que, inteligente e sagaz, ele jamais se serviria de um artifício tão banal. Concluiu, assim, que, se fosse o meliante, em vez de esconder a carta num esconderijo de difícil acesso, pelo contrário, a colocaria num lugar tão visível que ninguém pensaria em investigar esse local. Partindo desse raciocínio, Dupin fazia uma visita ao criminoso e, enquanto conversavam, se aproveitava para fazer sua investigação. Acabava por localizar o documento num porta-cartão barato, preso por uma fita suja e dependurado, de modo displicente, em um prego, na lareira da sala de visitas. Na sequência, servindo-se de alguns expedientes, Dupin recuperava o documento e o devolvia ao legítimo dono.

Reli o conto e fiquei pensando no método de investigação e nas conclusões lógicas do detetive Dupin. Pensei também no enigma que dona Elizabeth tinha me proposto. Percebi que uma coisa era ligada à outra. Mas onde estava a chave daquilo tudo? Como não soubesse, perguntei ao cão, que dormia aos meus pés:

– Charles, se você fosse a dona Elizabeth, que lugar escolheria pra esconder e não esconder o Espoir?

O cachorro apenas grunhiu, dando a entender que a resposta estava no conto do Poe. Aproveitando a sugestão dele, abri o livro e reli uma frase que havia me chamado bastante atenção: "e sobre a decisiva prova, obtida pelo prefeito de polícia, de que o documento não estava oculto dentro dos limites das buscas comuns daquele funcionário, tanto mais convencido fiquei de que, para ocultar essa carta, o ministro tinha apelado para o expediente compreensível e sagaz de não tentar ocultá-lo absolutamente".

Fiquei com aquilo na cabeça e repeti parte da frase em voz alta:

– "O ministro tinha apelado para o expediente compreensível e sagaz de não tentar ocultá-lo absolutamente..."

De imediato, me lembrei do que dona Elizabeth tinha me falado: – se quisesse esconder uma pedra preciosa no formato de um grão de feijão, o melhor seria escondê-la num saco de feijões... Ou seja, num local bem visível e, por isso mesmo, apesar de que parecesse paradoxal, de difícil acesso. Nesse caso, um diamante deveria ser escondido entre diamantes? Mas, se o diamante tivesse sido escondido entre diamantes, esta seria uma forma nada inteligente de esconder a pedra, porque o ladrão, na certa, roubaria *todos* os diamantes e, com eles, o diamante mais precioso... Em meio a pedaços de vidro lapidados? Improvável, porque ainda havia que considerar os suportes de ouro do colar. Não, não era por aí que deveria conduzir meu raciocínio.

Cansado de ficar pensando naquilo, resolvi dar um pulo até a casa da rua Cuba. Talvez lá encontrasse a resposta para o enigma. Chegando na mansão, mal passei pelos portões, tive a sensação de fim de feira. O jardim tinha sido abandonado de vez: as plantas, sem regar, secavam ao sol, o gramado estava quase todo invadido pelo mato, e as fontes, vazias de água e cheias apenas de um lodo esverdeado e folhas podres, cheiravam mal.

Subi as escadas, o Correia me esperava junto à porta. Conduzido por ele, atravessei o hall, subi as escadas e fui introduzido nos aposentos de dona Elizabeth.

– O senhor fique à vontade. Se precisar de alguma coisa, é só me chamar. Acredito que a campainha sobre a mesa ainda funciona.

Os empregados tinham dado um jeito na grande bagunça do dormitório, do banheiro e da saleta. Mas nada lembrava a arrumação impecável de antes. Sentei na poltrona que costumava ocupar quando conversava com dona Elizabeth e dei uma olhada ao meu redor. Não ia cair na tentação dos tolos e revistar com minúcia os aposentos. Isso aqueles imbecis já haviam feito, sem nenhum resultado. Sem contar que o Poe, por meio do Dupin, já tinha me ensinado uma lição proveitosa. O diamante não devia estar escondido num local secreto, porque um local secreto só serviria para atiçar a sanha dos ladrões, refleti. A revista estúpida deles não era uma prova disso? O colar devia estar oculto, mas, paradoxalmente, tão à vista que tornaria inútil qualquer busca ditada pelo senso comum. Mas onde ela deixaria o colar, Santo Deus...?

Um forte vento entrou pela janela aberta, suspendeu as cortinas e fez tilintar o lustre. Ergui a cabeça. *O lustre!* Sim, o lustre! Os vidrilhos, afinal, não lembravam diamantes, a ponto de poder ocultar um diamante de verdade? E sua armação dourada...? Fiquei tão excitado com a minha descoberta que nem pensei em pedir uma escada. Corri, puxei a mesa central, pus sobre ela uma cadeira e subi, alcançando a armação do lustre. Bastou uma olhada superficial pra perceber, misturados aos vidrilhos, aos suportes de metal dourado, o Espoir e sua corrente de ouro incrustada de pequenos diamantes. Permaneci um bom tempo só contemplando aquela joia maldita, que havia despertado tanta cobiça e trazido tanta desgraça pra família. Era mesmo deslumbrante – a luminosidade que irradiava parecia queimar meus olhos, me levando a imaginar tantas histórias de horror, de traição, de ódio, de mortes injustificadas. Balancei a cabeça. Quanta tolice! Era apenas uma pedra, resultado de uma compressão casual de um bloco de carbono transformado num diamante tão valioso, que vinha despertar a cobiça de gerações de gente sem escrúpulos. Com cuidado, desembaracei o colar dos suportes do lustre, rindo da esperteza de dona Elizabeth e da estupidez daqueles idiotas. Nunca que iam descobrir o Espoir, a não ser que, um dia, alguém resolvesse, por acaso, restaurar a luminária. Ao pegar a joia na mão, me senti feliz com o sucesso da minha definitiva missão naquela casa. Sabia que dona Elizabeth estava me pondo à prova, com certeza pra desmentir a ideia de que eu fosse apenas mais um investigador de merda ou um brutamontes, incapaz de ir além dos processos vulgares de investigação.

* * *

Entreguei o colar pra dona Elizabeth. Após examinar o diamante com carinho, cravou em mim os olhos úmidos, mas, agora, cheios de alegria, e comentou:

– Inspetor Dupin, eu sabia que o senhor era mesmo uma pessoa especial!

Interpretei a troca de nome mais como um elogio do que um equívoco habitual em pessoas mais velhas... Não, não era um ato falho, como aquele costumeiro em que me chamava de "inspetor Medeiros", em vez de "investigador Medeiros".

Voltando pra casa, tive a surpresa de deparar com três mensagens na secretária eletrônica. Um exagero, pelo fato de, ultimamente, ela andar mais silenciosa do que um peixe num aquário. A primeira era de minha mãe, como sempre, me chamando de ingrato, protestando pela longa ausência etc. e tal. A outra era da Nete:

– Douglas! Por favor, liga pra mim! Fiz aquela sujeira porque ameaçaram a Dindinha! Pelo amor de Deus, fala comigo! Tô escondida porque queriam me pegar – gemia, em desespero.

Liguei, ela atendeu, e eu disse:

— Nete, é o Douglas.

Começou a falar de um modo rápido, quase sem respirar:

— Douglas! Queria te pedir perdão. Sei que tava errada, que eu não devia fazer a sujeira que fiz com você, mas o porra do Jackson disse que ia tirar a Dindinha de mim e, no dia que telefonei pra você, o filho da puta do Souza tava com o revólver encostado na cabecinha dela. O que que eu podia fazer?

E acrescentou, entre soluços:

— Ele falou que se você não vinha na minha casa, ele ia matar a Dindinha...

Não disse nada: a coisa estava toda explicada, e passado era passado.

— Você me perdoa? Eu nunca que ia fazer uma coisa dessas com você, meu amor, mas tinha a Dindinha, e a Dindinha é tudo na minha vida...

Eu não era tudo na vida dela, eu não podia ser tudo na vida dela, eu não queria ser tudo na vida dela. Não tinha, pois, como condenar a garota.

— Não estou chateado com você. Você fez a coisa certa pra salvar a Dindinha.

Desliguei o telefone, depois de prometer que ia visitá-la no novo endereço. Ela disse que queria me compensar do mal que me havia feito com um "amorzinho bem gostoso". Não sabia se ia vê-la. Com certeza, não. Como já disse, passado é passado.

Liguei a secretária e ouvi novamente uma voz de mulher:

— Investigador Medeiros, quem fala é a Ingrid. Lembra de mim? A Ingrid Ekerot, da H.Stern. Li nos jornais sobre o caso do diamante Espoir e fiquei bastante curiosa. O senhor não quer me dar uma ligada?

De imediato, telefonei. Meu coração bateu alvoroçado quando a Ingrid anunciou com sua voz melodiosa:

– H.Stern...
– Ingrid?! Aqui quem fala é o Douglas.
– Douglas...?
– Douglas de Medeiros, o investigador.
– Doutor Medeiros! O senhor recebeu meu recado?
– Me trate de Medeiros. Ou Douglas, se quiser... Queria falar comigo?
– Isso mesmo. Li nos jornais sobre o caso do diamante Espoir, sobre o sequestro de dona Elizabeth. Não sei se sabe, mas ela é uma de nossas melhores clientes. Por isso é que fiquei curiosa com a história.

Ingrid! Justo ela me telefonava!

– Você, por acaso, viu o diamante, pegou nele? – tornou a falar, parecendo muito excitada.
– Sim, vi. É mesmo magnífico.
– Puxa vida, sabe que quase ninguém viu? Pelo menos, aqui no Brasil...

Estava pra mim. Não custava nada tentá-la com o diamante.

– Talvez eu conseguisse que você desse uma olhada nele...
– Você jura?! – exclamou, entusiasmada. – Gostaria tanto de ver o Espoir! E, depois, também queria saber como é que você fez pra resolver o caso...
– Ainda está de pé aquele meu convite pra gente tomar um drinque. Se aceitar, saímos, conversamos e, depois, podemos fazer uma visita pra dona Elizabeth. Sou grande amigo dela e tenho certeza que receberá você e lhe mostrará o Espoir.
– Verdade?! Pra quando é esse drinque?
– No próximo sábado está bom?
– Pra mim, tudo bem...

Eu não podia acreditar! O diamante, em vez de maldição, me trazia uma puta de uma sorte! A de me encontrar com aquela garota tão bonita, tão especial!

Sabia que, saindo com a Ingrid, meu retrato ia ficar completo. Já me via, em *Casablanca*, como se fosse o Humphrey Bogart, tomando um scotch no balcão do Ricky's, enquanto o Sam tocava "As time goes by" ao piano.

SOBRE O AUTOR

Álvaro Cardoso Gomes nasceu em Batatais (SP), em 1944, e passou a adolescência em Americana (SP). Graduado em letras vernáculas pela Universidade de São Paulo, pela qual se doutorou e da qual se tornou professor titular de literatura portuguesa, lecionou literatura brasileira na Universidade da Califórnia, Berkeley, e língua portuguesa no Middlebury College, nos Estados Unidos. Foi pró-reitor de Graduação da Universidade São Marcos, onde também leciona. Romancista e crítico literário, é autor de mais de setenta livros – entre eles, *O sonho da terra*, que recebeu o Prêmio Nestlé de Literatura Brasileira.

Este livro, composto com tipografia
Chaparral MM (e Nexus Typewriter,
na folha de rosto) e diagramado pela
Alaúde Editorial Limitada, foi impresso
em papel Pólen Soft oitenta gramas
pela Ipsis Gráfica e Editora Sociedade
Anônima no centésimo vigésimo terceiro
ano da publicação de *Um estudo em
vermelho*, de Arthur Conan Doyle.
São Paulo, abril de dois mil e onze.